KB089989

화산문고 명작시리즈

개똥아! 학교 가자

친구 놈 아침마다 부른다.
"개똥아! 학교 가자."
그러면 우리 누나도 내다본다.
"내 친구거덩...!"
내 친구 개똥이는 언제 올라나.

著者   정 용 갑

도서출판 화산문화

황금찬 시인께서는 늘 그러셨지...'재미있는 글을 써라!'
 벌써 몇 권의 책을 내 놓으면서 아쉬운 것은 더 좋은 글 더 재미있는 글을 세상에 펼쳐야 하는데...라는 자족을 해 봅니다.
코로나시대를 맞이하여 언젠가부터 직업이 무대 기획자가 아닌 그냥 아무거나 긁적거리는 글쟁이가 되어 버렸습니다.
내게는 참으로 행복한 시간들입니다.
 정말 내가 가장 좋아 하는 시간은 벗이 찾아와 자연이 숨쉬는 산과 들, 강가에서 음악을 들으며 차 한잔 술 한잔 치며 글을 쓰고 책을 읽는 것인데...
모두 그런 시간을 사랑하겠지만 나도 역시 그렇게 벗들과 오래도록 살고 잡아요^!^

 오래전부터 써온 글들을 일부 정리하여 에세이집을 출간하려고 원고를 정리하다가 문득 그런 생각이 들었습니다.
 살아왔던 이야기를 에세이로 묶어보는 재미와 우리 주변의 기쁨과 슬픔의 이야기 모음에 학창시절의 얄개 시리즈 몇 토막도 참여시키고 그동안 월간지에 시리즈로 연재하고 있는 "甲이의 쩝^^이야기"도 몇 편 발췌하여 첨부를 하니 재미난 책 한권이 만들어 질 것 같다고,,,
 마지막 5장 "친구야! 친구야!"여기에는 나의 주변 친구들, 선후배들의 살아가는 이야기를 본인이 직접 작성한 것을 이번 출판하는 에세이집에 수록을 하면 이것이 비로소 서로의 이야기를 함께 나누는 진정한 에세이집이 되지 않을까 하는 생각에 이번에 실천을 해 봅니다.

미려한 출판에 동참해주신 여러분들에게 감사를 드립니다.

2022년 3월 井人 정 용 갑

- 차 례 -

제 1 장

제 3 장

제 4 장

제 1 장

우리 어깨동무하세...

개똥아 학교가자!

친구는 아침마다 부른다.
"개똥아 학교가자!"
그러면 우리 누나도 내다본다.
"내 친구거든~~~!"
내 친구 개똥이는 언제 올라나...
동네마다 집집마다 개똥이가 많게는 대여섯...작게는 두어명...아니 강아지까지 합하면 엄청 많구나.
그렇게 동네의 아이들은 모두 다 개똥이다!
내가 좋아하는 강아지도 개새끼까지도 모두...
개똥참외, 개똥수박, 개똥감자...
어릴 적, 동네에 사람보다 강아지가 더 많아서 그 놈들이 여기저기 사정없이 방사를 하고 방뇨를 하여 그 분뇨로 과일이며 채소들이 들판에서 자연스럽게 성장하여 지천에 깔린 것이 먹거리였다.
그런데 그런 것들의 비료가 전부 개들의 분뇨였다니...^^
그래도 행복한거지, 가랑이 찢어지게 가난한 시절의 곡기를 채워주던 음식들인 걸. 그런데 왜 사람도 개똥이냐고요...
초등학교 수업을 마치면 너나 나나 책보를 등에 매고 산길을 질러 집으러 오다보면 낮은 산등성이 햇볕 잘 드는 곳에 실하게 생긴 들참외가 노랗게 익어서 꼬맹이들을 유혹한다. 하나씩 따서 바짓가랭이 사이에 넣고 박박 문지르면 껍질이 반반해져 그것을 한 입 깨워 물면 달달하고 진한 즙이 나오면서 맛이 아주 기가 막히다.
그것을 두 어개씩 따서 먹고 집에 들어오면 엄니가 그러신다.
"개똥참외 먹고 왔네?"
엄니는 귀신처럼 내가 개똥참외 먹고 온 것을 어떻게 아실까?
"우물가에 가서 입술이나 닦아라..."
그랬다! 개똥참외를 먹고 나면 그 즙이 입술에 묻어있다 시간이 지나면 까맣게 변하는 것이라서 엄니는 금방 알았던 것이었다.
개똥이...우리 개똥으로다 키워진 먹거리를 맨날 주워 먹어서리 개똥인가 보다~~^^

그 쪽이 아니었남?

2002년 월드컵 열기가 뜨거운 여름 한 날.
거래처를 가기 위해 충무로에서 전철을 기다리고 있는데 여학생한 무더기가 내게 와서 묻는다.
"아저씨! 고속버스 터미널 가려고 하는데요. 어느 쪽에서 타야해요?"
"네. 저쪽에서 타시면 되요."
아주 쉬운 질문이기에 내가 타는 반대 방향을 알려 주었다.
그리고, 나는 압구정 가는 전철이 와서 당연히 타고 갔다.
응?
근데 뭐가 좀 이상하지?
내가 탄 전철이 터미널 행 아닌감?
그러면?
그 여학생들에게 알려준 방향은?
아이구매나.....
대화행 아닌감?
아차! 반대 방향을 알려줬구나.
이를 어쩐담?
한 치의 의심도 없이 그 여학생들은 그 방향으로 탔을텐데....
큰 실수를 하고 말았구나 생각하다가....
그래도 대여섯 명 되는 무리들인데 '설마 방향 잘못 잡고 갈라고'
하며 잊어버리기로 했다.
압구정 거래처 가서 간단한 서류에 확인 사인하고 나니 그리 긴
시간이 걸리지 않아 다시 압구정역에서 전철을 타고 넘어 오고 있
었는데 약수역에서 전철이 멈추고 사람들이 오르고 내리고....
근데,
근데 건너편 전철도 정차하여 승객들이 오르고 내리는데 그 속
에서 나를 보고 삿대질을 해대는 한 무더기의 여학생들.....
위메!
충무로에서 내게 터미널을 물어보았던 그 여학생들이었다.

말은 들리지 않지만 전철 창문에 대고 온갖 삿대질과 이바구를 해 대는데 그것은 필시 아까 내가 잘못 알려준 방향에 대한 원망의 성토질일 것이다.

어떤 여학생은 창문에 붙다시피 바로 전철 창문을 부셔 제치고 건 너편의 내게 다가올 듯한 기세로 커다란 눈동자를 하며 창문에 덤 벼들기까지.....

겁나데요!

그런 사건이 10여초의 시간이었는데 나는 어디 쥐구멍이라도 있 으면 들어가야 할 일촉즉발의 위기를 견뎌내야 했습니다.

정말 그 여학생들이 내게 당한 황당 시츄에이션은 우리 속담말대 로 '서울 가면 눈감아도 코 배간다' 라는 말을 실감했을 겁니다.

그때 그 여학생들.

부산에서 전날 올라와 시청 광장에서 밤새 월드컵 응원하다가 오 전 내내 부산 내려가기 전에 시간 쪼개어 남대문 시장에 들렀다가 버스 시간에 쫓기며 서두르던 모습들로 기억나는데 나의 한 순간 말 잘못으로 시간과 금전적 손해가 많았을 듯합니다.

용서해 주세요!

2002년의 대한민국은 서울뿐 아니라 진국이 월드컵 열풍으로 전 국이 거의 마비 상태였던 관계로 그날 나의 실수도 전날 늦도록 직원들과 축구 이야기꽃을 피우다 비몽사몽 거래처를 가려다가 실 수한 일이므로 관대한 용서를 바랍니다.

나의 작은 실수에 고생한 여학생들 담부터는 네비게이션으로 확인 해서 알려 드릴께요...

마당바위

반만 올라가도 성공이라고 누가 꼬드겨 사당역을 출발하여 산 입구를 들어섰는데 흐헉~~~처음부터 돌계단이 끝이 안 보인다.
'전 높은 곳을 언제 볼라가나...'
"여기 조금만 올라가면 평지니 부지런히 올라가자!"
오늘은 착한 짱구가 뒤에서 힘을 준다.
열심 올라가니 중간에 휴식을 취하고 있는 친구들과 조우한다.
음...이정도면 선두그룹과 마이 뒤떨어지지 않고 올라갈 수 있겠구나! 용기가 난다^^
몇 명의 친구들과 함께 올라가면서 계단 한 개 한 개를 올라갈 때마다 호흡이 가빠지니 점점 말들이 없어진다.
내 숨쉬기도 힘든데 말할 기운이 나것슈~~~~
두 번 세 번 쉬어 가는데 친구들은 이미 중간지점에 도착하여 운동 기구들과 놀고 있다.
우와!
내 몸 하나 가누며 겨우겨우 올라가고 있는데 언놈은 철봉에 매달려 기운 자랑하고 있어요~~ㅠㅠ
지들은 내 덕분에 20여분 쉬었는데 내가 올라오니
"모두 도착했으니 출발!"
그럼 나는?
디지게 힘들게 올라왔는데 니들만 푹 쉬고 나는 뽀사지기 직전의 몸으로다 이대로 다시 출발하라고?
후와~~~~인정사정없는 사발팔방으로다 비바람에 사하라 태풍까지 맞을 놈들아!
겨우 차분한 내 호흡으로 돌아와 친구들 후미를 따라 나서는 내 인생 최대의 고비다.
올라가도 올라가도 계속 오르막이네...
산에 올라왔으니 당연 올라가야 만이 산이 나오겠지?
열심히 열심히 열산 열산!!

오늘따라 왜 이렇게 날씨까지 덥냐?

여름이니 당근 더울 것이고 힘들게 산에 오르니 또 곱절로 더울 것이니 땀은 절로 흠뻑 얼굴과 몸을 적시는구나...

짱구의 도움으로 힘겹게 오르면서 두 세 번 쉬엄쉬엄 올라가 드디어 내가 목표로 삼았던 헬기장에 도착!

감개가 무량하여 눈물이 나는지 이마에서 땀이 흘러내리는지 모를 감동이 온다.

이번에도 친구 모두들 나를 기다려 주어 '늘 민폐를 주어 산에 따라가지 말아야 하는데...생각하고 있는데 희석이가 나를 꼬드긴다.

"조금만 더 가서 막걸리 한잔 치자!"

귓가에 대고 속삭이는 말소리가 '조금만 더 가면 다 왔어'란 좀 전에 목소리와 너무 다르게 말속에 꿀이 발라져있다.

"얼마나?"

"10분"

"OK!"

그 10분이 1시간이 될 줄은 미처 모르고 무서운 희석이에게 오늘도 낚였다~~

여기저기서 인증 샷 몇장 남기고 친구들 따라서 Gogo sing~~

정상까지 가는 길은 점점 접근하니 고난도 코스들이 나타난다.

그래도 아까보다는 가파르지 않아 평지 수준이라 앞서거니 뒷서거니 도란도란 이바구 치면서 산 아래 과천, 안양, 내려다보니 가슴이 뻥 뚫리는 것만 같다.

거기에 산바람의 시원함이 산을 올라온 보람을 한껏 느끼게 해주는 상쾌함이 폐부 깊숙이 스며온다.

한참을 걸으니 큰 바위가 나온다.

저 바위기 종점인 마당바위구나. 아싸~~봉!

"어디 자리 잡아놓았어?"

"저~~~어기."

희석이가 가리키는 손가락의 끝을 찾아본다.

저~~~기 멀리 또 하나의 큰 바위!

"그럼. 이 바위는?"

"이건 산에 있는 보통 바위지!"

흐허헉헉!

저 멀리 바위까지는 대략 봐도 2~30분.

"회장님이 자리 잡아 놓는다고 미리 갔으니 조금만 더 힘내자. 막걸리 한잔!"

저 인간.

달콤하다가도 쌉싸름하다가 이뻤다가 밉상이었다가...어우 그냥!

남은 힘 모아 모아서 마당바위를 지나 회장님께서 마련해놓은 자리까지 도착한다. 겨우 2m 올라가면 일용할 만찬을 열 평평한 자리에 안착할텐데 그 높이만큼도 올라가자니 힘이 든다.

어쨌든...

친구들 각자 가져온 것들 펼쳐 놓으니 산봉오리의 만찬이 펼쳐진다. 시원한 막걸리가 이리저리 돌고 석근이가 얼려온 이슬이가 이 친구 저 친구의 가슴마다에 송알송알 맺혀지는 여름날 산중의 하모니가 아름답기만 하다^^

그렇게 여름 한날 우리들의 중년의 시간은 서울의 관악산 기슭에 또 하나의 추억을 묻어 놓고 늘 만나도 반가운 친구들이 있어 외로울 때 외로워하지 말고 기쁜 일 있으면 함께하는 벗들이 있다는 것을 마음속에 담고 살아가는 우리가 되었으면 하는 바램입니다.

관악산 마당바위는 너무 힘들어...

성적 조작단 가족

"엄마. 성적표!"
"우리 아들 공부 잘했네! 오구오구~~~~"
암만 공부를 해도 한 자릿수 성적을 바라는 건 아니었지만 어떻게 학년과 학기가 올라갈수록 앞자리가 1에서 2...2에서 3자를 달더니 이젠 4짜까지 올라가니 낳으시고 길러주신 울 엄니에게 점점 실망을 줄 수 엄어서 앞의 4짜를 칼로 4자 양 옆구리를 정교하게 긁어 1짜로다 맹글어 엄니에게 보여주니 얼매나 좋아하시는지...
그래도 중학교 때는 현직 국회의원, 전직 고관들이 많이 사는 중곡동에 친구들이 많아 면학 분위기가 잡혀있어 공부를 곧 잘했는데 고교에 올라가자 이건 뭐 공부는 담을 쌓고 살았던 애들처럼 공부를 하는 사람이 없어 면학이고 뭐고 당최 성적이 바닥을 향해 곤두발질만 치더라.
이게 다 공부할 분위기를 조성하지 몬한 친구들 때문이라고 전적으로 생각이 드는건 40년이 지난 지금도 맞다고 본다^ ^
"다녀왔습니다!"
누나가 웬일로 일찍 들어오는겨?
"오늘 월요일이라서 고고장 쉬는 날이야 엄마!"
"야! 내가 맨날 고고장만 가는 줄 알아? 저게 그냥..."
"니들은 만나기만 하면 맨날 싸움질이고...봐라 니 동생 성적표다."
엄니는 퇴근한 누나에게 내 성적표를 디밀어 보여준다.
누나 빠히 쳐다보더니 내 얼굴 한번 쳐다보곤 성적표를 엄니에게 되돌려주고 방으로 들어가 버린다.
"우리아들은 머리가 좋아서 노력민 하년 뭐든지 할텐데...안 그러사!"
글치요!
면도날만 잘 들면 1등도 몬할라고요~~~^ ^

저녁을 먹고 방에 앉아 음악을 듣고 있는데 누나가 들어온다.
"면도칼 좋은 것 썼더라?"

헉!

"누나도 그렇게 한 것 내도 다 알거든?"

"그래서 뭐?"

"누나가 엄마에게 불면 나도 다 불거다 뭐..."

"야! 나는 이미 공소시효 다 지났거든? 너나 몸 조심하라고!"

쾅!

미닫이문을 부서지도록 닫고 휑하니 사라지는 누나의 뒷모습에서 내일 아침 나의 엄청난 후폭풍을 감지한다.

그렇게 폭풍전야가 지나가고 아침을 맞이한다.

"밥 먹어라!"

어젯밤의 다정다감한 엄니의 낭랑한 목소리는 사라지고 찬바람 쌩하게 불어재끼는 칼 목소리~~~

상큼한 아침공기처럼 즐거운 아침상을 마주하고 엄니와 나란히 앉아 밥을 다 먹을 때쯤 엄니 누나에게 성적표를 가져 오란다.

그리곤 내게 성적표를 주더니 천정에 달려있는 형광등 불빛에 성적표를 비쳐 본다.

후덜덜덜~~~

면도칼로 아주아주 정교하게 긁어내어 4자를 1자로 만들어 놓았던 1자 옆구리에 4자의 그림자가 선연하게 남아있냉?

속이 탄다. 앞에 놓인 계란국을 벌컥벌컥 들이 마신다.

으악! 이런~~~

국물이 뜨거워 디지것따!

"이놈아 할 말이 있으면 해보라고?"

엄니...

할 말도 엄고요 뜨거운 계란국 땜시 입안 천장이 다 데어서 말도 못하겠어요...

"그래 이놈아! 사내놈이 미주알고주알 핑계 대는 것 보다는 울 아들처럼 침묵으로 잘못을 시인하는 것이란다."

"엄마! 그래도 저 시끼는 또 재범할 우려가 크다니까.

이번에 그 버릇을 싹뚝..."

싸우는 시어미보다 말리는 시누이가 더 밉다고 어떻게 한배에서 나온 니가 엄니에게 꼬나 바칠 수가 있어?

"시끄럽고. 너도 그런 일 한 두번 아닌 것 엄마도 알고 있으니까 성적 조작단 가족이라고 동네에 소문나기 전에 그만두라..."

죄 많은 청춘, 엄니의 사랑이 듬뿍 담긴 도시락을 책가방에 쌓으며 다른 날과 다르게 존경스러움 가득 담고 '다녀 오겠습니다' 인사말을 하려는데 계란국에 데인 입이 아파 말이 안 나와 고개만 90도로 꾸벅하고 집을 나서는데 울 엄니 나의 뒷모습을 바라보시며 그러시더라.

"암만! 사내는 자고로 말보다 행동이랑께~~~!!"

오늘도 아픈 과거를 떠오르게 하는 슬픈날이다~~~배고파 쩝^^

소곡주

한산 섬 달 밝은 밤에
영숙이와 둘이 앉아
소곡주 한잔 때리는데
쪽쪽 빨아 먹고 싶은 영숙이의 이쁜 입술이 쭝알댄다...

"한산도에서 생산해서 한산 소곡주야?"
무식한 여자야!
한산 모싯닢으로 만든 것도 모르냠?

맞나?
안 맞으면 말고~~^ ^

운저리

다음 주면 추석이다.

지난여름 타는 듯한 때앗볕 아래에서 조상님들의 산소를 벌초했는데 추석 전에 한번을 더 하는 우리 집안의 관습으로 토요일에 내려가 일요일 동트자마자 벌초를 시작한다.

사촌 형님들 세분 오시고 큰집의 동생과 조카들이 와서 예초기 두대와 잔디 깎는 기계 1대로 천여평을 하니 3시간 만에 끝낼 수가 있었다.

중간에 막걸리에 세참을 먹고 사촌형님은 어릴 적 콩서리가 그리웠는지 아직은 설익은 콩대 20여 가닥을 뽑아와 짚불을 피워 콩을 볶아 먹는다.

"범버꾸 범버꾸...."

땅을 치며 먹어야 재 맛을 느낀다는 콩서리도 해보고....

조카들 무거운 예초기를 매고 땀 뻘뻘 흘리며 벌초에 여념이 없다. 나는 갈쿠리로 예초기로 깎아 놓은 풀을 한 곳으로 모아 놓는 단순 작업을 했다.

조카 놈들 큰집의 막내 삼촌에게 매달려 꼬신다.....

지금 바다에 나가면 가장 흔한 고기가 망둥어이다.

전라도 사람들은 그것을 운저리라고 부른다.

"막내 삼촌 힘들어 몬하겠어요. 운저리 한 접시면 힘 나겄는디....."

우리 막내.

조카들 등살에 내게로 다가온다.

떼쓰는 조카 놈들 한 보따리 역어서리..

"그래서 어쩌라고?"

"작은 아버지! 그래서 저희 말씀은요...."

"운저리 한 접시면 바로 끝장 보겠다고?"

단체로 외친다.

"옛썰!"

"10시까지 끝내자. 그리고 목포로 튀는 겨....OK?"

"당근. 말밥!"

죽자 사자 피치를 올린다.

형님들도 덩달아 일손이 바빠지고 나도 할 줄은 모르지만 조카들의 업 된 분위기에 힘이 절로 나고....

10시도 되기 전에 상황종료.

역시 젊음은 좋은기여....나도 저맘때는 [날쌘돌이]라고 했었는데....믿거나 말거나...

목포로 달린다.

영암에서 목포로 가는 도로변에 포도가 주렁주렁 열려있다.

푸르른 가을 향기가 머릿속까지 맑게 정갈 시켜준다.

목포 여객터미널 앞은 해산물의 보고다.

맛난 것들이 너무 많아서 무엇으로 배를 채워야 할 지 모를 정도로 햇갈려부러요~~~~

길거리에서 먹고 싶은 것 골라서 그 자리에서 회로 떠 주면 주변 식당에 가서 먹는 시스템은 도시와 같지만 덤으로 나오는 인심들은 남다르게 많다는 것이 틀리다.

조카들의 등살에 먼저 운저리 2접시 뜨고 산낙자(전라도에서는 산낙지를 그렇게 부른다.)20마리, 전어 2kg, 참소라 2kg, 피조개 20마리, 뻘장어 5마리....먹고 디질라고 많이도 고른다.

부둣가 허름한 식당으로 떠 온 회를 바리바리 들고 들어간다.

식당이 쪼맨해서 우리 식구 10명이 들어 가니 자리가 모두 차 버렸다.

"뭐 잡술라요?"

특유의 전라도 사투리가 팍팍 튀어 나온다.

우리가 내 놓은 내용물을 보더니 눈이 휘둥그래진다.

"이 많은 것을 모다 다 잡술라요?"

"네! 인구가 몇인데요....."

그렇게 우리 가족들은 행복 속으로 빠져 들고....

정말 맛나게들 먹는 것을 보고 주인 아줌씨 한마디 한다.

"근디요! 젤 맛 안나는 운저리를 젤라 맛나게 잡수요?"

그럴 이유가 있지요....

어릴 적 고기가 많이 잡혀도 장에 갔다 팔아서 먹고 살아야 하니까 귀한 산 낙지나 전어는 먹지 못하고 천대받던 운저리(망둥어)만을 먹었던 입맛들이어서 그렇다.

보릿고개 시절 보리가 한참 파릇하게 싹이 오르면 운저리 몇 마리 넣고 보리 싹을 넣고 된장 한 숟갈 퍼 넣으면 그렇게 고소하고 맛났었던 기억이 난다.

조카들 모아 놓고 열심히 고생한 댓가로 그 시절 생각하며 운저리를 먹으니 어릴 적 고생하며 살았던 세월이 주마등처럼 지나간다.

일요일 오후에 올라오다가 김제 형님 댁에 들렀는데 마을 어르신들이 거기서 또 운저리 파티를 하고 있길래 몇 점 얻어먹었더니 어르신들 딴지를 건다.

"젊은 친구가 매너가 좋구만...."

"?"

우리 형수가 막걸리 5통을 사와서 내가 내는 것이라고 했나 보다.

"이리 와서 한 잔 더 하랑께...어여와부러."

마지못해 한 잔 더....

정씨 가족들 뱃속에 담고 갔음 갔지 술을 남기고는 못가지요.

그렇게 김제에서 업어져서 형님 댁에서 하루를 더 묶으며 토종닭 한 마리로 몸보신을 하는 센스를 발휘하고....

월요일 새벽에 올라 와서 본사 회의 참석하고 다음날 되니 또 망둥어가 생각나서 강화도 사는 친구에게 전화 때린다.....

"황산도 지금 물때가 맞을까?"

헐~~~~~나 어쩌?

친구가 왔었네

늦은 시간인데....
전화벨이 울린다.
"너희 집 앞인데...."
반가움에 '왠일일까?' 라는 의문보다는
"어딘데?"라는 말부터 나오는 나의 입에서 친구의 정을 느껴본다.
바자마를 벗고 짧은 바지로 갈아입고 1층으로 내려가니 거나하게
취한 친구가 서 있다.
어깨동무를 하고 아파트 단지를 질러가자 더위에 지쳐 마당에 나
와 계시는 어르신들이 여쭙는다.
"어디 가나?"
"예! 친구가 와서 술 한 잔 하려고요."
"이 시간에?"
"예....헤헤헤...."
흐뭇한 얼굴로 나를 배웅해 주시는 어르신들을 뒤로 한 채 집 앞
맥주 집을 들어간다.
회사 일 마치고 아들 놈 생일이라서 식구들과 저녁 먹고 들어 가
다가 그냥! 친구가 갑자기 보고 잡아서 왔다고 한다.
흐아~~~~~자식이 나를 감동시키네....
'그냥 보고 잡아서 왔다'는 말에 눈시울이 질끈 거리게 한다.

30년이란 세월을 만나고 함께 살아왔던 그 시간이 참 고결한 시
간이라고 느껴진다.
철없던 시절 사소한 것으로 왈가불가 했던 시간도 있었고 의견 충
돌로 1년여 만나지 않았던 속알머리 작았던 시간도 있었지만 친구
라는 호칭 하나로 지금껏 붙어먹고 있는 사이가 끈끈한 연으로 이
어져 서로의 속내를 하고 어려움을 반으로 나눌 줄 아는 벗이 되
어 있다. 친구는 소주를 두병이나 마시고 왔다고 자기 주량에 나
를 맞추어야 한다고 무대포로 술을 권하는 친구가 밉지가 않네...

허허실실거리며 맥주잔을 부딪히면서 그냥 웃기만 하는 친구의 얼굴이 좋기만 하고....

자기 아들이 오늘 생일이었는데 자기를 닮아서 잘 생겼다고 이바구하는 모습이 고슴도치의 자식 사랑하는 모습 같다고 한마디 했더만 그게 바로 참 말만 하는 나에 모습이라나?

암만 봐도 내가 보기엔 친구 놈은 잘 생겨 보이지 않는데 지 놈은 박박 우기네.

'그래! 니 잘 난 맛에 살던가 말던가 하세요!'

그렇게 우리 사이의 긴 세월만큼 맥주병이 쌓여만 간다.

맥주 킬러인 난 먹으나 마나 한데 친구, 혀가 살살 꼬이기 시작하네.

"내 아들 잘 생겼지?"

끝까지 우기고 지랄이네....

"그래. 니 아들 잘 생겼으니 나중에 덕 좀 보자."

"그럼. 내 아들이 얼마나 잘 생겼는데...."

쓰블 놈이 지 아들 자랑하러 온겨?

나도 아들 두개나 있는데 말이야....

"친구야! 농담이고....근데 왜 오늘 갑자기 니가 보고 싶어 졌지?"

"?"

"너는 왜 내 맘속에 있는거야?"

"나. 니 맘속에 안 들어갔다?"

"근데. 왜 매일 만나는 것 같냐고? 너 그럼 안돼!"

자식이 뭔 소리를 하고 있는겨?

오늘,

몇 달 만에 만나놓고 왜 매일 만난 것 같냐고 내게 우겨대면 어쩌라고?

"너 좋아하는 노래방가자."

한 시간 동안 사내 넘 둘이 목이 터져라 노래를 부르니 친구 기분이 좋아 진단다.

"니가 기분 좋으니 나도 기분 좋다...."

친구, 그 말 한마디 남겨 놓고 먼 거리 집으로 가는 택시를 잡아

태워 보내니 내 마음이 되려 허전해진다.
'자식이 괜스래 와서 마음 찡하게 하고 지랄이고?'

집 앞 공에 앉아 담배 한 대를 붙여 폐부 깊숙이 빨았다가 뱉아
낸다.
'나를 찾아 주는 친구가 있어 행복한 하루였기에 오늘도 보람되게
살았구나.'
라는 생각을 하니 먹구름 걷힌 밤하늘이 눈에 들어온다.
'친구야! 조심히 집 들 가라~~~~~'

피맛골

대학로 문예진흥원에 공연심의 인터뷰하러 들어갔다가 친하게 지내는 사무국장님이 막걸리 한 잔 하자고 하신다.

왠일로 뭐든지 받는 입장이던 공무원 나으리께서 손수 자기가 쏜다고까지 함서 막걸리 한잔을 하자고 할까 궁금했다.

도시에 밤이 내려오기 시작할 때쯤 서울대 병원 앞에서 택시를 타고 종로 2가에서 내렸다.

교보문고 후문 바로 앞의 골목으로 들어간다.

열차!

피맛골의 골목의 시작이자 첫 번째 집이고 또한 첫 번째 막걸리 집이다. 파전, 두부전, 새우구이, 조개탕 등....

서민들이 즐겨 먹는 맛난 안주들에 막걸리의 정겨움이 있고 예술을 논하고 문학을 만들어 냈던 그런 사람들의 냄새가 나는 곳이다. 얼마 전까지만 해도 그 주변으로 아주 많은 음식점, 주점들이 문전성시를 이루었었는데.....

피맛골.....

서울 종로 큰 거리 뒤편으로 이어진 폭이 좁은 골목길을 일컫는 말이다.

조선시대 종로 시전거리를 지나는 백성들은 양반들의 말이 지나갈 때마다 길가에 엎드려 절을 해야 했는데, 이를 피하기 위한 뒷길이라 해서 [피맛길]이라는 이름이 붙었다고 한다.

딩시부터 음식섬, 수점 등이 빼곡하게 늘어서 있었으며 지금까지도 서민들이 즐겨 찾는 곳이 되었다고 한다.

우리 고등학교 졸업하고 취업의 일선에서 열심 일하고 저녁 퇴근길에 선배들의 손에 이끌려 찾았었던 허름한 가게의 씨레기국 냄새와 대포 한 잔을 걸쳤던 곳이었는데 이젠 낡은 건물벽에는 광고물이 덕지덕지 붙어 있고 머리 위로 전선이 어지럽게 널려있는 서울의 가장 중심지 이면서도 변방 같은 모습들로 남아있다.

얼마 전에 서울시가 이 거리를 보존하기 위해 피맛골 보존계획을 새웠다고 하는데 지금 현재 보존할 것이 남아 있어야 보존을 할 것 아닌가?

이미 모두 떠나간 자리에 뭘를 갖다 놓고 보존을 한다는 것인지....

그런 저런 이야기를 하다가 막걸리 두 어통을 마시니 막걸리 통은 비고 내 배통은 차고.그날 모인 극 연출가들도 옛날의 피맛골 추억과 청계천의 역사를 이야기하며 지그시 감은 눈에는 비가 내리던 낡은 옛 필름이 쎅쎅 소리내며 무성 영사기로 돌아가고 있었을 것이다.

동 피맛골과 서 피맛골로 나누어진 형태의 서민들의 휴식처이자 생활의 터전이었던 피맛골!

그나마 다행스럽게도 종로 3가 파고다공원 주변에 옛 모습을 지닌 몇 개의 음식점들이 남아 있다고 하니 더 사라지기전에 옛 정취를 느껴보며 탁배기 한 잔하는 여유를 가져 보기 바란다.

아님, 탁배기 한 잔 받아주면 내가 소개해 주고.....푸하하하!

홍금보와 이금보

홍콩에서 킹콩 영화를 촬영하다가 킹콩 역할에 적격인 얼굴이 한국에 있다고 하여 홍금보가 전세 비행기까지를 몰고 급하게 한국을 왔단다.

수소문 끝에 판교에 사는 이모씨를 찾아내서 보니 과히 킹콩의 얼굴과 흡사하기도 하고 홍금보가 가장 맘에 드는 건 바로 "얼큰이"라는 것 이었다

홍금보 자신도 "둥굴이 펑펑" 얼굴이 커서 전 세계를 댕기면서 자기처럼 큰 얼굴을 보면 형제를 만난 것 마냥 반기던 그였는데 판교의 이모씨를 보니 없던 동생이 생긴 듯이 길길이 날뛰며 좋아하더란다.

"이금보! 방가^ ^"

"홍금보! 방가^ ^"

홍금보가 한국말 좀 하는구만...

근데, 이금보 저 시끼는 한참 형 한데 반말을 찍찍거리면 안되지.

그래서 집안 교육이 중요한겨~~~~!!

"오우~~~홍금보! 살기 좋은 홍콩에서 어쩐 일로다 깡촌 판교까지 왔어?"

"오우! 판교 깡촌 아닌데? 삐까 뻔쩍하다! 쫌 사는 동넨데?"

두 놈들 모두 반말 대잔치를 여는구만...

금보네 집안 만만세~~~~!!

"내가 너 만나러 한국까지 온 건 니 대갈통이 킹콩 대가리와 크기가 똑같다고 해서리 니를 이번 영화에 출연 시킬라고 온 거다!"

"에이씨~~~~신성한 머리님을 갖고 대갈통이 뭐여? 뭔 나리 무식하게..."

"그래. 너 잘났다! 하여튼 간에 니 대갈통이나 한번 검침해보자!"

"뭐? 내 대갈빡이 한전이냐? 검침하게?"

"상태가 전기를 먹은 것 같아 보여!"

"디질래?"

그러더니 홍금보 주머니에서 줄자를 꺼내 이금보의 머리통을 빙

둘러 재기 시작한다.

그러더니 잠시 지 머리를 갸우뚱 갸우뚱 몇 번을 하더니 이금보에게 줄자를 주면서

"내 대갈통 한번 재볼래?"

이금보, 홍금보가 뭔 작당을 하는지 영문도 모른 채 홍금보의 대갈빡을 자로 잰다.

"얼마야?"

"오백원!"

"에이씨~~~~그건 허경환이 꽃거지에서 하는 쏘리고..."

"아따! 홍콩에서도 한국 텔레비가 나오는 갑네? 너 별걸 다 알고 지랄이다!"

참으로 대화가 막장 드라마구만...

그래서 인간은 디질 때까지 항문을 갈고 닦아야 하는겨...항문 말고 항문...

"내 대갈통 둘레 말여!"

"태평양..."

"AC~~~~~~"

"...을 건너 대서양을 건너 인도양 만큼하다!"

"엄매. 그렇게 커야?"

"근데. 홍금보 니 대갈빡이 나보다 더 큰 것 같은데 뭐 하러 여기까지 날라 왔댜?"

"응. 그래서 나도 그것이 의문이다...나 그냥 돌아가 내가 주연 할란다."

그래서 홍금보는 킹콩의 주인공으로다 한국의 대표 얼큰이 이금보를 데리고 가지 못했었던 웃기는 짜장면 같은 이야기가 지금도 판교에는 회자되고 있다고 한다^ ^

가을 여행

가을만 되면 왠지 허전한 가슴에 바람이 분다.
가을바람!
역마살 낀 사람처럼 어딘가를 훌쩍 떠났다가 돌아와야 비로소 살아있다는 것을 실감하는 그런 가을바람이다.

훌쩍 서울을 떠난 첫날,
비양도가 바라보이는 협재 마을에서 하룻밤을 보내고 페리호를 타고 추자도를 거쳐 완도에 들러 육촌 형님하고 농어 한 마리 잡아 밤새 주거니 받거니 하니 남도의 아침이 밝아오네.
매생이국에 속을 달래고 이번엔 어디로 방향을 잡을까?
순천에나 가 봐야겠네.
새로운 사업에 전념하고 있을 친구들 가서 위문공연이나 해 줄란다. 완도에서 순천 가는 버스가 앞으로도 3시간 후에나.....
후~~강진행 버스표를 끊는다.
버스가 들어오자 안내하는 아저씨의 찢어지는 듯한 목소리가 울려 퍼진다.
"강진, 영암, 나주, 광주."
버스가 둘러 둘러 가는 행선지를 외치신다.
버스 앞에 보면 모두 적혀있는데 왜 저리도 소리를 외치실까?
완도 해안 도로를 따라 펼쳐진 아침의 바다는 신선하기만 하다.
뒤 늦게 들어오는 고깃배들의 행렬과 그 위로 따라 날아오는 갈매기들의 울음소리....
북창이라는 완도의 끝 동네를 벗어나자 이제부터는 오밀조밀한 산길이 이어지고 그 길 위로 가끔씩 차를 정체시켜주는 경운기 한 대에 동네 아낙들 몇 명이 광주리 한 개씩 끼고 타고 있다.
어디 품앗이를 가는 모양 같다.
강진에 도착하여 순천행 버스 시간을 보니 헐..여기도 1시간 후...
어릴 적 한 동네 살았던 석태형님이라고 강진 버스 터미널 주변에서 농업용 비닐공장을 운영하신다.

백년비닐... 앞에 와서 망설인다.

열심히 일을 하고 있을 시간에 갑자기 나타나면 뭐라고 하실까? 또 그 답은 뭐라고 하지?

중요한 건 내가 찾아와 오랜만에 얼굴보고 차 한잔 마시려고 하는 것 뿐 일 테니 그리 부담을 갖지 말자고 마음을 먹고 문을 들어선다.

"형님! 용갑입니다."

"...누구?"

"저 용갑이라고요. 용진형님 동생이요."

"...누구를 찾아 오셨나?"

"석태 형님 저 용갑 이라고요. 작년에 저희 어머니 모시고도 왔었 잖아요."

"아! 석태를 만나러 오셨구만?"

"?"

"응. 나는 석태 형 산태인데...."

헉!

아무리 형제라도 저렇게 닮아가면서 나이를 드시나?

"아이구 죄송합니다. 저는 석태 형님인줄 알고...."

"아니. 괜찮아. 다들 혼동들 해. 괜찮네...."

"네. 너무 닮으셔가지고....."

"석태는 지금 배달가고 없는데? 만나기로 한 건가?"

"아니요. 그냥 지나가는 길에 한번 들렀습니다."

"그래. 제수씨도 같이 나가가지고 뭐라도 대접을 해야 쓸 것인디?"

"아니. 괜찮습니다."

산태 형님이란 분은 수화기를 들고 주문을 한다.

"잉. 여그 백년인디. 쌍화차 두 잔 보내지시오 잉. 모닝으로다....."

뭔 소리데?

그리고 10여분 후 촌에서는 보기 드문 쭉쭉빵빵 걸이 엉덩이를 살래살래 뒤 흔들며 배달 보따리를 들고 나타난다.

"잉. 동상! 맛나게 좀 타 보거라 잉."

"네. 오빠!"

36

헉!

뭔 동생에?

또 뭔 오빠데?

스물 댓 살 먹은 것이 60가까이 된 분에게 아주 자연스럽게 오빠
래요...아버지뻘도 큰아버지뻘은 될 것 같고만.

어쨌든 쌍화차를 얌전히 잔에 붓고 달걀노른자를 조심스럽게 위에
동동 띄우는 기술이 아주 배테랑이여.

그리곤 자칭 자기 오빠 옆에 찰싹 달라붙어

'맛있어? 이따 한잔 더 시키면 내가 써비스 줄게.....'

뭔 서비스인줄 모르겠지만 지들끼리 모를 소리들만 하고 있네...

아직도 남도 지방에는 티켓 다방들이 레지들을 데리고 버젓이 영
업을 하고 있었다.

차 한잔을 마시고 일어나니 얼추 순천행 버스 시간이 된 듯.

차창 밖에 펼쳐진 아직 남은 가을을 구경하면서 왔더니 두 시간이
란 시간이 후딱 가버렸네.

저녁에 친구들과 그리고 회사 직원 두어 명과 녹동골이란 회집에
자리를 잡았다.

정성을 들인 듯한 손맛이 자연산 활어보다도 더 감칠맛이 나서 오
랜만에 맛난 남도회와 음식에 거나하게 한 잔을 하였다.

시골로 내려와 사업을 하면서 배웠다는 벼락치기 술버릇에 따라가
느라고 급하게 먹었더니 알딸딸~~~~~

맥주내기 당구 한게임 하잔다.

서울에서도 1년에 한 두 번치는 당군데 순천까지 와서 당구를 치
자고? 에이씨~~~여행기간동안 노동 같은 것은 안할려고 했더만
촌놈들이 볶아 채네...

즐겁게 당구 한게임을 하고 즐겁게 맥주 한 잔을 더 하고 부지런
한 용사들 아침 일찍 일어나서 또 전투장으로 출근들 하시고 잠
많은 놈은 아침 늦게까지 늘어졌다가 기차시간에 맞추어 순천역으
로 Going~~~~~

우선 해장국부터 한 그릇 때리기 위해서 식당으로 들어간다.

뼈해장국, 선지해장국, 순대국, 육개장 등등등 서울의 해장국집과
별 진배없는 메뉴들.
서울에는 없는 색다른 것이 없을까?
예를 들어 순천 참 꼬막 해장국 같은 그런 지역을 대표하는 그런
걸로다...
그런 건 안 보이고 대신 쪼매 비슷한 것 콩나물 해장국.
당첨!
역시 남도의 개운한 맛이 괜찮더군. 더러 참 꼬막인지는 모르지만
씹히기도 하고...

부산행 완행 기차표를 끊고 순천역에서 기다린다.
머리 빼고 겨우 세 칸짜리 부전역 가는 기차가 홈 플레트로 들어
온다.
부앙~~~부산가는 무궁화호 열차가 드디어 출발!
또 다른 가을바람이 가로에 떨어지는 은행닢이 가을을 먹고 노란
색을 머금은 채 아직도 가을이 남아 있는 남도의 도시를 벗어난
다. 굽이굽이 흐르는 섬진강을 넘자 화개장터의 너른 벌판이 펼쳐
진다. 여기는 나의 본관인 하동.
지리산 청학동의 초입이자 나의 뿌리가 있는 선비의 고장이지....
옛 가옥들이 잘 보존되어 있어 외국인들 오면 늘 들러 가는 우리
전통이 살아 숨 쉬는 곳이기도 하지...
근데, 좀 전에 지나왔던 역 이름이 진상?
이 지점에서 왜 진상같이 생긴 놈들의 얼굴이 떠오를까요?
서울에서 잘들 먹고 잘들 살고 있을 텐데 말이야!

꼬마 열차는 힘이 드는지 역마다 쉬어간다.
보따리 큼지막한 것 이고 올라오시는 분들...
마중 나온 손자와 반가워 손을 잡고 안아주시는 촌로 할매...
지팡이를 지으시며 올라타기 힘들어 하시니 역무원이 내려가 부축
해서 태워 주신다. 한 무리의 마을 어르신들이 기차에 올라오시더
니 막걸리 파티를 벌리시고 역무원이 지나갈 때마다 한 잔을 권하

는 우리의 정이 담겨 있다.

기차는 하염없이 산길을 따라 들길을 따라 동쪽으로 달리고 있지만 아직도 내가 모르는 동네만을 지나가고 군데군데 마을 촌로들은 따뜻한 응달에 모여 앉아 담소를 나누시고 집 앞으로 지나가는 기차를 담 넘어 빼꼼 넘어다보시는 주름진 촌로의 한가로움도 그림처럼 지나가고 있다.

내 어릴 적 산골 마을에 살 때,

어머니 손을 잡고 외가집에 한번 씩 놀러를 가면 멀리 기차의 기적 소리만 나면 뛰어 나와 툇마루 차창 밖으로 멍하니 쳐다보았던 먼 기억이 난다.

칙칙폭폭.....

옛날의 그런 소리는 아니지만 가끔 울어주는 기적소리가 나의 외할머니를 그리웁게 한다.

드디어 남강이 내려 보이고 촉석루가 자리 잡고 있는 진주성을 지나간다. 그 옛날 왜장과 함께 저 푸른 남강에 몸을 던진 논개의 절개가 서린 충절의 도시 진주.

남자 입장에서 보아선 참 아리따운 여인네 하나를 잃었다는 슬픔도 잊지 말아야 합니다.

아름드리나무들이 빼곡히 들어 찬 진주 수목원을 지나자 배에서 소식이 온다.

'뭐 좀 채워주시면 안되겠니?'

일어나 기차의 앞 칸 뒤 칸을 왔다리 갔다리.

역무원이 있어 물어 본다.

"식당차가 어디예요?"

"죄송합니다. 이 차는 3칸짜리 꼬마 열차라서 그런 것 안 키웁니다."

헉!

그럼 이 차를 타고 부산까지 가는 사람들은 배고프거나 목이 마르면 어쩌라고?

"매점이라도 엄나요?"

"네. 죄송합니다."

이런 낭패가~~~~~~~~

G20 정상회의를 주최한다고 목에 힘주어 말씀하시는 나랏님의 잘 사신다는 나라에서

이런 미개지역이 있다니....

배고파 미치겠는데 건너편에 앉아 있는 할머니와 계집 아이 꼬맹이는 옥수수를 맛나게도 먹네.

'나 한 입만 주면 안 될까?'

마음은 굴뚝같이 말을 하고 싶지만 차마 노인네와 코흘리개의 먹이까지 강탈할 그 정도의 나쁜 놈은 되지 말아야지요?

배에서는 쫄쫄거리는 소리가 점점 강해지고 자꾸만 나도 모르게 꼬맹이의 옥수수로 눈이 가는 것을 어쩌라고....

내가 자꾸만 쳐다 본 모양인지 꼬맹이 지 할머니에게 뭐라고 귓속말을 한다.

이내 할머니 내게로 오셔서 한마디 하신다.

"젊은이 혹시 우리 아요?"

"예? 아....아닌데요."

"그람 와 기분 나쁘게 자꾸 우리 짝을 쳐다 보요?"

".....죄송합니다....저는 그냥 손녀가 옥수수를 너무 맛있게 먹길래 그냥...."

"그랑께 나가 하는 말 아니요. 우리 손지가 젊은이가 자꾸 쳐다본께 옥시시를 못 먹것다고 하는 말 아니요."

"....죄송합니다."

"이 담부텀 그라지 마시오. 잉?"

"...네..."

이 세상에서 제일 치사한 놈이 남 먹을 때 쳐다보며 침 흘리는 놈이라고 했는데...흐미...

뱃대지는 고픈데다가 남 먹는 것 훔쳐봤다고 옥수수 할머니에게 야단까지 맞고 헐헐헐~~

불쌍한 인간아!

그러는 사이에도 기차는 달리고 달리고...마산을 도착하고 있었다.

일제시대에 병참기지로 사용하기 위해 개발한 도시가 중공업 산업이 발전을 거듭되면서 거대한 산업도시로 번성을 하다가 신도시 창원에 밀려 초라해져 가는 도시가 되었지만 그래도 마산하면 경남 중부의 거점 도시가 아니던가.

잠시 머문 기차는 또 많은 사람을 퍼 내리고 또 퍼 올리고....달린다.

한림정!
역 이름이 참말 이쁘다.
역무원조차도 엄을 것 같은 딸랑 쪼맨한 역사 하나 있는 곳에 아름드리 큰 나무들이 질곡의 역사를 이야기 해 주고 있는 듯하다.
일본 영화 뭐더라?
꼭 그 영화에 나오는 역처럼 삶은 달걀에 사이다를 마셨던 우리의 어릴 적 추억이 남겨져 있는 듯한 그런....
곳감으로 유명한 진영역에 도착하니 담배가 한 대 피우고 싶어진다. 역무원을 따라 잽싸게 내려서 기차가 잠시 머무는 시간동안 담배 한 대를 피워 문다.
"이제 떠나야 할 시간입니다."
벌써?
식당 칸도 엄는 기차를 몰고 댕기면서 담배도 지대로 몬 피우게 해요....
그때, 철길 저편에서 할머니 한 분이 손짓을 한다.
'나 태우고 떠나야 한다고~~~'
역무원 머뭇거리길 래 잠깐만 기다리라고 하고 할머니에게 달려간다. 근 보따리 한 개 들고 쩔쩔 매시는 할머니의 보따리를 받아들고 기차에 올랐다.
할머니는 고맙다고 연신 내게 손짓으로 표시를 하신다.
"아이구, 젊은이 아니었으면 차 놓치는 건데...."
"아니예요 할머니. 역무원이 기다려 줘서 탈 수 있었던 걸요."
"아이구. 그래도 내사 마 젊은이에게 고맙지."
그리고는 할머니를 빈자리에 앉혀 드리고 내 자리에 와 앉았다.

"이거이 내가 딴 감인데 먹어 볼끼라?"
좀 전에 그 할머니는 주먹만한 감 두 개를 내게 건네주신다.
"아이구, 할머니 이 귀한 것을...."
"아이라. 내 지금 가진 것이라고는 감 밖에 엄는기라. 부산 사는 손주들 줄라꼬 몇 개 따서 가는 중이다. 맛나게 무라."
그리곤 내 손에 감을 두 개 건네주시곤 당신의 자리로 돌아가신다. 욕시, 착한 일을 하면 먹을 것이 생긴다더니.
기근에 시달린 배고픔에 감 두 개를 순식간에 개 눈 감추듯 해치우니 쪼매 살 것 같네.
암만 생각해도 기차 칸에 식당이나 매점 엄는 것은 살인 행위나 마찬가지라고 생각이 든다.

강을 끼고 달리던 기차는 원동역에 잠시 머물러 숨을 고르고 짙은 가을을 담고 있는 밀양강과 낙동강이 만나는 강줄기에 남은 가을이 떨어져 있다.
주인 잃은 쪽 배 하나가 강둑에 매달려 기적소리에 흠짓 놀라 눈을 뜨고 강 건너 산으로 난 길에 들 까치들이 모여 앉아 가을걷이 때 남은 곡식으로 성찬을 열고 있다.

그렇게 긴 여정의 마지막 부전역에 도착하니 서산에 해는 지고 부산의 야경이 하나 둘 보이기 시작한다.
기장 사는 큰 누이에게 전화를 때린다.
"나 그냥 경주로 갈란다."
"너, 때려죽고 잡냐? 후딱 누나 집으로 기 온나."
쿵야!
누나집의 전화기 부서지는 소리 같다.
에이씨~~~한 달 전에도 둘째 조카 넘 결혼식에 왔었는데 또 오라고 지랄이고...
택시를 타고 기장 누이 집에 갔더니 허헉헉!
손바닥 두 개를 합한 것보다도 더 큰 기장 붕장어 다섯 마리가 직화 구이를 기다리고 있네...

그렇게 누이와 조카들과 맛나게 묵고 노래방 가서 디지게 소리 지르며 광란의 부산의 밤을 보내고....

다음날 기장역에서 기차를 타고 경주로 올라가는 길은 참 아름다운 기차 길이다.

해안선을 따라 부전역부터 해운대역을 거쳐 기장, 울산을 거쳐 경주로 올라오는 길은 태종대가 내려 보이는 동해 바다 길에 내륙은 또 오솔길에 선로를 깔아 놓은 듯 아기자기한 맛을 느끼게 한다.

경주 사는 후배를 만나 무녕왕릉이 있는 감포에 가서 바다에 낚시대를 드리워 놓고 방파제에 앉아 소주 한잔을 치는 맛!

참 인생의 맛이 아닐까?

그 날도 후배와 포항 앞바다 심해에서만 잡힌다는 대고동회와 도루묵찌개 그리고 생굴 무침에 시체가 되었당!

포항에서 비행기 시간이 11시!

아침 일찍 일어나 감포를 돌아 양포에 들러 후배가 하는 스킨스쿠버 샵에 들러 아침을 먹고 시간에 맞추어 가려고 소파에 누웠더니 두주불사들의 겁나게 무서운 얼굴들이 나를 잡아 먹을라고 한다.

후배에게 말한다.

"윤수야! 구룡포 좀 들러 가야 할 것 같은데...."

그렇게 나 두주불사들에게 안 디질라고 구룡포를 들러 과메기 한 두룹 사서 옆구리에 끼고 김포에 도착하니 점심때가 됐네요.

그런데 왜?

방화동 가는 리무진은 안 오는겨?

아저씨! 거긴 걸어가도 되는 거리예요~~^!^

공부하라 대신 공부하자!

재미동포 전혜성 박사가 이번에 출간한 [엘리트보다는 사람이 되어라]를 보면서 많은 것을 느껴봅니다.

그 분의 자녀 6명을 모두 하버드, 예일대로 보내 5남매가 박사 학위를 받고 막내아들만 화가로 전향하여 활동하고 있는 미국에서는 아주 유명한 학자이자 사회복지가 입니다.

"저는 엘리트가 되는 것만 중요한건 아니라고 생각합니다. 덕이 재주를 앞서야 한다는 것입니다. 좋은 대학 가는 게 먼저가 아니라 다른 사람들에게 도움이 되고 덕망을 갖춘 사람이 되는 게 먼저라고 생각하고 이를 자녀들에 강조해 왔습니다."

"아이의 관심사나 재능과는 무관하게 어떻게든 하버드나 예일에만 들어가면 된다고 생각하는 부모가 많아요...하지만 중요한 건 아이가 뭘 잘하는지, 뭘 하고 싶어 하는지의 문제입니다. 아이에 대한 애정이 집착으로 변해선 안 됩니다. 한국의 아이비리그 집착증은 걱정이 될 정도입니다. 하버드나 예일대만 또는 유학을 꼭 보내야 좋은 학교가 아니지 않습니까? 제 아이들은 자기 자식들에게 kqjem를 가라고 강요하지 않더군요....하버드의 학풍이 아이의 성격과는 잘 맞지 않을 수 있다고 판단한 것이지요."

"아이들의 유학을 위해 부모가 떨어져 생활하는 게 문제인 것이지요. 멀쩡한 가정을 두고 아이 교육을 위해 부부가 떨어져 생활하다 보면 부모는 '내가 이렇게 희생하는데 아이가 당연히 잘해야지'라는 집착을 갖게 되지요. 아이는 죄의식에 가까운 부담감을 지게 되고요. 결국 부모에게나 아이에게나 부정적 영향을 줍니다."

"아침 식사는 반드시 가족이 함께했고, 정기적으로 가족회의를 열러 집안의 eth사를 이이들과 함께 의논하고 결정했습니다. 한 번 정한 원칙은 확실히 지켰습니다. 가족회의선 아이들이 발언할 때 아이들의 발언을 경청했습니다.

아이들은 함께 가정을 꾸려가는 파트너입니다. 부모들이 아이를 위해 무조건 희생하는 존재가 되어서는 안 됩니다."

"저는 아이들에게 '공부하라'는 말 대신 '공부하자'라고 말했습니다. 집안 어딜 가나 책상이 있고 저와 남편이 먼저 공부하는 모습을 보여줬지요. 꼭 공부가 아니더라도 부모가 자신의 일을 묵묵히 열심히 하면 아이들도 결국 따라갑니다. 자녀와는 별개의 부모 스스로가 자신의 인생에 대한 명확한 목표를 갖고 치열한 노력을 기울이는 모습을 먼저 보여야 합니다."

저자는 얼마 전 히스패닉계로는 처음으로 미국 대법관 자리에 오른 소니아 소토마요르의 취임식으 보며 많은 걸 느꼈다고 합니다. 앞으로 한국계 미국인도 그렇게 진출해 나갈 수 있다는 것이지요.

"저와 아이들이 그 초석이 되면 좋겠습니다. 그러기 위해선 '내 아이만 잘되면 된다.'는 생각을 버리고 '다 함께 잘해야 한다.'고 생각합니다."

지금의 우리는 자식만을 위해 희생, 집착할 나이가 아니라고 생각합니다.
아이들의 앞길을 밝혀 주는 등대 역할을 하면서 나의 인생의 목표를 위해 살아가야 하는 것 아닙니까?

내가 아니라니까

약 30여년 전 이야기입니다.

술은 좋아해서 날마다 주지육림 하다 보니 어느 날 기관지가 좋지 않다는 의사의 권고로 상계백병원에 보름정도를 입원한 적이 있었습니다.

좀이 쑤시고 늘 먹어야 할 주식(?)인 술을 못 먹으니 죽겠더라고요...미치도록 고통스러운 날을 병실에 묻어 놓고 그렇게 퇴원을 하고 집에서 요양을 하고 있는데 영암에 사는 누이가 기력을 회복하라며 인삼, 녹용 등 한약재가 20여 가지 들어간 "개소주" 2개월분을 티백으로 조제해 보내주셔서 아침, 저녁으로 먹게 되었습니다. 아침 식후 한 봉지를 먹고 전철로 태릉에서 을지로3가까지 출근을 하는데 아시다시피 한약재가 냄새가 진합니다. 거기다가 뱃속에서 발효까지 되니까 변 냄새도 찐한 한약 냄새와 개고기 특유의 야릇한 냄새가 섞여 아주 독한 향을 내게 되더라구요.

어느 날이었습니다.

지하철 1호선 전철 출근 시간.

아비규환 만원인 전철을 타면서부터 속이 더부룩하더니 끝내는 방귀가 나오려는 듯 하였습니다.

두 번까지는 꾹 참아 보았지만 인내의 한계에 다다른 세 번째....
드디어 사건은 벌어지고 말았습니다.

발 디딜 틈 없이 가득 찬 사람들 속에서 옆 사람들의 눈치를 보면서 소리 나지 않게 한방을 발사......

그리고 침묵......

내가 발사해 놓고도 너무 심한 냄새가 역겨웠는데 다른 사람들은 어떨까!

즉각, 옆에 서있는 아주머니가 내 얼굴을 한번 딱 쳐다보더니 손으로 코를 막으며 얼굴이 일그러지면서 다른 한손으로는 손부채질을 해대기 시작했습니다.

'아이구, 이런!'

이거 큰일 냈구나 이대로 있다가는 완전히 범인으로 몰려 이 험악한 분위기에서 몰매 맞을 것' 같은 생각이 머리를 스쳐 지나갔습니다.

'어쩌지? 이 위기를 어떻게 극복해야 하나?' 하는 나의 이중성에서 빠르게 대처를 해야 겠다는 마음을 먹었습니다.

그리고 주위를 빠른 시선으로 읽어 나갔습니다.

그때, 내 바로 앞에서 나를 원망하듯 쳐다보고 있는 한 남자와 얼굴이 마주치는 순간.

'그래! 그거야' 회심의 미소 잠깐...

'이 위기를 벗어나기 위해서 너를 물고 가자.' 하는 생각과 함께 나보다 좀 작은 키에 나와 비슷한 나이의 학생? 아니면 직장인? 에라이 모르겠다!

나도 오만가지 인상을 쓰며 그 남자의 얼굴을 쳐다보며 더욱 빠른 손놀림으로 코에 부채질을 해댔습니다.

그러자 나를 쳐다보며 오만가지 인상을 썼던 사람들의 시선이 점점 내 얼굴에서 그 사람의 얼굴로 돌아 모아지기 시작....

지독한 냄새 때문에 독이 오를 때로 오른 주위의 사람들이 내 얼굴의 시선에서 점점 그 남자의 얼굴로 시선이 모아 모아지고...

점점 그 남자의 얼굴이 굳어지기 시작하더니 이내 빨갛게 달아올라 홍조가 되어 창피 속에 파묻힌 얼굴로 변해갔습니다.

나 역시도 더욱 뜨거운 시선으로 그의 얼굴을 파고 들었습니다.

뻔뻔스럽게도 스리 스리...

그렇게 한 정거장을 지나갔습니다.

그 남자의 빨개질 데로 빨개진 얼굴.

따가운 시선을 더 이상 참을 수 없는 듯 그는 끝내 원망 가득한 시선을 나에게 남기며 뒷걸음쳐서 내리지 않을 역에서 하차를 하고 말았다는 것 아닙니까.

문이 닫히고 출발하는 전철 창문 밖에서 그는 '너! 두고 보자.'라는 듯 나를 쳐다보는 그의 슬픈 표정과 '내가 아니라니까요!' 라는 황당한 얼굴.

그런 그를 전철 플렛홈에 남겨 두고 유유히 출근길을 나서는 뻔뻔스런 나 자신이 당당스럽기만 하다.

"아이고 그 젊은이 아침에 뭘 먹었길래 그리도 냄새가 지독할까!"

하는 어느 아주머니의 말을 들으며 나는 출근길을 무사히 갈 수 있었습니다.

"아주머니. 사실은 제가 아침에 개소주 한 봉지 먹었당께요..."란 아주머니의 질문에 답을 드리지 못한 아픔을 이해해 주시기 바랍니다요.

그때 그 분.

많은 세월이 흘렀지만 이 글을 보게 된다면 지금이나마

"그때! 그 일!"

미안하다는 사과를 드리고 싶어요. 잉~~~

짭새의 마누라

어느 날, 짭새가 범인을 검거할라고 용의자 집 앞에서 밤새울 일
이 있어 마누라한테 이야기를 하자 자기도 혼자 집에서 심심하니
까 함께 잠복하자고 하자
"국가에서 당신 당직비는 안 나와!"
마누라 그래도 상관없으니 당신만 있으면 된다고 하여 함께 범인
집 앞에서 잠복을 한다.
그렇게 몇 시간...
새벽쯤 되자 용의자가 섹시하게 생긴 애인과 나타나자 다짜고짜
쳐들어가 수갑을 채우자 애인이 협상 들어온다.
"짭새 아저씨! 이거면 될까?"
이 여자 통 크게 천만원짜리 수표를 디민다.
"아니...."
망설이자 마누라 수표를 가로채며 용의자 애인에게 한마디 한다.
"요즘 시세를 아시네요. 호호호!"
그렇게 거래가 끝나고 가려는데 짭새가 애인에게 묻는다.
"연락처는요?"
그 말을 들은 마누라 날라 온다.
"인간아! 개 버릇 또 나오냐?"
"아니 나는...이거 부도난 수표면 어떻게 하냐고..."
"이서를 받으면 된다고 했잖아?"
용의자 애인 한마디 한다.
"사람을 그렇게 의심하면 안 되지..."
짭새 부인 지지 않는다.
"주는 사람이 믿을 만한 사람이 아니잖아?"
"받는 그 쪽이 나는 더 믿음이 안 간다고!"
"그니까 이런 뇌물을 주면 안 되잖아?"
용의자 애인 피니쉬 펀치 날린다.
"이런 뇌물 받지 말고 착하게 살면 되지 않아?"
쩝~~~언년이 더 착하고 더 믿음이 가는 거야...

지하철 아이

코로나19로 모두가 힘든 시기를 겪고 있는 올해도 여전히 겨울은 우리 곁을 와서 찬바람을 날린다.

마음마저 이 겨울에 차갑지만은 않았음 좋을텐데...

오늘도 지친 몸을 싣고 새들이 둥지를 찾아들 듯 각자의 집으로 들어가는 늦은 시간에 지하철 5호선 공덕역에서 허름한 점퍼 차림에 얼굴에 땟자국이 덕지덕지한 열 살 남짓한 남아아이 한 명이 타더니 무릎을 꿇은 채 자신의 한탄 신세 몇 마디를 하고는 비닐 봉지를 들고 승객들 앞으로 와 손을 벌리며 자신의 어려움을 눈으로 이야기하고 있었다.

모두들 지친 눈빛으로 아이에게 동정을 보내지만 쉽게 동전 한 닢 던져주는 사람은 없었다.

전철 한 칸을 돌아온 아이는 동전 몇 닢을 봉지에서 꺼내 주섬주섬 헤진 바지 주머니에 집어넣고는 경로석 맨 귀퉁이에 앉아 이내 눈을 감았다.

세상살이에 지쳐 금새 잠들어 있는 아이를 보면서 내 누이 손자 또래 밖에 안 된 저 나이의 세월이 얼마나 각고한 시간일까 하면서 잠시 눈시울이 촉촉해진다.

아무도 저 아이의 존재를 알지 못하고 인정해 주지 않는 도시의 메마름과 야속함이 외양에 나타나는 것보다 더욱 아플텐데....하는 슬픈 마음이 가슴을 아리게 한다.

그렇게 지하철은 달려 종점인 방화역에 다다르고 나도 일어날 채비를 하면서 그 아이를 바라보았다.

여전히 지친 얼굴로 잠이 들어 있는 천진한 얼굴을 가진 아이.

종점이기에 모두 내려야 하는 상황이라서 가까이 가서 어깨를 흔들어 본다. 몇 번을 흔들어 깨워도 좀 채 일어나려 하지 않는다.

오늘의 마지막 운행이라 차량 기지로 들어가야 함으로 승객이 남아 있어서는 안 되기에 승무원이 와서 강제로 아이를 깨운다.

아이는 두어번 칭얼거리다 마지못해서 일어난다.

부시시한 눈을 부비며 먼저 바지 주머니를 만져 보더니 지니고 있

는 동전 몇 닢과 자신의 삶의 도구인 비닐봉지가 있는지를 확인
하고는 열린 문으로 사라진다.
"오늘도 막차를 타고 왔네요...."
승무원의 말 한마디가 돌아서 가는 아이의 뒷모습으로 따라간다.
"자주 오나 보죠?"
"예. 전에는 서울역에서 잠을 잤다고 하는데 나이 먹은 노숙자들
이 자기 돈을 다 빼앗아 가버려서 그 사람들을 피해서 이역까지
와서 자나 보더라고요...."
"잘 때는 있나요?"
"공공 시설물에 그런 것이 어디 있나요...."
말을 흐리면서 다음 칸으로 옮겨가는 승무원.
무거운 걸음으로 계단을 올라가는 아이의 초췌한 모습이 천근 세
상살이를 짊어지고 사는 것만 같은 애잔함이 뚝뚝 떨어지고 있다.
"애야. 잘 데는 있니?" 물었다.
나의 질문에 아이의 졸리운 눈이 갑자기 커졌다.
그리고는 바지 주머니를 움켜잡더니 달리기 시작했다.
"왜 그러니? 어디 가는데?"
나의 목소리는 허공으로 사라져 버리고 아이는 있는 힘을 다해 앞
으로 달리고만 있었다.
아니, 그것은 달리는 깃이 아니고 내게서 달아나고 있었던 것이다.
슬펐다.
속세에 아직 나오지 않아야 할 저 어린 나이에,
살아가기 위해서,
자신을 지키기 위해 사람들과의 타협 아닌 타협을 스스로 하고 사
는 아이....시간은 벌써 새벽 1시 가까이 뇌어 가는데....
춥고 시린 오늘밤을 어디서 보내려고 저리도 빠르게 달려가고 있
을까....
또 내일은,
저 아이가 쉬어야 할 따뜻한 보금자리 한 칸을 찾을 수 있을까?
저무는 새 밑에 情에 방치된 우리들 주변의 사람들이 없는지 한번
둘러봅시다.

행복하게 가신 날

90세로 소천하신 후배 어머니...
아침에 강된장 먹고 싶다고 전화 와서
며느리가 요리하여 요양병원에 갖다 드리자
아들 며느리 손주들 앞에서
정말 맛나게 드시고 두 시간 후에 돌아 가셨다는
말을 들으니 참 행복하게 가셨다는 생각이 들어
애잔하기도 하지만 당신의 복이라는 생각도 든다...

매운 닭발

안산 세계 길거리 춤 문화축전을 준비하느라고 오랜만에 일 좀 하는데 눈앞에 닭 한마리가 오라리 가라리 한다.
그것도 빨간 부츠를 신은 채 트위스트를 추면서 겁나 유혹한다.
"우와~~~~~~~빨간 양념 바른 닭발이네? 유후~~~~~~~"
카톡 때린다.
모래내 시장 근처에 근무하는 친구 놈 무지하게 팅긴다.
지 놈 보고 잡아서 가는 것 아니고 오로지 맛난 닭발 빨러 가는데 말이다.
하지만 외롭게 홀로 닭발을 빨 수는 없잖여요...
어쨌든 간에,
안산에서 Going~~~~~~~~~~
팅기든가 말던가 가면 지가 나오것찌?
자기네 건물 폭파당하지 않을라면 말이야.
한참 가고 있는데 카카오~~~~~톡 문자 들어온다.
"어디냐?"
"안 가르켜주~~~~~~~~지"
"갈켜 줘라."
"모래내 시장 닭발 묵으러 가고 있다."
"양꼬치 먹으면 안될까?"
"안돼!"
"알았다. 어디로 가야 되냐?"
"디지털 미디 시티역에서 만나!"
"OK!"
무지하게 서둘러 간다.
오로지 눈앞에 어른거리는 빨간 부츠를 해치우러...

열심히 일하는 줄 알고 사무실로 갔더니?
역시나지!
이 인간이 일을 해?

시건장치가 굳건히 닫혀 있는 것이 당연한 거지?

전화 때린다.

"어디야?"

"닭발 집 옆 보쌈집으로 온나."

AC~~~~~~~~~

닭발 집까지는 좋았는데....옆집이래.

....그래도 옆집이니 닭발 한 접시 시켜서 묵으면 되겠지?

기쁜 마음으로 발걸음도 경쾌하게 아싸~~~

문을 열고 들어서자

"오. 갑!"

어우 창피~~~

손을 번쩍 들며 강호동 목소리보다 더 큰소리로 디립다 반가워 한다. 앞자리에 직원 한명이 벌떡 일어나 인사를 한다.

"오우. 황박사 오랜만입니다."

반갑게 인사를 나누고 있는데 친구 놈 한번 더 소리를 지른다.

"오. 똥개! 오랜만이다."

음식점 손님들의 시선이 일제히 우리에 쏠린 것은 당연지사 아니 것습니까?

또 창피해 잉~~~

나이 오십이 넘은 놈끼리다 친구에게 똥개라고 부르면 되는겨?

똥개 지져댄다.

"에이씨. 똥개가 뭐냐?"

"그럼 똥개를 똥개라고 하지 미친개라고 하랴?"

흐허헉...대략 난감!

김치에 굴 넣고 돼지고기 한 점 올려 먹는 보쌈 맛이 알싸하다.

"닭발 한 접시 시켜줄까?"

절대 모래내에 근무하는 친구의 질문이 아니다.

어디를 봐도 그런 이쁜 질문을 하게 생기지 않은 친구거덩...

"응!"

"양심 좀 있어라?"

헉!

양심?

지도 없는 것을 나보고 가지라고?

"남에 영업장에서 다른 집 음식 시켜 먹는 것은 뉴욕에서는 절대 하지 않는 짓이다."

우아!

저 웬수같은 놈은 내 인생에 태클을 걸라고 태어났어야?

오로지 닭발을 먹기 위한 일념으로다 안산에서 단숨에 날라 왔고만 무시기?

식당에서 다른 집 음식은 절대로 시키면 안 된다는 것이 뉴욕시의 조례라도 있는겨?

"여기는 뉴욕이 아니라 상관없거든?"

"우리 동네니까 내가 뉴욕이라면 뉴욕인 줄 알아라!"

군대 건빵 말라 비틀어 진 소리하고 계셔요.

여기가 뉴욕이면 그럼 우리 동네는 시카고냐?

오우~~~~~~~~나의 첫사랑이 살고 있는 시카고....

'소연! 오랜만에 누워 보는군...'

아우~~~~~~~가슴 설래...

다시 항구로 돌아와서,

"이거 먹고 나가서 닭발먹자."

작것이 이제 사 이쁜 소리를 해 대는구만.

열심히, 그리고 맛나게 보쌈을 해 치우고 있는데....

"여기요. 보쌈 대짜 한판 추가요!"

잉?

교회당 망하여 절간 들어서 십자가가 卍자로 바뀌는 소리?

그것도 친구가 아닌 직원이 시키면?

막을 수가 없잖여?

그렇게 먹고 났더니 배가 부를 수밖에!

"너 좋아하는 맥주 묵으러 가자."

"닭발은?"

"더 들어갈 때가 남은 겨?"

"응."

세 명이서 정말로 어이가 없다는 표정으로 나를 꼬나본다.

"뭘 꼬나보는데?"

"일단 맥주한잔 때리면 배가 꺼질거야. 그때 닭발 묵자."

그게 아니잖아...난 닭발 먹으러 왔다고요. 빨간 부츠~~!

일단 단골집으로 올라가서 기본으로다 한판 때리고 나니 꺼져야할 배는 점점 불러만 온다.

"배부르니 소리 고래고래 지르면 소화될 거다."

지하 노래방으로 내려간다.

사내 놈 넷이서 목청껏 먹을 따니 주인장 추가 서비스 시간을 자꾸만 넣어준다.

방댕이 꼬슬꼬슬한 아줌마도 넣어 주면 더 좋것는디...

두어 시간을 놀았더니 정말 배가 출출해 진다.

왔던 골목으로 방향을 틀자 그리운 닭발집의 간판이 고맙게도 아직껏 켜져 있다.

와우~~~문을 활짝 열고 주모에게 주문 때린다.

"매운 닭발 한 사발하고 처음처럼 일병!"

"영업 끝났는데요...."

뎅!

뎅!

뎅!

정말 교회당 종소리 울린다.

오늘 저 놈의 모래내 시장 옆에 근무하는 아주아주 미운 놈 닭발 안 사 줄라고 갖은 수작을 부리더니 끝내는....

오늘도 닭발을 몬 묵었습니요~~!!

겨울이 오는 아침에

나이가 들었나보다....

아침잠이 참 많아 외국인 회사에 근무할 당시 7시 출근하는 것에 부담이 되었던 시절이 있었는데 요즘 들어선 새벽에 눈을 뜨는 날이면 더 이상 잠을 청할 수가 없다.

노모를 모시고 살기에 6시면 거실에 불이 켜 있어 나이 드신 어머니의 건강을 위해서 푹 주무시지 일찍 일어나셨냐고 하시면 '자네도 나이 들면 아시네!' 라곤 하시더니 이제 사 내가 그 말씀을 터득하고 있는가 보다.

베란다 문을 열자 싸늘한 새벽 공기가 폐부 깊숙이 들어온다.

또 하루가 열리고 도시 속으로 사람들은 모여 자기의 자리에 안착하여 하루를 살아가겠지.

무릇 황량한 벌판의 이름 없는 풀떼기도 생의 의미를 지니고 살아간다고 하는데 많고 많은 사람도 자신의 위치가 있고 조물주가 자기에게 던져 준 삶의 그릇을 채우기 위해 싱그러운 아침을 만날 것이다.

날마다....

아침 공기는 싱그럽지만은 않다.

때마다....

生은 즐거움만으로 채워지지는 않는다.

오늘이 해피한 날이면 내일은 한번쯤 우울해져서 인생에는 고통이 따라야 자신을 돌아보는 계기가 되고 나보다 못한 사람의 삶의 아픔을 앎이 그들에게 내가 무엇을 위해줘야 할 것들을 느껴보기도 해야 하는 것 아닐까?

집단, 조직....

뭉쳐도 살아남기 힘든 거대 업무타운 서울이란 도시에서 이합집산의 모습은 모두를 병들게 만드는 행위가 아닐까 하는 우려가 된다.

산이 높으면 골이 깊다고 했던가!

글쎄....

겨우 뒷동산의 구릉 하나도 안되는 집단에서 이견들이 왜 그리도 많은지 모르겠다.

열병식 때 기수는 왜 뒤야하는가?

줄을 설 때 기준을 왜 외치는가?

기수를 만들면,

기준을 외치면 그를 따르고 따라오게끔 이끌어 갈 줄 알아야 하는 것 아닌가?

명심보감 교우편에

'路謠에 知馬力하고, 日久에 見人心이니라

– 가는 길이 멀어야 타고 가는 말의 힘을 알 수 있고 사귐이 오래돼야 그 사람의 마음을 알 수 있다.' 라는 문구가 기억이 난다.

세월!

살아 온 날의 반 이상을 차지하고 있는 많은 날들을 잊혀지지 않고 만나온 벗이요, 친구들인데...

작금에, 세월이 하 수상하다는 선조들의 이야기를 빗대 서로들을 버려두고 있는 듯하여 상큼한 아침에 이바구 좀 떨어본다.

기분 좋은날

누이의 큰딸이 7살 먹은 지지배와 4살 먹은 사내놈을 데리고 집에 놀러를 왔다.
우리 노인네는 복도 많으시지...
증손녀와 증손자까지를 안아보시니 말이여^^
"왕 할머니는 얼굴이 금이 많아!"
4살 먹은 사내놈이 이야기를 하자 7살 먹은 누나가 이야기를 받는다.
"우리 할머니는 얼굴이 뻔뻔해!"
헉!
저 작은 것이 나의 누이의 뻔뻔함을 벌써 알고 있다는 말이여?
영특 하구만!
"삼촌은 얼굴에 금이 없다!"
삼촌?
삼촌이면 우리 아들들인데?
한 놈은 학교가고 또 한 놈은 학교 기숙사에 있는데?
누구지?
그러더니 지지배 채원이가 나에게 다가와 내 얼굴을 문지르며 한마디 더 한다.
"삼촌은 아직 싱싱해!"
말 표현이 좋긴 한데 내가 뭔 어물전의 동태냐?
싱싱하게스리...
이때, 눈치없는 나의 조카가 끼겨 든다.
"채원아! 거긴 삼촌이 아니고 할아버지야!"
"아니야! 할부지 아니고 삼촌이야!"
"야! 이채원! 니 삼촌 아니고 내 삼촌이거든?"
"아니야! 내 삼촌이야!"
아~~~나도 이채원이의 삼촌이고 싶다!
손녀딸이 와서 시린 무릎의 통증을 모두 잊게 해 준 행복한 하루였습니다요.^!^

신봉선

몇 년전
금천구청 벗꽃축제장에 신봉선을 게스트로 불러
게그 좀 치라 했더니 집이 가랭이 찢어지듯 가난하여
자기 엄마가 싹바느질을 하여 식구들 연명할 때
아버지가 술 한잔하고 와서 술김에 엄마를 자뻐뜨려서
원치도 않는 자기를 낳게 되었고

어차피 깐 달걀 이름은 붙여줘야 하는데
뭘로다 지을까 고민을 하던차에
엄마의 싹바느질 단골손님이
"새댁이 바느질하면 봉재선이 이뻐!"하길래
봉재는 사내 이름이고 하여 중간에
"재"자를 문대버리니 그래도 쪼매 촌스럽지 않은
이름이 되길래 "봉선"이라 지었다고 하네요...

^^뻥이야~~~!!

소망의 우체통

울산 울주군 발리에 울산온천을 운영하시는 분과 친분이 있어서
잠시 머리도 식힐겸 여름 축제도 준비해 드릴 겸 내려갔다.
그곳에서 그리 멀지 않은 곳에 한반도에서 맨 먼저 해가 뜬다는
[간절곶]이 있다.

조선 시대 충신이었던 선비 하나가 역모에 엮여서 이곳으로 유배
를 오게 되었는데 처자식 생계를 위해 선비의 신분을 버리고 고깃
배를 타게 되었다고 한다.
험한 바다를 나가지 않으면 처자식 생계가 위협을 받기에 날마다
바다에 나가 힘든 어부 생활을 유지해야 했기에 그 부인과 딸 둘
은 바다를 향해 날마다 지아비와 아버지의 무사 귀환을 기원했었
다는 아름다운 이야기가 있는 곳이다.

그 곳에 소망 우체통이 있다.
강호동의 1박 2일에도 소개되었던 우체통인데 높이가 족히 6m는
될 성싶다.
그 뒤로 돌아가면 우체통 안으로 들어가는 문이 있어 엽서에 소망
을 담은 편지를 써서 보내면 수취인 주소로 배달이 되어 내 마음
을 가족, 친구에게 전할 수 있다고 한다.
그런데 그 엽서가 1년 후에나 배달이 된다고...

참 재미있는 발상이다.
현대를 바쁘게 살아가는 온라인 시대에 아나로그적 감성의 요소가
남아있어 더욱 정겹다...
시간을 내서 한번 찾아가 늘 곁에 있어서 사랑한다는 말 한마디,
고맙다는 말 한마디 하기 쑥스러운 가족에게, 벗에게 따뜻한 글
한줄 보내보는 여유를 느껴 보는 것도 괜찮을 듯싶다...

봄이 익는 마을

이맘때면 섬진강은 봄꽃의 향연으로 꽃빛으로 세상을 밝히고 봄바람 살랑살랑 칠 때면 꽃비가 강변을 뒤덮는다.

마산역에서 기차를 타고 밀양강을 질러가면 원동역이라는 작은 간이역이 있는데 역전 마당이 온통 매화꽃으로 수놓아져 있어 많이 아름답다.

상춘객들로 역전이 꽉차 기차가 지나가지 못할 정도로다...

그곳을 지나 하동역에 내려 걸어서 10분을 가면 하동 시외버스터미널이 나오고 거기서 쌍계사 가는 완행버스를 타면 지리산 쌍계사 벚꽃10길을 간다.

버스를 기다리며 터미널 뒷골목에 있는 하동 제첩국 한그릇을 때리면 가슴속에 맺힌 삼라만상 온갖 시름이 씻겨 내려가는 진한 국물이 상큼함을 느끼게 한다.

봇짐 두어 개씩을 이고지고 버스에 오르는 촌로들의 모습이 정겹다. 유유히 흐르는 섬진강을 따라 천천히 달리는 완행버스 양 옆으로 강변에는 벚꽃들이 화려하고 파릇하게 싹이 오른 밭고랑을 따라 백색매화, 노랑매화, 홍매화가 얼굴을 활짝 핀 채 진하게 향을 피우며 봄바람에 춤을 추는 계절의 푸르름이 그림처럼 펼쳐져 있다. 길을 따라 강을 따라 벚꽃과 매화꽃의 수려한 자태가 끝없이 이어지는 봄의 향연!

열린 창문으로 들어와 깔리는 꽃향기들이 술이 되어 꽃술 한잔에 취하는 듯하다.

지리산 자락의 작은 능선 아래로 박경리 작가 "토지"의 주 무대였던 최참판 댁이 아스라이 보이고 그 아래엔 30만평이나 된다는 악양면 기름진 논밭이 매화꽃잎들 사이로 비추었던 사라졌다 하는 넓은 벌이 그림처럼 그려져 있다.

언젠가부터 이런 예쁜 길이 만들어졌는지 모르겠지만 해마다 잊지 않고 그려지는 자연의 섭리가 참으로 경이롭기에 더욱 아름다운 듯싶다.

구석구석 대한민국에 아름다운 길이 많지만 섬진강의 은어가 찾아드는 이맘때 한번쯤 오지 않으면 왠지 봄이 오지 않을 것만 같은 서운함을 느끼는 참 고운길이다.

벚꽃과 매화...완행버스가 지나가면 흩날리는 개나리가 소담소담 속닥거리는 소리도 정겹기만 한 이 길을 사랑할 수밖에 없는 이유일까... 아직도 쌍계사로 이러진 벚꽃길이 남아있지만 화계장터에 내려 지리산의 봄맛을 보러 내린다.

지금은 관광객을 위해 상설장터를 별도로 만들어 놓았지만 옛날의 화계장터는 섬진강 넘어 구례 읍내가 희미하게 보이는 강변에 있어서 하동, 구례 사람들이 모여 영남과 호남의 문물들을 주고받고 했었다는데...

지금은 그 옆에 화계나루터 흔적만 남아 있어 아쉬움이 남는다.

지리산 깊은 산골 산청골의 벌목꾼들이 섬진강 물길을 따라 뗏목을 타고 와 허름한 주막에서 싸구려 동동구루무로 덕지덕지 분칠한 기녀들 가슴살을 끌어안고 탁배기 한잔으로 지치고 힘든 육신을 재우고 하룻밤 풋사랑의 아쉬움을 나룻터에 새겨놓은 채 섬진강을 떠났을 아련함이 그립다.

다음 주면 매화꽃은 질 때고 벚꽃도 시절을 따라 꽃비처럼 흐드러지게 내릴 테고 그러면 섬진강변의 버들강아지가 물오른 자태를 뽐내며 봄바람과 함께 남은 봄이야기를 나누며 봄꽃이 떠난 이 허전한 길을 수놓고 있으리라...

그때는 또 버들가지 한줄 꺾어 버들피리 만들어 처녀뱃사공 한곡 때려봐야지~~~!!

이름다운 쌍세사10리 벚꽃길...
이 벚꽃 지기 전에 시간들 내어서 코로나에 지친 몸과 마음을 치유하는 시간들 만들어 보시게나!

신문과 라면

"재홍아! 나 50원만."
일간 스포츠를 책상위에 깔고 디럽게 침 흘리고 자는 짝꿍아 재홍이를 깨운다.
부시시 일어나더니 주머니를 한참 디지더니 딸랑 50원이 나온다.
"봐라. 나 50원밖에 없다."
"그니까 나 달라고..."
황소만한 눈을 꿈벅 꿈벅거리며 내게 묻는다.
"뭐하게?"
"라면 사먹을라고 하는데 50원이 모잘라서리..."
"안 돼!"
"왜~~~에~~"
"나 낼 아침 신문사야 돼!"
그러더니 다시 책상에 머리를 박고는 그대로 디비 자버린다.
우씨~~~
멍게 말미잘 꼴뚜기 팽이버섯 같은 짝꿍아!

짝꿍은 그렇다.
배부른 돼지보다는 신문의 기사 한 줄이라도 더 읽는 인간으로 산다고...
참나!
니가 나처럼 배가 안고파봐서 소크라테스가 배터지게 먹고 난 다음에 악다구리 치는 구라에 속고 사는 거야~~!!
가방속의 책은 매일매일 같은데 바뀌는 것만은 일간스포츠뿐인 박학다식 나의 짝꿍!

"갑아! 50원"
다음날 아침에 등교를 하니 내게 50원을 건 내 준다.
"신문 안 샀어?"
빙그레 웃으며 일간스포츠도 가방에서 나오네?

64

"오늘 아침은 운이 좋았어...신문을 살라고 하는데 내 앞에 아재가 쓰레기통에 신문을 버리잖아! 멀쩡히 다 읽은 것 같아 바로 인터셉트해서 오늘은 신문 값이 굳었지롱!

짝꿍아 놈 디럽게 좋아하네.
"재흥아! 내가 110원 보탤테니 오늘은 라면 한 그릇씩 맛나게 때리자~~~!!"
우리 고교시절 80원짜리 라면은 언제나 그립다~~쩝^!^

아들 친구 엄마

마곡나루 이대서울병원 어머니 통원치료 받으시고 병실에 입원시켜 드리고 마음이 울적하여 마곡신도시를 질러 집으로 걸어오는데 13층에 사는 작은 아들 친구 엄마가 자전거를 타고 지나가다 내게 인사를 한다.

'저 아주머니가 자전거를 타고 여기까지 왜?'

운동하러 나왔겠지...하는 생각으로 서로 목인사만 하고 지나쳤는데... 뭔 일일까?

궁금하여 뒤를 돌아보는데 자전거 뒤에 [배달의 민족]청색 가방이 자전거 뒷좌석에 매달려 있다!

가슴이 먹먹하다...

지난번 아들 친구 아빠가 목발을 짚은 채 아이들의 부추김을 받으며 택시를 탔던 모습이 떠오른다. 그 친구도 얼마전에 정리해고로 직장을 잃었다고 들었는데 집사람이 자전거로 음식 배달을 하고 있다고 생각이 드니...시절이 참으로 삶을 슬프게 하는구나!

집으로 와서 저녁 국거리로 여수 지인분이 보내준 조기 몇 마리를 끓여 먹으려고 김치 냉장고에서 꺼내는데 자꾸 아들 친구 엄마의 자전거가 눈에 밟힌다.

몇 마리를 더 꺼내 옆 동으로 간다.

"아빠는 어디 가셨니?"

"아빠 안계세요!"

"어디 가셨는데?"

"작업복 입고 나가셨는데 어디 가신다고 말씀은 없으셨어요."

쓸쓸함이 겨울 저녁의 바람이 되어 휘돌아 분다.

몸도 성치 않을텐데 겨울의 찬 공기를 맞으며 어디서 무엇을 하고 있을까...자기 집사람이 자전거를 타고 찬서리치는 마곡나루 벌판 여기저기를 배회하며 음식 배달을 하는 것을 생각하니 가슴이 아프지 않을까나...

펜데믹의 시간이 언능 언능 지나서 우리의 이웃들 모두에게 웃음을 찾는 시절이 빨리 왔으면 좋겠다.

맹구 학교 안온 날

아침에 맹구네 반에서 출석을 부른다.
"장 짱구!"
"네!"
"강 맹구!"
"맹구 없다!"
"언놈이 맹구 없다고 그랬어?"
"맹구 오늘 학교 안와서 없다고 했는데요?"
"그럼 맹구 어디 있어?"
"전화해 볼께요!"
"맹구 전화번호 알아?"
"몰라요!"
"아이구! 저 짱구 같은 놈."
"그래서 둘이 친해요!"
"야 임마! 누가 물어봤냐고~~~"
"선생님이 모르실까봐..."
"야! 나는 고딴 것 몰라도 된다고~~~시끼야!"
"근데 왜 저한테 욕하세요?"
"욕을 부르니 욕을 불러봤다 왜? 꼽숑?"
"안 꼽숑!"
선생님 짱구에게 되묻는다.
"맹구가 왜 안 왔는지 알아?"
"맹구가 학교 안 왔으니 모르죠!"
"짱구 시끼 너 이리 나와."
"때리실려고요?"
"맞을 짓거리를 했으면 맞아야지. 이리 와!"
"싫어요!"
"왜?"
"얀 갈켜 줘요~~~~!!"
그날 맹구가 학교를 안온 것 땜시 짱구는 이유도 모른 채 동네북
이 되었다고 한다.

명절날의 세발식

낼 모레면 둥근달이 훤한 추석이라서 마음을 정갈하게 먹자는 의미로다 미용실을 들러 머리를 예쁘게 자른다.
잠시 후 꼬맹이 둘이 엄마의 손을 잡고 들어와 내 옆자리에 앉아 미용사에게 당돌하게 이야기를 한다.
"BTS 형들처럼 깎아 주세요!"
헐~~~~짜식들 눈이 글로벌 하구만^ ^

초등학교 5학년 서울 처음 올라와 촌티 벗을라고 머리만은 서울 놈들 스타일 내려고 했는데 울 엄니가 나를 도와주지 않았었던 슬픈 과거사가 있다!
집 앞에 가슴이 참 예뻤던 누나가 하는 미용실이 있었는데 그 당시 이용료가 꽤 비싸서 이발할 때가 되면 내게 십원짜리 지폐 두 장을 주시며 하는 말씀.
"옆집 형 이발 배우는 학원가서 깎고 와라!"
후와~~오늘도 내 머리 지진 나는 날이구나!
지저분한 머리 정리하는 기분 좋은날에 겁부터 잔뜩 먹고 학원문을 연다. 나처럼 저렴해 보이는 아이들이 올망졸망 모여 아우슈비츠 독가스실 들어갈 차례를 기다리고 있듯 눈들이 모두 슬프다.
바리깡으로다 대충 밀고 가세로 뚝딱뚝딱 머리칼 잘라내면 끝~!
그렇게 한 시간여를 기다리자 견습쟁이 주제인 옆집 형의 우렁찬 구령.
"다음!"
"형! 저예요..."
"응. 왔냐?"
"오늘은 안 아프게 좀 해주세요!"
"알았어 임마!"
그놈의 대답이 정말 영혼 하나 없는 것 알면서도 나의 소중한 머리를 맡긴다. 흐아요~~~잘 잘라나가던 바리깡이 가다가 멈춘다.
그러면 머리칼이 먹혀있는 바리깡을 사정엄이 낚아챈다.

눈물이 찔끔...오줌도 찔끔...

서너 번 바리깡의 머리채 잡이가 끝나면 가세로다 머리칼을 정리해 준다는데 그건 바리깡 보다 더 원시적이고 야만스런 도구였던 것이다. 날 갈은 지가 아마도 지난 설 때쯤이면 녹이 나도 몇 번 낮을 그런 흉기로다 동네 아이들을 잡아댔어요...

마지막 코스~~~

"머리 똑바로 쳐 박으란 말이야!"

여기가 남영동 대공분실도 아닌데

"머리 들지 말라고 짜식아!"

그리곤 빨래비누 한번 문혀놓고 백여개의 송곳날처럼 생긴 동그란 모양의 이상한 도구로 빨래 빨듯이 박박 문질러댄다.

"아파요!"

"시원하고 좋잖아~~~"

"정말 아프다고요..."

"얌마! 이래야 머리에 있는 이도 다 죽는다고!"

"히잉~~~울 엄마한테 다 이를거야!"

"에라 이놈아! 다 일러라~~!"

그리곤 짖굿게 내 머리 뚜껑이 열릴 정도로다 더 박박 빨아대네...

가을바람이 선선히 부는 9월말인데 내 머리는 한 여름날 뙤얕볕에 익어 훈기 폴폴 나게 열 받는데 집앞 가슴 예쁜 미용실 누님이 나를 건드린다.

"너 이발 이쁘게 했다?"

남은 뚜껑이 열렸다 닫혔다 자동차 배기통이구만...

"얼마에 했니?"

"...20원이요!"

"그렇게 싸게?"

니 갑자기 궁금해진다.

"누나는 얼마예요?"

"응. 나는 백원이야..."

잉? 저 이쁜 얼굴과 잘 빠진 몸매의 누나가 단돈 백원!

나 나중에 돈 많이 벌어서 누나 꼭 찾아올게요...헤헤헤

늦은 밤

늦은 밤
술에 취해 집 앞에서 볼일을 보려고
전봇대 앞에 섰다.

몸을 가누지 못해 쩔쩔매고 있는데
마침 지나가던 큰 아들 친구.
"아버님, 제가 도와 드릴까요?"

나 그 녀석에게 기특하여...
"나는 괜찮으니 흔들리는 전봇대나
좀 잡아주라."
~~~쩝 ^ ^

오라이~~~

고 2때.
만원 버스를 겨우 겨우 탔는데 안내양 누나가 탈 자리가 없다.
그러니 버스가 출발을 못하고 있길래 내가 대신 버스 옆구리를 때리며 "오라이~~" 했더니 버스 기사 그대로 출발을 한다.
"야! 내가 차장이라고~~!!"
그 누나 남자 거시기 달렸으면 그날 빠졌을거야...

그렇게 50m쯤 달리다가 백미러를 보니 차안에 있어야 할 자기 차장이 밖에서 버스를 쫓아오는 것 아녀?
그때 사 차장을 발견한 기사님...
차를 세워 놓고는 차장 누나에게 그러더라.
"야! 왜 차는 안타고 밖에서 버스를 쫓아 오냐고? 니 버스 잃어버렸냐?"
차장 누나 왈.
"내가 차장이라고! 누가 오라이 했냐고? 이 차는 나만 오라이 할 수 있다고!"

맞는 말이긴 한데 내가 오라이 해도 가더라고^!^

쉼표

음악이 아름다운 건 음표와 음표 사이에 쉼표가 있기 때문입니다.
쉼표가 주는 의미를 깨닳게 되면
인생도 아름답다 합니다..
쉼 속에서 행복을 찾는 하루 보내삼...

싸가지 후배

한국컴퓨터 근무 당시 포스데이타에서 개발하는 국방부 시뮬레이션 프로그램 일부를 설계하는 부서인 멀티미디어사업부에 근무했던 신대리라는 직원이 있었다.

호주에서 컴퓨터 공학을 전공하고 국내로 돌아와 국내 멀티미디어 분야에서는 초창기 멤버라고 자부심을 갖고 나름대로 참 열심히 근무를 하는 것이 대견하여 입사 6개월만에 미국 산호세 실리콘밸리로 연수를 보내는 과정이 있길래 나 정보사업부 과장 자격으로 임원실에 추천하여 6개월 연수를 다녀오게 했었다.

근데 이자식이 다녀온 이후로 실리콘밸리의 콧대만큼 직원들 앞에서 건방을 떠는 거야!

내 성질에 두어번 불러서 야단을 쳐 놨는데?

잉?

날이 갈수록 이젠 나를 살살 피하고 자기 동기들과 아래 직원들 앞에서 군림을 해 대기 시작하는 어리엄는 짓거리를 뒤에서 해 대는 거여...

어이가 엄어서 "저런 자식을 내가 추천했으니..."하는 후회를 많이 했던 놈이 있었다.

그리곤 세월이 1년쯤 지났다.

한컴에서 더존디지털웨어로 자리를 옮겨 기획실 팀장으로 근무를 하고 있는데 디지털붐이 일면서 모든 업무가 MIS시스템으로 바뀌면서 하루가 다르게 연구실 직원을 충원해야 했었다.

3개월에 한번씩 30여명 단위로 연구실 프로그래머를 뽑아서 밤새워 일을 해도 회계, 인사, 급여, 공무, 적산, 견적...프로그램을 원도우 환경으로 도달을 못하던 때가 있었다...

그러던 연구실 경력직을 충원하기 위해 1차 합격자를 추려 2차 면접을 보는 날.

주임 연구원 10여명을 선발하려고 김택진 대표 회계사와 영업부 이사님 그리고 기획실 팀장인 내가 면접관으로 앉아 면접자 10명씩을 묶어 토론형식으로 진행을 하는데 3번째 들어온 그룹에 한컴에 있었던 싸가지 놈이 끼어 있네?
신대리...로만 불러댔던 터라 이름을 기억 못했었는데 저놈의 새끼가 여기를 나타났구만!
"너 오늘 디졌어..."
내 상사 두 분이 열심 토론을 이끌어 나간다.
"정팀장! 자네 주제는 누구에게 던질건가?"
흠~~~~당근 저 싸가지지요^ ^
"신경재씨! 직원들 간 업무의 효율성이 떨어지는 요소가 발생했을 때는 어떤 언어를 구사하여 유틸리티로 조율을 해야 하는지를 교집합으로 표현해 보세요."
"..."
나도 뭔지 모르는 질문인데 니 놈이 답을 하겠냐?
"표현이 어렵다는 건가요?"
"..."
역시 꿀 먹은 벙어리 니가...푸하하하!
"제 과제는 여기까지입니다."
그리고 그 자식의 면접지에 기록을 남긴다.
인성 10점 만점에 0점!
창의성 10점 만점에 0점!
인지도 10점 만점에 0점!
품행 10점 만점에 0점!
친화력 10점 만점에 0점!

다음날 아침에 사장님의 호출이 있어서 올라간다.
"너는 어떤 한사람의 속을 다 헤집어 봤더라?"
"네...사장님! 제가 가끔은 인구안이 있습니다!"
"지금 나는 어떻게 보이나?"
"정열적으로 보이십니다!"
"박 비서! 낮술 한잔하게 독도 참치집 예약해라~~~~"
인간이 인간다워야 대접 받고 살아요~~~쩝^ ^

쌀밥

하얀 쌀밥을 하늘에 지어 놓으셨네^ ^

어머니는 늘 그러셨다
밥은 잘 먹고 다니니?
밥 먹었니 ?
든든히 챙겨 먹어라!

그렇게 어머니는
늘 자식 밥걱정에 어머니 품 떠난 자식을 걱정하셨다.

5월의 어느 날 문득,
푸른 하늘을 올려다보니 어머니가 어느샌 가
하얀 쌀밥을 수북이 지어 하늘아래 담아 놓으셨네.

밥이 보약이라며
자식들 밥 걱정하시 던
어머니의 얼굴이 하얀 쌀밥 속에 있네~~

청령포역

영월에 가면 청령포라는 간이 기차역이 있다.
비애 단종 유배지 청령포를 굽어보며 옛날 단종이 유배를 왔을 때
처럼 인걸이 끊긴 슬픔만 간직한 채 쓸쓸히 오고 가는 기차만을
하염없이 바라보며 낮이 가고 밤이 가도 달빛조차 찾아들지 않는
외로움만 남아있는 청령포역.

여덟 살 어린 나이에 보고픈 어미를 밤마다 그리며
헤진 도포자락으로 얼마나 많은 울음을 닦아 냈을까...
그 흐느낌이 아직도 들리는 듯하다...

한가위

저녁이 되도록 왠놈의 비가 이리도 오시나....
내가 사는 방화동엔 낙뢰마저 떨어져 우리 단지 모두가 정전이 됐다고 큰 아들이 동네 친구와 통화 후 알려준다.
'내가 방화동에 있을 때 벼락이 떨어졌다면 친구 놈들이 그랬을 것이다. [네가 살고 있기 때문에 벼락쳤다]고'
친구들아! 나 착하게 살고 있어요....
알아주던가 말던가!

오랜만에 모인 식구들, 잘 먹지도 않는 송편을 한다고 거실에 잔뜩 송편 재료를 펼쳐놓고 열심히들 조물락거리고 있다.
첫사랑 소녀의 엉덩이 같으면 주물럭거려도 지루하지 않을텐데 말이야....
첫사랑 소녀는 어디가고 펑퍼짐한 형수들 엉덩이만 왔다리 갔다리 눈만 피곤하다.
개인택시를 하시는 형님!
비오는 밖을 하염없이 쳐다보다가 옆구리에 찬 돈 가방을 급기야 내려놓는다.
"비 오는데 손님이나 있겠어? 소주나 한잔합시다."
새벽녘까지 일하러 나가려던 발길을 멈추시고 주방으로 가서 일주일전에 사다 삭혀 놓은 홍어를 꺼내와 자르기 시작한다.
후와~~~~~
알싸하게 삭힌 냄새가 제대로 진동을 한다.
사촌동생 내외, 형수들, 조카들 썩은 냄새에 파리 몰려들듯이 주방으로 모인다.
등을 뒤집어서 먼저 배를 갈라 상하지 않도록 홍어애를 조심스럽게 들어내 접시에 보관을 해 놓고 머리와 꼬리를 추가로 잘라내 애탕용으로다 뚝배기에 담아 놓고 본격적으로 홍어의 가슴살부터 사시미를 뜨니 뜨는 족족마다 엄니 한점, 큰집 형수 한 점, 사촌 형수 한 점, 그리고 내 차례가 됐는데?

77

잉?

내 동생 제수씨가 낼름 먹어버리네?

"제수씨! 내 차례 아닌가?"

"아잉! 아주버님도 참. 레이디 퍼스트지요..."

우쉬~~열 받네, 이런 때나 레이디를 찾아요...

"형! 치사하게 홍어 한 점 가지고 제수하고 따지냐? 형답지 않게스리..."

우와!

말리는 시누이가 더 밉다고 동생 놈의 작것이 더 열 받게 만드네?

"야! 찬물도 위아래가 있는 법인데 하늘같은 아주버님의 피 같은 홍어를 낼름 먹어버리면? 뻘쭘한 시아주버님은 어쩌라꼬?"

"아주버님 여기요."

홍어 한 점 가지고 동생 놈하고 치사한 입씨름을 하고 있는데 눈치 빠른 울 제수씨 돼지고기에 묵은지 올린 홍어 한 점 내 입에 넣어 준다.

"저 자식을 동생이라고 업어서 키워 줬더니 한 개도 쓸데가 엄어요...."

"형이 날 언제 업어 줬다고?"

초등학교 때 코 흘리개 동생이라고 업고 놀아주다가 깜깜한 밤에 논둑길 지나오다가 엎어져서 둘이 함께 사정엄이 논구덩이에 처박혀 깨구락지 됐던 기억이 있었는데 저 새끼는 그 때의 기억도 못해요.

"너 그 때 기억 안 나냐?"

"그런 기억 한 개도 없다."

에이씨!

누가 내 동생 아니랄까봐 배째라네 어흐 저걸 그냥~~

다음날.

차례를 모시고 나니 할 일이 없다.

"낚시대 챙겨봐라."

조카 창고 가서 여기 저기 뒤지더니 낚시대 3개 만들어 온다.

"대부도 차 안 막힐까나?"
우려했지만 텅 빈 시화 방조재를 가로질러 대부 남동 쪽박섬에 도착하니 물이 들어오기 시작한다.
작년에 다구와 왔었던 쪽박섬 조그마한 부두에다가 바리바리 싸온 음식을 돗자리 펴 놓고 어제 먹고 남은 홍어회에 소주 한잔 친다.
"형! 운전은 누가 하고?"
"니들끼리 갈라라."
동생 내외와 조카들 모여서 가위 바위 보!
제수씨가 걸렸네?
"윤아! 숙모도 한 잔 해야 쓰것이니까 오늘은 네가 해라."
"에이 숙모. 그런 법이 어디 있어요? 정당하게 숙모가 걸렸잖아요?"
"너 이리와 봐...."
조용한데로 끌고 간다.
뭔가 숙덕거리더니 이내 돌아온다.
그리곤 조카 놈 손에 쥐어져 있는 만원짜리 두 장!
대리운전비로 2만원에 쇼부가 났나보다.
불쌍한 조카 놈 지 숙모의 반 협박에 2만원짜리 인생이 되어 버렸구만 잉.

물이 빠르게 들어오면서 망둥어가 우리의 기대만큼 쏠쏠히 잡혀 올라온다. 손바닥보다 조금 더 큰 가을 망둥어의 어신이 기쁘기만 하게 잘 건져진다.
"형! 망둥어 회 좀 치세요."
돗자리에 누위 망중한을 보내고 있는 사촌 형님께 콜을 하자 칼과 도마를 가지고 내려오신다.
적당히 비늘을 제거하고 대가리부터 칼로 반으로 갈라내는 솜씨가 어릴 적 영산강에서 마이도 잡아먹었던 추억이 절로 난다.
열 마리를 회를 쳤더니 접시에 적당히 싸인다.
갈라진 망둥어 뱃속에 된장 듬뿍 바르고 매운 고추와 마늘을 넣어서 입속에 풍덩!

후아~~~~~~

시골 영감님 고추 죽은 것도 벌떡 일어나겠다.

입이 많으니 썰어놓은 망둥어도 삽시간에 없어져 버린다.

"형이 두 개씩 싸니까 금방 없어졌잖아!"

동생 놈 또 내게 엉긴다.

저 시끼 홍어 먹여놨더니 '만만한 게 홍어 좆이라'고 나한테만 엉기네?

"얌마! 내가 언제 두 개 쌌다고 그래? 나 한 개잖아?"

치사하게 싸 놓은 쌈을 보여준다.

동생 놈 확인하더니 한 마디 한다.

"...마늘이 두 개였구나..."

저걸 그냥~~제수씨만 아니었다면 넌 벌써 저 짠물에 담가버렸다.

"아주버니!"

"?"

"보석이 아빠도 벌써 40이 넘었어요."

40넘긴 게 내 탓이여?

"이젠 얌마 점마 하시면 듣는 저 기분 언짢아요."

우와! 이것들이!

오늘 쌍으로다 나의 가슴에 불을 댕기네?

"제수씨! 저 놈은 제수씨 12년밖에 안된 남편이지만 내게는 42년 동생이랍니다."

"보석이까지 합하면 우리 식구는 셋이에요. 아주버니는 보석 아빠에게 하나밖에 안되시잖아요."

헉!

나이 어린 제수씨하고 말 쌈하기도 그렇고....

"어쨌든 간에! 형님에게 잘 하란 말이야! 정보석 너도 큰 아빠에게 잘해 알았어?"

죄 없는 조카 녀석에게도 소리 한 번 줬더니만 보석이 녀석 영문도 모른 척 대답한다.

"네!"

"정민웅! 정민재! 너희들 작은 아빠에게 앞으로 잘해라. 응?"

저 쪼맨한 동생 놈을 진짜로 물에 쳐 박아버려 말어?

근데,

그러자니 나 울 제수씨 넘 무서워 잉~~

그렇게 재미나게 시간을 보냈더니 벌써 어둑어둑 밤이 찾아오고 함지막한 보름달이 쪽박섬 위로 올라오고 있다.

억수같이 내렸던 어제의 날씨가 거짓말같이 맑게 갠 밤하늘에 추석달이 환하게 떠올랐다.

식구들 모두 돗자리에 모여 앉아 도란도란 달님에게 소원을 빈다.

"달님! 앞으로 울 아빠하고 하나밖에 안 계시는 울 작은 아빠하고 친하게 지내게 해 주세요...."

나의 작은 아들 놈 착한 소원도 내 귓가에 들어온다.

"너 들었지? 앞으로 형에게 잘 좀해라. 응?"

"형이야 말로 형이라고 동생에게 갖은 횡포 그만 좀 부리세요. 네?"

"이게. 너 디질래?"

"그래 죽여라. 형네 납골당 많이 남아있냐?"

"부부단도 남아 있어요? 아주버님?"

아!

나의 한 개밖에 엄는 제수씨까지 나의 가슴을 울린 슬픈 쪽박섬의 밤이었다....

콩물

여름철 목포항 바로 앞 홍어골목을 가면 콩가루를 시원한 우물물에 섞어서 팔았던 집이 있었다.
거기에 우뭇가사리 몇 가닥 얻어서 먹으면 맛이 정말 맛이 있다.
"아줌씨! 소금."
나를 동물원 원숭이 보듯 희한한 표정으로다
"안 싱거운디요..."
참나!
싱거우니까 소금을 찾지 내가 짠돌이 될 라고 소금 찾는디야?
"콩물에 넣어 먹어야지요!"
"아따 먼 말씸을 한댜?거기 사카린 있지롸? 쳐 드시요."
헉!
머시라?
손님에게 쳐 묵으라꼬?
바닷가 것들이 입이 걸긴 하지만 그래도 손님인데 말 좀 골라서 하시면 안 되겠니 이 애편네야?
"콩물엔 소금을 넣어 먹어야지요..."
"아따 인 양반 깝깝도 시럽구만 잉~~~"
"..."
"어느 시상에 콩물을 소금이다가 쳐 먹는디롸? 참말 깝깝 시럽구만..."
그리곤 그 애편네 끝까지 쌩 까서리 나 그날 밍밍한 콩물 완샷으로다 때리고 나왔서롸~~쩝^!^

진짜로 학교 간 날!

눈만 떴다하면 옆 동네 사는 친구 울 아파트 앞에서 학교가지고 소리를 고래고래 지른다.
'저 시끼는 잠도 엄는 겨?'
새벽 댓바람부터 남에 동네 와서 소리를 지르고 지랄이야!
그렇게 몇 일을 닦달 거려도 개기고 있었는데....
출근 준비를 하고 있는 아침 일찍 집 전화벨이 울린다.
"정선생! 오늘 학교 오시나요?"
울 작은 아들 학교 교장 선생님이 점잖은 목소리로 꼬신다.
"아이들 문화 예술제 하는데 민재도 나와서 딴스학예 발표회 하니까 일찍 오시게요. 그리고 점심은 내가 살테니...."
"예. 알겠습니다."
오늘은 회사 땡땡이구만....
땡땡이 인생!
그래서 오늘은 땡땡이 넥타이를 매야지~~!

1년에 하루씩 시간을 내어 [재미있는 글 만들기]라는 주제로 1일 교사를 해 오는 관계로다 학교에 행사가 있으면 꼭 전화를 주신다. 그래서 그런지 나의 작은 아들은 학교에서 유명한 재담꾼으로 소문이 나 있더라고....
애비 닮아서 말을 재미있게 하는 구석이 있긴 했지만 그 정도로 인기가 있었는지는 교장 선생님의 한줄 입담을 듣고 알게 되었다.
"아 글쎄 5교시가 되었는데도 5학년 전체 교실이 비어 있더라고? 그래서 선생님들이 찾으러 돌아다녔더니 민재가 체육관에 5학년생 애들을 전부 모아 놓고 자기가 지은 이야기라고 1시간을 이야기하는 바람에 하도 재미가 있어서 5교시 시작 종소리도 못 들었답니다. 허허허!"
교장 선생님의 말씀을 듣자 대략 난감이여!

이야기가 잠시 삼천포로 갔구만. 다시 항구로 돌아와서.....

학교를 갔더니 강당에 [정곡 문화 예술제]라고 대형 현수막을 걸어 놓고 아이들이 학년별로 나와 재롱을 떤다.

무더기로 나와서 음악에 맞춰 예쁜 방댕이를 흔들다 들어가고 남녀 커플이 나와 기성세대는 알지 못하는 요즘 동요를 목청껏 부른다. 동요도 시대에 따라 변천하는구나...

근데, 뭔 동요가 힙합 분위기에 랩이 가미되어 있는 거야?

저건 필시 동요가 아니라 아이들이 동요와 젊은 아이들 가요를 믹싱 했을 것이란 생각이 드니 참 세월이 유수와 같다.

입을 헤 벌리고 재미나게 보고 있는데 아들 친구 엄마가 엄청 친한 척 아는 체를 한다.

"어머. 안녕하세요! 민재 아버님."

"아~~~예."

어정쩡하게 일어나 인사를 나눈다.

"일부러 시간 내서 와 주셨군요?"

"...예..."

"민재는 언제 나와요?"

"글쎄요..."

"민재는 뭐든지 잘해서 좋으시겠어요?"

"예...그게 그냥..."

"엄마가 돌보아 주지 않아도 참 잘하는 것 보면 아빠가 자상..."

이놈의 애편네 참 말 많네 잉. 짜증 제대로네~~~

누구 주댕이처럼 입을 콱 쪼사 뻴까?

그리고도 몇 개의 질문을 한 걸로 기억은 나지만 뭐를 물었는지는 한 개도 기억에 없다.

1부가 끝나자 점심들 먹으러 아이들은 교실로 들어가고 교장 선생님을 위시한 우리는 학교 뒤편에 두어 개 식당이 모여 있는 곳으로 향한다. 일일교사 때마다 맨 날 맞난 것 사주신다고 하더니 5년째 칼국수만 사주신 짠돌이 호랑말코 교장 선생님!

오늘도 설마 칼국수는 아니것지?

오호~~~그렇지?

교장 선생님과 항상 갔던 칼국수 집을 지나치신다.

이 양반 오늘은 학교 경비 좀 풀겠지?

갈비 집으로 들어가신다.

오우 구뜨여! 오늘은 최소한 갈비탕 아님? 냉면?

교장 선생님 앉으시자마자 바로 주문 때린다.

"아까 주문해 놓은 것 다 되었나?"

우와! 왠 일이시대... 별식으로다 별도 주문까지?

오늘 교장 샘 님 멋져 부러요~~~~~넘버 원!

"네. 선생님 지금 나가요."

줄줄이 나오는 별식 기대 만땅 하고 있는데 으잉?

이게 뭐요? 냉면도 아닌 것이 그렇다고 칼국수도 더욱 아닌 것이
멸치 국물에 담긴 잔치국수네!

교장 선생님 일장 연설 이어 지신다.

"현명하셨던 옛 조상님 때부터 오늘 같은 잔칫날에는 꼭 이 잔치
국수를 드셨다고 합니다. 그래서 오늘 제가 여러분들을 위해서
특! 별! 히! 정성껏 준비했으니 맛있게들 드시기 바랍니다."

실망감에 아무도 대답을 안 하고 있었는데....

"그럼요. 교장 선생님께서 특! 별! 히! 준비 하신건데요. 맛있게
먹어야지요."

육성회장을 맡고 있는 애편네가 이바구를 친다.

반은 빈정대는 투로 말이다.

저 애편네가....그래도 교장 선생님 말씀에 까시를 살짝 들이 밀라
꼬 하네?

"하하하! 고맙습니다. 맛있게들 드시고 또 2부 예술제 보러 갑시
다. 정선생도 마이 드시게!"

네! 교장선생님.... 기대한 제가 잘못했어요.

참으로 청렴하신 교장 선생님의 모습에 아우라가 집니다요....

나 그렇게 오늘,

다구 넘이 하도 학교가라고 해서 진짜 학교 갔다 왔따~~~

외할머니 가시고...

우리 외할머니 홀로 계시다가
여명이 오는 그 새벽녘에 툇마루에 앉아
누구를 기다리셨는지
그대로 기둥에 기대어 돌아 가셨는데
할머니 상을 치루고 난후
광에 있는 나비장의 옷가지를 정리할 때
천원짜리가 하얀 손수건에 무더기로 말려서
나왔는데 얼마나 오래 되셨는지
지폐를 펼치니 부석부석 쪼개지더라...

우리 어머니
그것을 안고 하염없이 우셨던 기억이 난다!

부처님 오신 날

오늘은 부처님 오신 날!
오는 것은 봤다는데(누가?)가신 것은 못 봤으니 가신 날이 없는건
가? 왔으니까 왔다고 기념하면서 노동자들 하루 놀게 해준 것도
고마운 것 아닌가...

오늘 같은 날은 강태공들에게도 생일상 받는 날이지~~!!
점심을 먹고 천천히 낚시대를 챙겨서 방화대교 밑으로 낚시를 간
다. 오늘 부처님 오신 날이라고 불자들이 물고기를 방생하잖여...
이런 날 가만히 지나가면 물고기에 대한 예우가 아니니 당근 출조
를 해 줘야지요.
릴대 두 개에 대낚시 한 개 챙기고 어제 호프집에서 먹다 남은 한
치 두어 마리 챙기고 아침에 내린 이슬이도 두병!
이 정도면 고래도 잡을 수 있는 만반의 준비 철저.
콧노래 부르면서 푸르른 이파리가 무성해진 메타세콰이어 숲길을
지나서 올림픽대로 굴다리를 빠져 나가자 방화대교 밑 고수부지에
사람들이 떼거리로 나와 놀고들 있다.
진짜 다리 밑에서 족구하며 놀고들 있네요.

유유히 흐르는 한강으로 바로 직진~~~
잉?
평소에도 낚시하는 사람들이 은근 많았는데?
오늘은 사람이 아무도 없네?
이싱하네...
가양대교 방향으로 조금 내려가니 노인 한분이 앉아서 강물을 쳐
다보고 있다.
"젊은이! 낚시 왔나?"
당신가 보기엔 내가 한참 젊은이지요!
"네! 근데 오늘은 낚시하는 사람이 아무도 없네요?"

"낚시꾼들도 도의가 있는 법이지...부처님 오신 날이라고 방생해주는 고기를 잡으면 쓰겠어? 양심껏 살아야 하는겨...그래서 우리나라가 통일이 안 되는거여!"

헉!

졸지에 양심불량자에 매국노가 되 버렸다!

평소에 뻔뻔한 낯짝이라고 칭찬을 듣고 살았는데 갑자기 얼굴이 화끈 달아오른다.

아무 말도 못하고 꼬랑지 내리고 디립다 도망치듯 생태공원으로 쌩~~하고 튀는데 친구 전화 온다.

"뭐하네?"

자초지종을 이야기 했더니 친구 그런다.

"염병할~~~~이런 날 욕을 벌어 쳐 먹어요! 그리고 지금이 어떤 시대냐? 방생도 비대면으로 하는 것도 모르냐?"

헐헐헐~~~~

팬데믹 시대는 나한테 너무 과욕을 주는 것만 같다.

몽둥이!

나의 작은 놈이 지난 24일에 겨울 방학을 하면서 학교 신문을 가져와 내게 디민다.

"왜?"

"아빠 보세요!"

"뭔데?"

"여기요~~~~~"

맨 뒤 페이지 [학교 문단]페이지에 -정민재- 란 이름이 보인다. 많이 들어본 이름이라서 그 아래의 동시를 읽는다.

헉! 제목이 [몽둥이] 무시무시하네....

몽둥이
5-3 정민재

형하고 나하고
종이를 가지고 놀다가
아빠가 몽둥이를 들고 온다.

몽둥이는
때리고 싶지 않아서
느리게 때린다.

나의 다리는   아빠♥
멍이 들었다.   사랑해요

몽둥이도 우는
슬픈 하루.

"....잘 썼다."

"아빠 아들 맞지?"

코끝이 찡하게 전해져 오는 건 뭘까?

동네 바보형

어느 날,
동네 형님이 소주 몇 병을 들고 와서는 집 앞 공원 메타스콰이어 숲으로 가잔다. 얼굴을 보니 상태가 그리 좋아 보이지 않아 조용히 뒤를 따라 나선다.

오른쪽 주머니에서 번데기 한 캔이 나오고 왼쪽 주머니에서는 노가리 시끼들이 배시시 웃으며 주머니에서 알아서 기어 나오고...

돗자리 가져온 것 깔고 앉자마자 종이컵에 한가득 소주를 따르더니 벌컥벌컥 단숨에 완샷을 하더니 한잔을 더 딸아 또 한번 완샷으로다 때리곤 잔을 놓더니 대뜸 그런다.

"나 괴롭다!"

자다가 먼 영자의 전성시대 허벅질 긁는 소리요?

"나 괴롭다고~~~~!!"

참나!

자기 외로운데 나한테 왜 자꾸 질러 댄댜?

"혼자 있으면 외롭고 둘이 있으면 괴롭다는 말이 맞는겨..."

그러더니 또 한 컵을 사정엄이 따르더니 홀라당 꼴깍~~~!!

번데기 캔을 따더니 들이 마신다.

저거 무지 짤텐데?

에잉~~~~지가 짜지 내가 짜냐?

그런데 저 형 평소에 안 짠데 왜 저 짠 것을 들이킨데?

앞으로 내게 짜게 굴라고 그러나...

별 요지랄스런 생각을 하고 있는데!

"혼자는 외로울 것 같아서 애편네를 얻어 둘이 됐으면 외롭지 않을 줄 알았는데! 근데 왜 괴롭냐고...이유가 뭐냐고?"

저 형 뭥미?

소크라테스도 모르는데 내가 어찌 알겠어요?

둘이면 외롭지 않을건데...

둘이면 괴롭다고?

'한많은 대동강아~~~변함엄이 자알~~~있으냐~~~"

벨소리 참으로 처량스럽게스리 전화기가 울린다.

"어쩌지?"

뭘 어째요? 그 생각을 할 세도 엄이 형님 전화 잽싸게 받는다.

"왜요!"

"야 인간아. 어디야?"

전화통 안에서 형수의 목소리가 사정엄이 울려 퍼진다.

"나 한잔 하고 있다. 왜?"

"어디서? 누구랑?"

어린아이 엄마에게 혼난 표정처럼 하곤 귀를 한번 틀어막더니 내게 전화기를 넘긴다.

"니가 좀 받아라."

막무가내로 내게 전화기를 건네준다.

"형수님! 접니다..."

"누구야? 어머 용갑씨!"

갑자기 부드러워지는 목소리가 생긴 것처럼 딱 구미호여~~

형님하고 집 앞 공원에서 바람 쐬고 있다고 하면서 집에 먼 일 있냐고 물으니 '갑자기 낮잠 자다가 집을 나가서 어디를 갔는지 궁금해서 전화' 해 봤다고 한단다.

"뭐 별일이 있었겠어요? 그 인간...아니 그 양반 좀 바꿔 주세요."

형님에게 전화를 바꿔주자 간단명료하네.

"갈께!"

그리고는 밍기적 밍기적 거리면서 일어나면서 그런다.

"나 다시 올지 모르니까 노가리 좀 남가 놔라..."

돌아서 가는 뒷모습이 왜 저리도 엉덩이가 쑥 빠져서 무거워 보일까나... 6.25때 닉동강 전두에서 괴뢰군에게 쫓길 때도 저 정도의 뒷 꼬락서니는 아니었는데 말이야.

형님 떠난 자리에서 술 한잔 따라 놓고 생각에 잠긴다.

혼자는 외롭고 둘이면 괴롭고...

그럼 셋이면 되지 않을까?

셋이 만나서 술 한잔 쩝~~하면 되는 것 아녀?

저 형 바보네~~^!^

여름 동화

오늘은 여름비가 촉촉이 내리는데 어제는 몬양만 독수리 오형제 사내 놈들끼리...여름날 천렵여행 GoGo Sing을 한다~~
양양 가는 고속도로를 오르자마자 이바구 몇 마디 까자마자 설악 IC로 내려가라고 목소리만 목소리만 이쁜 네비 걸이 말해준다.
"함께 가실라우?"
"저는 그런 말 몰라요..."
이건 우리 집 인공지능 '지니'가 하는 소리징^^
홍천강이 내려다보이는 마트에 들러 오늘의 일용할 양식을 바구니에 담는다.
여기까지 왔으니 홍천 막걸리는 먹어줘야 해서리 1병? NO! 한병 추가! 우리들의 영원한 친구 소주는 참이슬파와 처음처럼파 사이 좋게 각 3병씩(근데 병 크기의 차원이 다르다는 거지요)에 이것저것 주워 담으니 박스가 꽉 찬다.
그리고 오늘 천렵의 주재료 낚시채비인 반도와 견지낚시용 구더기 두깡, 낚시 바늘 등등등...
홍천강 줄기를 따라 달리고 달리고~~
홍천 개야리 계곡에 도착하여 미리 준비해 온 텐트 펼치고 각자의 먹거리를 꺼내 돗자리 위에 늘어놓으니 오늘의 만찬이 완비된다.
물놀이를 위한 반바지와 간편 복장으로 변신하고 막걸리 한잔으로 건배하면서 외친다.
"오늘 홍천강 빠가사리들 너희들 다 디졌어 건배!"
동구 밖 과수원 샷! 아카시아 핀 기념으로 원 샷!
빠가사리 놈들 잡다가 우리가 디지더라도 큰소리부터 뺑뺑 한번 치면서 잔들이 돌아간다.
"한 병 더?"
OK!
그렇게 시작하니 벌써 두병, 세병...
대체 고기를 잡으러 온건지 술을 잡으러 몰것따~~~~!!
몇 병을 때리고 나니 덥네?

"일단은 더위를 식히고!"

퐁당 퐁당 퐁당!

으이그 더럽게 시원하겠다 싶었는데 에잉 물이 뜨뜬 미지근하네...

장마철이이라고 뉴스에서 들었는데 남부지방에서만 비가 오고 강원도엔 비가 오지 않아 건기처럼 유속이 흐르지 않아서 물이 시원치가 않다.

그래도 뜨거운 햇볕을 피해 물속으로 들어오니 훨씬 낮다.

"지금부터 조별로 고기 사냥!"

두 개조로 짜서 한조는 반도치기로 빠가사리 일망타진.

또 다른 조는 맨손으로다 장어잡기...가당치도 않아 잉!

나는 내가 들어가도 목욕할 수 있는 대빵만한 들통을 들고 고기 잡아 넣는 살림망을 들고 전투태세 완벽 장전.

거기에다가 냄새 풀풀 나는 묵은 된장을 집어넣은 어항 두 개를 허리춤 정도의 깊이의 돌무더기 사이에 놓고 기도를 한다.

'빠가사리가 아니어도 좋으니 매운탕 냄새만이라도 맡을 수 있게 해 주세용~~!!'

전투태세 확실하게 구비해 놓고 아래로 내려간 반도팀들 쳐다보니 난리 부르스다.

"야! 이쪽으로 몰아!"

"그렇게 그물대고 있으면 들어갔던 고기도 다 도망가잖아!"

"에이씨~~~언제 이 통 다 채우냐고?"

참나!

저렇게 떠들면서 반도를 치고 있으면?

자던 고기도 잠에서 깨어나 다 도망가겠다.

그물 한번 대고 바위들을 발로 자고 늘었다 놨다...

매운탕 속에서 고기 냄새라도 나게끔 하기 위한 고군분투가 눈물 겹다. 힘들도 좋아요! 밤에 저렇게 힘을 써보세요.

날마다 장어구이에 육사시미 받아먹고 살면서 침대에 가만히 누워 늙으막한 마나님의 상위시대 서비스 받으며 디질 때까지 사랑받고 살텐데... 용들 열심히 쓴다^ ^

궁금해서 내려가 본다.

"마이 잡았쓰?"

"무겁다. 좀 들어라!"

희석이 나에게 들통을 물위로 날려준다.

묵직하다.

"오우. 좀 잡은 모양인데?"

물만 가득하다.

"야! 빈 통이잖아."

"잘 봐!"

물속을 자세히 보니 멸치만한 송사리 한 마리가 한강처럼 넓은 물속에서 왔다리 갔다리...

"고기 좀 있네."

후와! 딸랑 한 마리 보고 우리 모두 감격한다.

오늘 날 샜다!

"기둘려 봐! 내가 만선되어 갈 테니까."

허공에 대고 지저귀는 큰소리치는 목소리가 그 어느 때보다 격앙되어 있는게 넘 불쌍해 잉~~

"재군들. 방향 바꿔 상류로 돌격!"

헉!

내려 왔던 길에서 장장 몇백 미터를 다시 거슬려 올라가니 우리 모두 쫄다구 모드로 2열종대 대형으로 진군을 한다.

앞서가는 친구 선창을 한다.

"빠가!"

우리 줄 맞춰 외친다.

"사리!"

남들이 우리를 보면 그럴 것이다.

멀쩡한 냇가에서 [빠가야로] 같은 놈들이 라면사리 같은 미친 소리들 외치고 있다고...

"우와~~~~~~~"

일제히 함성을 친다. 꺽지 한 마리.

암만 봐도 손재수가 엄을 것만 같은 똥손이 드디어 반도치기로 빠가사리보다 더 고급종인 민물의 왕자 꺽지를 낚은 것이다.

"살림망 가져와라."

그때까지 들통을 들고 물놀이를 하고 있던 우리들 잽싸게 들이대니 실하게 생긴 꺾지가 우리를 쳐다보며 한마디 한다.

'저런 초급댕이들에게 내가 잡히다니...'

"아싸! 처음으로다 고기처럼 생긴 것 잡았다. 야호!"

꺾지 놈 한마디 더 한다.

'더 쪽팔려 잉~~~~그것도 내가 처음이래!'

그리곤 스스로 혀를 물고 자결을 했는지 배를 뒤집고 디져버리네?

자식 자존심은 있어 가지고...

어차피 너는 우리들의 일용할 양식이 되기 위해선 니 목숨 우리한테 맡겨 놓은 것이었으니 먼저 간다고 해도 억울할 것 없다.

우리의 호프 똥손님.

탄력을 받아 반도를 족족 올릴 때마다 만선이다.

자살한 꺾지를 따라 빠가사리, 송사리, 모래무지...이름도 모르는 온갖 잡고기가 쏠쏠히 올라오니 재미가 절로 난다.

"누가 여기 오자고 했다고?"

나 기 살라고 외친다.

동시 외친다.

"갑이요!"

그렇게 몬양만 독수리 오형제들의 천렵은 한 시간 동안 계속되었으니 고기 안 잡힌다고 머리에 쓰고 간 들통은 들을 수 엄을 정도 (?)로 무거워서 텐트와의 거리가 300m밖에 안되었지만 다섯 사람이 교대를 하며 들고 오는데 무려 10분이 걸렸다는 심한 뻥도 쳐본다.

다시 텐트로 복귀.

"심하게 그물질을 했더니 배고프다..."

"임시로 차돌배기로 배를 달래고 매운탕으로다 메인을 가시지요."

모두 외친다.

"콜!"

텃밭에서 수확해 온 몇 가지 쌈채로 차돌박이 술상을 차리고 홍천강 빠가사리 등등 다 잡아댄다던 약속대로 비늘 벗기고 배따고...
매운탕의 만찬을 준비한다.
좀 전에 강가 큰 바위 아래 놓은 어항을 건지러 갔다가 더워서 잠
시 물속에 몸을 담갔는데 잉?
이건 먼 시추에이션?
내 몸 주변으로 멸치만한 봉어들이 모여들더니 심지어는 팔과 다
리를 핥아대네?
"갑아!"
친구 나를 이상히 쳐다보며 부른다.
"응?"
"저놈들 닥터 피쉬인가봐."
그러더니 슬그머니 일어나 물에서 나가버린다.
잉?
뭐지?
닥터 피쉬란 것들은?
피부병 환자들에게 붙어 균을 뜯어 먹는다는 그 물고기인데?
에이씨~~~~~
이 시끼들이 왜 내 몸에 붙어서 친구가 도망가게 만드는겨...
친구야! 나 피부병 없으니 다음부터는 도망가지 마라 잉~~~
어항 두 개를 꺼내니 우와!
묵직한 깡지 세 마리가 자기 집 안방처럼 차분히 들어와 맞난 된
장을 시식하고 있다.
그만 먹어라.
나도 초복부터 말복까지 먹을라믄 모자른다...
"세 마리 잡았다."
인간들이란 배가 부르면 다른 음식이 눈에 안 들어온다고.
"이것만으로도 배터지게 먹어도 남으니 우리 착한일도 하자..."
"이것도 우리의 건강에 일조하라고 동참을 시켜주지 그래?"
"이것만으로 우리 백세 인생은 보장돼!"
나만 빼고 언제 지들이 착한 짓 했다고 저 세놈 방생을 하자는 거
야?

방생을 하고 나니 약속을 지키지 못한 미안함이 폐부 속에서부터 생겨난다.
'홍천강 빠가사리 다 디졌으~~~~'약속하고 왔는데 말이야.
친구들 차돌박이에 젓가락이 안 간다.
온통 눈은 펄펄 끓고 있는 매운탕으로 쏠려있고 내가 한번 열어보고 1분후엔 또 친구가 열어보고 또 조금 후엔 또 다른 친구가 열어보고...
"갑아! 너도 한번 맛봐라."
"야! 그렇게 자꾸 열면 고기가 다시 살아난단 말이야."
지들끼리는 모두 맛을 보고 내가 한번 맛보러 했더니 태클이네....

살아가면서 참으로 힘들게 기다린 10분이 지나고 매운탕의 뚜껑이 열리니 후와와와~~
냄새 죽이고 한 숟가락 입에 투입하니 숨이 멎는다.
뜨거워서리~~~ㅠㅠ
뺑이지롱!
정말 맛 난다!
그렇게 다섯 놈들 들통 바닥까지 파헤치려는데 오늘의 쉐프가 그곳에 소면을 투입을 합니다. 익지도 않은 면들을 건져 전라도 사투리로 '허천나게' 먹고 나니 지친다.
너무 쳐먹어서리^^

대충 보따리 싸서 출발한 몬양만 비슷한 독수리 오형제들의 여름날의 천렵은 이렇게 맛깔나게 즐겼습니다.
아직도 많이 남은 여름닐의 즐거운 추억을 생각하면서 힘차게 살아가는 몬양만 독수리 오형제들의 행복한 하루였습니다.

멸치 한줌과 동화책

나의 고향은 전라도 영암 벽촌 끝자락이어서 지금도 읍내에서 버스가 하루에 3번 들어가는 산골마을이다. 나의 형님은 읍내 국민학교까지 거리가 15리(6km)나 되어 비오는 날은 논둑길 옆 논농사용 물을 보관하는 보(조그만 웅덩이 같은 것)에 일부러 빠져 버리곤 '옷을 망쳤다'고 집으로 돌아오는 날이 많았었다. 그런 모습을 보실 때마다 어머니는 '오죽이 학교가 멀었으면' 하시며 그러려니 넘어가시곤 했었다.

내가 국민학교를 들어가고 근 1학년을 마쳤을 때 어머니는 과감하게 외가집으로 이사를 하셨다. 어머니 딴에는 어린 막내가 책보를 짊어지고 누나, 형 따라 그 먼 길을 오가는 것이 마음에 걸리셨나 보다.

일찍 사별하신 선친께서 남겨 놓으신 것이라고는 논 밭떼기 두어 마지기에 초가집 한 채 전부를 정리하고 도회지로 나왔으니 그 가치라는 것이 겨우 네 식구 하루 먹고 살기 빠듯한 살림살이였을 것이다. 다행히 형과 누나는 외할아버지 덕분에 광주라는 큰 도시로 유학을 가 학업을 계속하게 되었고 나와 어머니는 외가집 부엌방에 살림을 풀고 살 수 있었다.

날마다 죽어라 일해도 살림이 피지 않는 것이 남의 집 소작농이기에 2학년 2학기 올라갈 쯤음 어머니는 함평군 내 5일장을 쫓아다니시며 김이며 마른 새우, 멸치 등을 장터 한 귀퉁이 길바닥에 펼쳐 놓으시고 하루 종일 쪼그리고 앉아 장사를 하시곤 돌아오셨다. 바람 한 점 막을 수 있는 천막 하나 없이 그렇게 고단한 삶을 영육해 오신 나의 어머니...

그러다가 우리 마을 5일장이 돌아오는 날에는 아침에 어머니는 '학교 파하고 장으로 오라'고 하면 교실 창밖의 종소리만을 기다리던 아련함이 지금도 기억이 난다. 한달음에 달려가면 하루벌이 다 모아서 국화빵에 번데기를 배불리 사주시곤 하시던 때 묻은 내 어머니의 손마디 마디들이...

다행스럽게도 나는 학교에서 인정해주는 우등생쯤이어서 교장 선생님 이하 모든 선생님, 친구들에게 사랑을 받았었다. 그런 보람으로 살아가는 낙을 삼으셨는지 어려움 속에서도 힘든 내색을 나에게 비쳐 본적이 없으셨던 것 같다.

어릴 적부터 책 보는 것을 좋아했던 내게 어머니는 늘 그 만족을 채워주지 못하시곤 해서 가끔 외할아버지를 졸라 동화책 한권씩을 사곤 했는데 그것을 할머니에게 들키는 날에는 '먹을 것도 없는데 무슨 책이냐!'시며 시퍼렇게 종아리를 맞고 일주일 동안 부엌에서 풍로(바람을 일으켜 불을 강하게 해주는 것)를 돌리며 벌을 받곤 했었다. 정말 그때는 세끼 밥 먹는 것이 삶에서 가장 중요한 목적이라고 생각했던 것 같다. 저녁에 장에서 돌아오신 어머니께 울면서 고자질(?)을 하면 어머니는 마음이 아프신지 그냥 꼭 안아만 주시던 기억들.....

그런데, 어느 날부턴가 5일마다 동화책 한권씩이 어머니 손에 들려오기 시작했다. 할머니에게 부짓갱이로 죽도록 맞은 다음 날부터인 것 같다. 그렇게 몇 번 동화책을 가지고 오시던 어머니께서 어느 날은 그냥 빈손으로 오셨길래 어린 마음에 "기다렸는데....." 하자 어머니께서는 미안한 표정으로 내 얼굴을 만지시며 "오늘은 비가 와서 장이 못서서....."라며 말꼬리를 흘리시며 고개를 돌리시던 나의 어머니.

어린 나는 그것이 어떤 영문인지 몰라 '왜 어머니께서 오늘은 장을 안가셨을까?' 서운한 마음을 갖었던 철부지 아이였었다.

그러던 내가 어머니의 동화책 한권의 따뜻한 사랑을 알게 된 것은 겨울 방학이 되어서였다. 겨울에노 5일장은 여전히 서고 어머니도 역시 고단한 일상을 하루 종일 장터에서 보내셨다.

바리바리 동여매고 쌓으신 채로 눈보라치는 장터 구석에서 건어물 몇가지 놓고 자식을 위해 고생하셨던 모습이 지금 내 나이 40을 훌쩍 넘긴 나의 어머니가 그때 내 나이셨을 텐데를 생각해 보면 목이 메여온다. 장터를 쫓아나가기 5일째 날, [다시]라는 조그만 간이역이 있는 마을의 장을 갔었다.

그날도 살이 애일 듯 추운 날이었는데 마을 아낙네, 촌로, 아이들까지 모두 장에 나와 겨울용품을 사고팔고 더러는 장 구경에 여념 없이 겨울의 짧은 하루해가 넘어 갈 때 쯤 나의 어머니도 팔다 남은 건어물들을 종이 봉지(그때는 비닐봉지도 귀할 때였다.)에 챙겨 담으셨다. 그런데, 멸치 두어줌을 조그만 종이 봉지에 따로 담으시더니 광주리를 머리에 이으신 채 조그만 내 손을 잡고 앞장을 서셨다.

10여분 남짓 걸어가자 시골의 작은 국민학교가 나오고 그 입구에 문구며 책이며 장난감을 파는 전방이 하나 나왔다. 빼꼼이 문을 열고 들어서자 어머니보다 너댓 살 더 먹은 듯한 아저씨가 어머니를 반갑게 맞아 주신다.

"아이구! 오셨어?"

"네!" 짧은 대답을 대신하시더니 내 머리에 손을 얹으시고,

"삼촌이야! 인사드려....."

"안녕하세요!"

"애가 제가 말씀드린 막내에요....."

"그놈 똑똑히도 생겼네!"하며 내 머리를 쓰다듬어 주셨다.

"너하고는 먼 삼촌뻘 되신단다....."

그랬었다. 어머니는 장터를 전전하시다가 이 마을에서 먼 친척을 만났고 그러다가 문방구를 하시는 먼 외삼촌을 만나 내가 좋아하는 동화책 한권씩을 [나주 다시장]이 설 때마다 팔다 남은 멸치 한줌과 바꾸어 오셨던 것이다. 비록 남이 보다가 내게 온 헌 동화책이었지만 내게는 어머니의 사랑이 가득 담긴 소중한 동화책이었던 것이다.

어려운 시절 동화책 한권이 사람의 인생을 바꾸어 놓듯이 나의 어머니께서는 멸치 한 줌으로 나의 꿈을 키워 주신 그 사랑을 '나는 내 자식들에게 주고 있는가?'라는 반문을 하면서 이런 내게 주신 어머니의 사랑이야기를 세상에 내놓아서 우리 어머니 가슴이 아파하신다면 내 더욱 우리 어머니 아파하시는 마음까지도 보듬어 안아 드리고 싶다...

막소주 일곱 병

그게 다 조상 탓이여...
나도 누구처럼 소주 두잔 마시고 기분 내고 싶다고요~~~!!
술값도 안주 값도 절약되고 얼마나 효율적이냐고...

큰집 막내 제수씨가 시집을 와 처음 명절을 맞아 전주 큰 형님 댁
에 사촌 7형제가 모두 모여 굴 한 자루 갖다 놓고 밤새 고스톱 치
며 술을 마셨는데 막내 제수씨 서열이 젤 꼴찌라고 맨 먼저 일어
나더니 밤새 칠형제 먹은 술이 1.8리터 대병 막소주 일곱 병인 걸
보더니 놀라 입을 못 닫더라!

그 마음을 잠시 가다듬고 아침밥을 한다고 주방으로 들어갔는데
"꽈당"하는 소리와 함께 기절을 해 버린 거야!
왜?
거실에 놓여 있는 건 일곱 병이었고 주방에 들어가니까 또 거기에
빈병 한 개가 더 있었던거여...
이건 어느 집안에서도 보기 힘든 취사량의 주당 집안이 아닐 수
없다고 생각한다.

근데,
그런 여인네가 이젠 내 동생보다 주량이 늘어서 밖에서 같이 마시
면 남편을 업고 가요~~쩝^!^

하지 감자

갑돌이가 소쿠리 하나를 들고 구사리에 나타난다.

"어서와"

착한 농장주 흥부가 반갑게 맞아 준다.

"감자는 머니 머니해도 하지 감자징!"

"머니 머니는 많을수록 좋은 돈이고^ ^"

둘이 신나서 금방 캔 감자를 소쿠리에 담는다.

룰루랄라~~~

"동작 그만!"

헉!

전생에 변학도였던 지주님 놀부 나타나 태클을 건다.

"뭣들 하는 겨?"

"갑돌이 와서 감자 좀 낭궈 줄라고..."

"뉴규 맘대로?"

쩝~~~!!

"규돌이가 감자 얻어 와서 나는 한개도 안주고 집사람하고 쌂아 먹으면서 자랑질만 하길 래 나도 쬐금 얻으러..."

"규돌이는 얻어 간 것이 아니고 물물 교환한 것이지 그냥 준 것 아니다?"

헐~~~미운놈!

"놀부야! 그래도 여기까지 소쿠리 이고 왔는데 몇 개 주자!"

"야! 감자가 어디 땅속에서 저절로 쏟아 나냐? 씨 뿌리고 김매고 물주고 몇 달을 기다려서 거둔 것인데 이 귀한걸?"

우와!

갑자기 뚜껑이 꽉 하늘로다 치 쏟아 쁜지네~~!!

머슴 흥부를 쥐 잡듯이 잡아 대서 먹이지도 않고 잠도 제대로 재우지 않아서 오뉴월 병든 병아리마냥 햇살만 보면 꾸벅꾸벅 졸게 만들면서 얻어낸 감자이건만 지는 한 게 뭐 있다고 갑돌이에게 요러코롬 말을 한다냐?

"야! 나도 가져 온 것 있다고!"

"뭐? 너는 맨 날 입만 갖고 댕기는 것 삼천갑자동방석이 다 안다!
오늘도 쩝 뿐이지?"
하~~
놀부 저시키 귀신 빤스 입었네요...쩝^^
"여기서 쩝^^하면서 음식 축내지 말고 언능 가라!"
그러면서 갑돌이의 등을 밀면서 야속하게 쫓아낸다.
"나 그래도 여기까지 왔는데 저기 삶아놓은 감자라도 한개 줘라.
여기까지 오는 동안 나 아무 것도 못 먹어서 배고프다..."

놀부.
삶은 감자가 들어있는 솥단지를 열더니 감자는 그대로 두고 주걱
을 꺼내든다.
그리곤 그것을 들더니
"언능 가라!"
가만히 보니 그 주걱에 감자 조각 몇 톨이 붙어 있네?
"안 줄라면 주걱에 붙어있는 것이라도 내가 떼먹으면 안 될까?"
"빨랑 가라고!"
나쁜 놈.
낭중에 지가 떼 먹을라고 그것도 안 된다고 악랄하게 구는 구만.

갑돌이.
쫓겨나면서 너무나 서럽고 야속하여 여름장마의 비처럼 눈물이 난
다. 집에 계시는 노모도 곡기 드신지 몇 날이 지나시어 감자 몇
댕이 얻어 오기만을 학수고대하고 계실 텐데 하염없이 흐르는 눈
물을 때꿉자국 덕지덕지 묻은 옷고름으로 훔치는데...
감자 얻어와 집사람하고 맛나게 먹으면서도 반 땅 좀 하자고 했던
갑돌이의 말을 무시한 규돌이가 더 미워진다.

"갑돌아! 잠깐."
잉?
피도 눈물도 없는 놀부 놈의 차가 따라온다.

103

"이거 가져가라! 오는 사람들 다 퍼주면 눈 오는 밤 우리는 뭘로 다 나눠 먹냐? 저금도 해 놓아야지...다 먹으면 또 와라..."
그리곤 휑~~하니 사라지는 놀부 놈...
아니, 놀부니임!

갑돌이 전화 때린다.
"규돌아! 어쩌?"
"그러니까 우리만 먹게 창고 털로 가자고!"
돈암동 착한 석돌이에게 전화 때린다.
"어찌해야 돼?"
"놀부한테 줄서면 흥부가 삐질거고 흥부한테 줬다 들키면 놀부가 아작 나면? 우리 겨울밤의 배짱이가 될 텐데...갑돌이는?
"나 원래 배짱이야!"
아~~하지 감자!
규돌이의 악마 근성!
석돌이의 거지 근성!
갑돌이의 양아치 근성!
청계천에서 잉어 밥 주고 있는 구돌이야!
어캐 해야 합니까?

빠세빠세 쪽쪽 빠세

얼굴만 중년인 고삐리들이 어디서 건진 깔치 둘을 데리고 여름한 날 천렵을 떠난다!

삶은 계란과 칠성 사이다는 시시하다고 홍어와 얼린 소주에 막걸리 한 짝. 그것도 모자라 각 PET소주 1병씩에 캔 맥주 1캔씩!

정말 처 먹고 디질라고 각오를 한 것 같은데 디진 놈은 하나도 엄고 다들 멀쩡히 집에 가기 싫다고 뒷 풀이로다 소주를 20병을 처 먹고 언놈들은 배가 꺼져야 한다며 노래방에서 죽치고 또 부어라 마셔라를 한다.

또 언놈은 집에를 갔는지 말았는지 알 수도 엄는 놈도 있것지렁. 경춘선을 타고 오른쪽 어깨엔 기타매고 왼쪽에는 대빵만한 카세트 레코더를 매고 놀러가지 전날 대문간 앞에 형아의 나팔바지를 몰래 숨겨 놓았다가 멋들어지게 차려입고 기차 칸 중앙에서 디스코 한판을 때리면 뭇 여학생들의 시선을 한 번에 받곤 했었던 크아~~추억이여!!

그 경춘선 대신 미니버스 한 대 기사까지 딸려 달리고 달리고. 도착한 곳은 화천 백골부대도 지나고 27사단 이기자 부대도 지나고 노태우가 창설했다는 7사단이 위치한 사창리는 팻말만 지난 물 맑은 계곡 바로 앞 토마토펜션!

비가 온 후라 그런지 계곡물이 황순원 소설 소나기에 나오는 소녀의 심성처럼 맑고 투명하다. 모두 힘 모아 텐트치고 자리 만들고....테이블 위에 바리바리 싸온 것들 정리하니 집 한칸 이사짐이 네요. 한쪽에선 지지고 볶고 또 한쪽은 물가 놀 자리 탐색하면서 중년의 하루를 위한 준비가 착착 맹글어 진다.

"오늘도 하루를 즐겁게 살아갑시다. 빠세 빠세 쪽쪽빠세!!"

뭘 빨자는건지는 모르겠지만 최병철 대장님의 초대사를 들으면서 "건배!"

멀리 재선이가 보낸 치악산 막걸리 한 짝을 보니 안 마셔도 행복하다. 장마철이지만 하늘마저 축복을 내려주셨는지 비한방울 떨어지지 않는 날씨에 계곡바람이 선선히 불어오니 심장까지 벌렁 벌렁나게 시원해분지다.

희석이 준비해 온 삼겹살에 소주 한잔을 치니 몸에 열기가 나네...

"퐁당퐁당!"

먼 소리데?

먼 소리는...

고삐리들 계곡물에 빠지는 소리징~~~

홀라당 물에 빠졌다 나오는 모습들이 영락없는 물에 빠진 쥐새끼들이다!!

5Km 남았다고 문자 온 재선이 화천 산다는 친구 대동하여 산삼주 한 병 들고 드디어 도착!

잠시 환영식으로 술잔들이 돌고 돌고...재선이 환영식이 아니라 화천 산다는 친구가 반가워서리

최병철 대장님 한번 더 리바이벌 하시네요.

"빠세 빠세 쪽쪽빠세!"

근데 저 위에서 우리를 내려 보고 있는 여자들은 우리들의 건배호령에 왜 자꾸 키득거린데?

"먼 생각을 하는데?"

누가 한마디 때리는데 더 가관이다.

"뭘 자꾸 빨기만 한데?"

그럼 그 다음 단계로 넘어가자고?

"빨면 맛있어?"

경묵의 질문에 영철이 입속에 들어있는 술을 앞에 있는 쭌구에서 뿜어낸다.

"내게 뿜어내면 어쩔?"

어쩌긴 냇가에 가서 풍덩하면 깨끗해지지롱~~

그러더니 둘이 물속으로 풍덩하더니 이것들이 나올 생각들을 안하네? 물속에서 뭘 하는지 나란히 앉아서 아주 친숙한 얼굴로다 뭔가를 속삭이고...그러더니 물내려오는 보로 올라가더니 서로 의지한다는 핑계로 부둥켜안고 자연스럽게 물속으로 풍덩!

사내들끼리 아주 한편의 영화를 찍으시네요...

재선이의 화천 사는 친구가 빈손으로 오기가 쑥스럽다며 가져온 산삼주 한 병을 큰 코펠에 따라놓고 맘껏 퍼먹으니 바닥이 정말로 10분도 들어나넹....

작것들이 중년이라고 티를 내요.

"소주 모아 모아서 산삼 향기나게 하여 한잔 더!"

구뜨예요...

"내가 Naver에 연재중인 [전사와 노예]에 별점주기 열심히 해주어서 오늘 별을 쏩니다!"

행랑에서 별사탕 한주먹을 꺼내 하늘에 뿌린다.

일동 박수와 함께 소리를 지른다.

"우와~~~~~대낮의 별이다^^"

그렇게 별잔치도 한번 마치고 가져온 음식도 얼추 먹어재꼈으니 단체로 계곡을 즐깁시다!

허리쯤 오는 깊이로 들어가 삼삼오오 모여 여름날의 하오를 즐기는 중년들... 까까머리때 만나 온갖 풍상을 겪으며 함께 해온 세월이 40년이란 시간을 보낸다.

격동의 민주화시대의 선봉자로 대한민국 경제 발전의 현장에서 열심히 살아온 일꾼으로 불량한 지도자들에게 일침을 가한 불의의 용사들로...1.4후퇴 흥남부두에서 미군 군함을 타고 자유를 찾아 남쪽으로 내려오며 추위 견디려고 미군들이 먹다 남긴 위스키 한잔을 재선이와 갑판 구석에서 찌클리던 6.25의 아픔까지 참고 견디며 살아온 주마등같은 세월이 아련하다!

벌써 서산으로 해가 떨어지는 것을 주워 하늘에 다시 올릴 수 엄어 봇짐을 싼다.

"휴휴~~~~~~~"

아쉬움들이 가릿골로 떨어지지만 가고 싶은 놈들이 얼마나 있을까... 그래도 한 집안의 남편이요 아빠인 무거운 어깨를 짊어진 가장으로써 또 다른 날을 기약하며 떨어지지 않는 발걸음을 땐다.

"빠세빠세 쪽쪽 빠세!"

아쉬우면 집에 가서 집사람과 남은 회포를 푸세요...호령처럼^!^

107

제 2 장

세월이 가라하네...

비양도

가을내린 달빛아래
소라들이 속삭이는 달달한 이야기.
가을바람 따라 구르듯 구르는
곱디고운 백옥의 주인장 목소리.
가슴 저리게 적셔오는 막걸리 한 잔이
달달한 시 한수 입술에 묻어지는
참 아름다운 밤이
아쉽게도 지나가고만 있다.

푸른 바다로 낙조 떨어지는 것이 슬퍼
동공에 담아둔 외로운 등대에
가을달이 찾아와서
들꽃차 한 잔 하고 있을까나...
억새가 이렁이렁 익어가는 이 밤에
밤바다 갈매기의 울음소리도
섬마을 여기저기 둥지에 들어
내일 아침 햇살에 기지개를 켤레나...

가을 선녀

가을이 오면
지리산 백무동계곡에
안부 없이 왔다가
하룻밤 풋사랑을 나눈
그녀가 있을 듯
설렘이 남아있다.

가을이 오면
그녀가 기다릴까
벽소령에 떨어지는
달빛이 소록소록 내리고
말없이 떠나버린
형제봉 보름달에 남은

그녀 얼굴도 함께
그리워진다...

하늘은 내게

하늘은 내게
부질없이 살라하네.

눈 닫고
귀 닫고는 살아도
입 닫고는 못 살겠네.

울 아들
저녁거름에
소주 한 병 들고 오는
낙이면 족하리...

人生

꽃바람 불어오는
강변 소녀 나물캐니
내 동무 순이의
동그란 얼굴이 떠오른다...
언제 이리 세월가고
순이 얼굴은
기억 저 밖에서
흐르는 강물위로
그려졌다 지워졌다 하네!
저무는 노을빛
저곳에서 우리 인생도
잠시 머물다 가면 좋겠네...

겨울 가기

용문을 지난다.
가을 같은 따뜻한 햇살이
차창을 넘어 노트에 떨어진다.
솜털처럼 곱던 나의 손등도
세월이 떨어져 주름이 들고
길가의 갈대는 기적소리에
연신 흐느적이며 울고 있다.

세월은 멈춰 있지만
계절은 가고
인생도 가고
물은 흘러흘러
바다를 이루는데
나는 어디로...겨울로

삶의 덧없음을 노래한다.

꽃비

우리엄마 가신 날에
내리던 꽃비였지.
우리엄마 부르면
왜 눈물이 날까
보고 싶은 우리 엄마
대답은 없고
엄마 닮은 꽃비만
소록소록 내린다.

꽃비야!
꽃비야!
우리엄마 어디 있니
꽃비야!
꽃비야!
나를 데려 가 줄래
오늘밤도 보고 싶어
저믄달만 그리운다.

고운살 복사꽃
향기를 닮아서
붉은 볼
꽃 치장이 예뻐서
내 손잡고
수양버들 길 자주 걷던
우리엄마 보고 싶어
꽃비가 온다.

꽃비야!
꽃비야!
우리엄마 어디있니
꽃비야!
꽃비야!
나를 데려 가 줄래
오늘밤도 보고 싶어
즈믄달만 그리 운다.

그리움이 떨어지면

그리움이 떨어지면 너를 보낼 께.

십년 전의 그리움
이십년 전의 그리움
그대 그리움의 세월들이...

여름날 해당화는
어김없이 나룻가에 피었고
그대 돛배는
오늘도 부두에 들지 않고...

그리움이 떨어지면 너를 보낼 께...
언제
언제...
그렇게 또 노을이 지고 있다.

강촌 소녀

그 소녀
지금도 강 언덕 가면
만날 수 있을까...

그 소녀
그리움을 그리는
소녀로 만났음 좋겠네.

그리움을 그리는
그 소녀
어디로 갔을까...

그
소녀...

자네

가을빛 깊어지니
어둠 내리는 도시에
은행닢 노랗게 분칠을 하고
그 길 소곤소곤 밟고 찾아온
벗과 막걸리한잔 마실을 떠난다.

자네 한잔 치고
나도 한잔 치고

산들바람 불어
풀내음나는 술 한 잔에
게으름내 나는 자네가 있어
멋진 풍류 묻혀 가는 내가 좋고
이 세월의 가름이 또한 참 좋네.

가을이 물든 길
자네, 소곤소곤 밟고 가소...

코로나19

긴긴 여름 장마가 지나고
오늘은 하늘이 청명하다.
하얀 뭉개구름이 뒷동산의 국화같이
여기서기 흘러가는
가을 입힌 수채화 한송이 되어
그림 지운다...

인간이 만든 재앙으로
사람이 고통을 받고 있는
이 어려운 시국도
맑고 푸른 오늘의 하늘처럼
언능 언능 지나가서
나의 벗들에게
웃음을 찾아주어
함께 어깨동무하면서
마음과 마음을 나누는
시간이 오기를 기다려봅니다.

세월의 길목

이 꽃이 지면
저 꽃이 찾아와
이 꽃의 행복을
저 꽃이 채워주네...

저 꽃이 지고나면
이 꽃이 다시 피고
저 꽃의 사랑을
이 꽃은 잊지 않네...

그렇게 저렇게
살다가 엉키는 것이
우리의 청춘이기에
세월만 야속타 하지를 말자.

벗이 오면
즐거운 이야기 섞어
세월의 갈목에서
나를 나누어 주어야지...

등대

밤이 오면
그리운 듯
홀로 빛을 낸다.

그리운 사랑을 기다리듯

올지도
안 올지도 모를
님을 기다리듯이

그리움이 남는
님의 바다에...

가리골

산자락 자락마다에
함박눈이 왔으면 좋겠네.
코로나로 고통받는 세상을
모두 덮어버릴 만큼
아주 많이많이...

상고대 되어
온 세상이 하얗게 피이면
마음이라도 밝고 순박한 꽃이 될 텐데
무겁게만 내려앉은
산 그림자.

구릉 몇 개 넘어 온
겨울도 힘이 드는지
남은 산등성 넘지 못하는
이 시절이 언제나 지나갈까
산새들 넘나드는 날개 짓

소슬 소슬 바람의 연주에
춤추는 잡초들...

홍천강으로 저녁이 내리고
산골 집 마다에선
하얀 굴뚝 눈이 피어오른다.
이 골짜기에
겨울별이 하나 둘 떨어진다.

길

멀리에

등대 같은 친구가
있어도
인생의 항해는
어두움 속에서도
언제나
길을 찾겠지.

봄바람

산에는 꽃이피네
산에는 꽃이지네
우리들 마음에도
꽃이피고 꽃이지네...

봄바람이 스리살짝
처녀가슴 건드리니
웃저고리 댕기풀어
봄바람을 잡아본다.

하늘하늘 뭉개구름
봄바람이 부럽다고
숲에 내려 숨어보니
처녀가슴 뭉실뭉실
봄날에 설레인다..

벗

어제 만난 듯
오늘도 변함없이
몇십년전의 모습으로 마주 앉아
비오는 여름날의
해무 섞은 커피 한잔을 한다.

너 언제가?
내일!
그럼 모레 보자!
그리움 지기 전에 보면 되지...
어제 만난것처럼
언제나 오늘처럼
소주는 처음처럼^ ^

사모곡

나를 낳으시고
나를 위해 주린 배 잡으시며
어디 흙 한줌 묻으랴
바닥에 놓지 않고 길러주신 내 어머니.

살아생전 짙게 눌린 이승의 길
당신 마지막 떠나는 날에도
이국땅에서 고향 하늘만 바라보며
목이 메어 부르지 못하는 당신의 이름
하늘에 뿌리고 하늘에 그리고...

어머니!
다시 만날 수 있을까요!
당신의 아들로 태어나서
진자리 마른자리 다 갈아주신 당신이셨는데...
그때는 내가 다 해 드릴께요...나의 어머니!

어머니...
가시는 마다에 내 얼굴 새기시어
당신을 다시 볼 때 그 뜨거우신 손길로
나를 꼬옥 안아 주세요!
엄마 미안해...보고 싶다...

소풍 오듯이

人生!

잠시 머물다
나그네 걸음으로
왔다 가듯이
그렇게
머물다 갑시다...

현재를
행복해 하며...

그리운 당신

가끔
당신의 꿈을 꿉니다.
현실이듯이...
꿈이 아닌 듯이
당신이 그리워서요.

오늘도 그래서
꿈을 꿀까봐
잠이 드는 것이 두렵습니다.

빗물 두드리는 창가에 앉아
밤이 새기만을
기다립니다.

달빛

휘횡청 밝은 달빛이
창문에 걸터앉아
넘기는 책장마다에
글을 새겨 놓는다...
안녕!
구름이 없어서 심심해!
너는 뭐해?

그런 너는 왜 왔어?
보름달이 되어서
너에게 이쁘게 보일라고...
그래 이쁘다!
나를 두고 먼저 하늘간
누이의 얼굴처럼...
고웁다!

술

그대와 부딪히는
한 잔이
즐거운 이야기가 되고

그대와 부딪히는
두 잔에
우정이 들고

그대와 부딪히는
석 잔은
추억이 되네.

제 3 장

얄개 시대^^

누나의 위문편지

어느 날,

학교를 마치고 집에 들어오는데 대문에 걸린 우체통에 웬 [군사우편] 한 통이 와 있다.

'수취인 정명숙!'

마이 들어 본 이름인데 누구지?

아항~~~~~~

나의 누이 이름이구만!

맨날 야야! 거리며 누나 취급을 안 해 주다보니 누이 이름도 이젠 까먹었다! 까먹을 수밖에....

나 중학교 때 자기는 고딩이라고 친구들 잔뜩 데 불고 와서 이것 저것 시키고 친구들 모두 가면 집구석 구석 청소를 시켜서 내가 별렀었던 나의 한 개 밖에 없는 누이다.

나 고등학생 되니 친구들 모두 알다시피 콩나물 자라듯 1년에 10cm이상씩 쑥쑥 크더라.

그땐 현기증이 나서 학교도 제대로 몬 갔었다.

왜냐고?

걸어가는 와중에서도 키가 막 자라는 통에 걷지를 못해서 말이 야...못 믿겠으면 말고!

어쨌든,

그래서 1년만에 누이의 큰 키(165cm)를 단방에 누르자 용기가 생겨 그때부터 연탄 부짓갱이로다 누이를 잡아대기 시작했지.

누나! 라는 호칭도 그때부터 사라졌다가 누이가 취직하여 내게 용돈 따박 따박 상납할 때까지 말이지....푸하하하!

미사여구가 상당히 길었네요!

회사에서 퇴근해 온 누이에게 쇼부를 친다.

"누나! 아까 편지통에 편지 한 장 와 있던데."

"그래? 가져와라."

"에잉~~~~그냥 주기에는..."

"그럼 겉봉만이라도 보이던가."

누나는 대수롭잖게 대꾸를 한다.

"겉봉 보이면 누군지 알잖아?"

"싫음 말고..."

어쭈구리 이런...쌩까시네?

할 수 엄이 군사우편 편지를 꺼내와 겉봉투만을 보여준다.

"군사우편? 누구지?"

"궁금하지? 그럼."

손을 내밀자 내 손을 유심히 보더니 생각이 났는지 답을 준다.

"아! 그 아저씨? 너나 읽어라."

헉! 이건 뭔 소리야?

그 아저씨?

그리곤 또 너나 읽으라고?

젊은 베르트르의 슬픔에 나오는 연애편지라도 되면 읽을 만 할텐데 영 통하지가 않네...

그런 것이 아님 나도 읽는 것이 즐겁기나 하겠어?

분위기 봐서는 전혀 잼 엄는 편지임에 틀림이 엄다고 판단하곤 누이에게 매달린다.

"누나에게 온 편지잖아. 보낸 사람 성의도 있는데...."

편지를 미끼로 용돈을 요청한 나의 내민 손을 잽싸게 제거하고 누나의 방에 편지를 획 던져 버리곤 나와 버렸다.

다음 날,

일찍 집에 들어오니 어제처럼 집안이 휑하다.

누이와 함께 쓰는 어머니 방을 들어가자 어제 누이에게 던져주었던 편지가 개봉도 안 된 채 그대로 있네?

자세히 보니 편지가 울고 있다.

못 생긴 내 누이에게서 완전 찬밥 덩어리가 된 체 화장대 위에서 하염없이 울고만 있네요....

불쌍한 군바리 아저씨가 울고만 있는 듯하여 내 맘이 찢어지게 아프다.

달래줘야 한다는 알 수 엄는 동정심이 가슴속에서 용솟음 친다.

'대체 어떤 군바리 아저씨기에 저렇게 냉정하게 화장대 위에서 울고만 있을까?'

편지를 들고 내 방으로 간다.

울고 있는 편지를 아프지 않게 천천히 달래며 조심스럽게 개봉을 했다.

'보고픈 숙!'

참말 유치찬란하게 시작되는 쌍팔년도의 연애편지 전형이다.

그 당시 드라마나 영화를 보면 신성일이나 유지인 등이 그랬었지....'진! 정말 많이 보고파서 눈 속에 구름이 한 묶음 끼었어요.'

'경! 나도 당신이 보고파서 밤마다 태평양의 긴긴 수평선만을 머릿속에 그렸었소.'

그섯도 아주 느끼한 배우들의 더빙으로다 말이지.

그렇듯이 군사 우편 편지 속에는 그런 아련한 사연이 군발이 아저씨의 잘 써진 달필로 빼곡히 담겨 있어 읽는 나에게 감동을 준다.

이야~~~

이 아저씨 문장 좀 치시는데?

군사우편 한 통에 감동을 받은 나는 퇴근해 온 누이에게 따진다.

"누나! 군발이 아저씨 글 잘 쓰던데 왜 싫은 거야?"

"편지 읽어봤냐?"

"응."

"니가 그걸 뭐하러 봐? 그거 어디 있어?"

"왜? 누나도 보고 싶어?"

"뭐야? 그게 아니라 니가 그걸 왜 보냐고? 당장 찢어 버려."

이해하지 몬할 정도로 누이는 내게 화를 낸다.

"누나. 그 아저씨랑 뭔 썸씽 있었냐? 왜 그리도 방방 뜨는데?"

"누가?"

"누나가."

"하여튼 그 얘기 다시는 하지마라. 알았어?"

"…."

"알았냐고?"

"….응."

알긴 개뿔을 알아!

하도 누이가 방방 거리길래 장난기가 발동을 하기 시작하여 장난을 좀 치기로 했는데….

사건이 은근히 커질 줄을 나도 미처 생각을 못했었다.

밤이 내려앉은 다락방으로 올라가서 스탠드를 켜고 편지를 쓰기 시작한다.

'안녕하세요!

편지는 잘 받았어요.

벌써 여기도 찬바람이 옷깃을 스치는데 전방은 더 춥다지요.

138

그런 생각을 하면 숙이의 마음 한 구석이 저려 와요....'

군발이 심금을 울리는 구구절절한 이야기를 두장으로 깔끔히 마무리하고

다음 날 학교 가는 길에 우체통으로 쏠랑~~~~~

우리의 군발이 아저씨 급하기도 하시지요.

전보 친 것처럼 바로 [군사우편] 날라 왔다.

"누나! 군발이 아저씨한테 편지 또 왔다."

시치미 뚝 떼고 누이에게 통보를 하자 누이는 오만가지 인상을 한 체 아예 편지 자체를 쳐다보지도 않는다.

후아!

정말 불쌍한 군발이 아저씨!

어쩌요!

오늘도 아주 조심스럽게 불쌍한 군발이 아저씨의 슬픈 이야기를 읽는다.

'보고픈 숙!'

또 빠다가루 듬뿍 친 내용부터가 나타난다.

'그대의 진심어린 마음이 담긴 편지를 받은 후부터 밤잠을 이루지 못하고 있어요.

그대의 마음이 너무 고와서....'

차마 더 이상은 읽을 수가 없다.

왜냐면 넘 사연이 구슬퍼서 내 양심이 허락을 하지 않아서....

근데, 어쩌지?

'이제 제대가 얼마 남지 않아서 말년 휴가를 나갑니다.

그 때 보고픈 숙에게 달려갈 수가 있을 겁니다.

그리고 어머님에게도 인사를 드릴 수 있을 듯합니다....'

헉!

이건 뭔 소리야?

그게 아니잖아~~~~~~~

내가 막을 수 있는 사안이 아닌데 어쩌지?

그냥 불쌍해 보여서 편지 한 통 보내줬을 뿐인데 찾아온다고?

아니것지....

그냥 한 말 이겠지?

아니야.

진짜로 찾아오면?

찾아오면 어쩌지?

그날 밤 다시 다락방으로 올라가 스텐드를 킨다.

'안녕하세요!

숙이예요!

편지는 잘 받았지만....

아직은 우리가 만나서 인생을 이야기할 나이가 아니라서....'

그렇게 편지를 써서 불쌍한 군발이 아저씨께 보냈는데....

몇일 후,

학교를 마치고 집으로 오는데 병장 계급을 단 군발이 하나가 우리 집 앞에서 서성거린다.

단방에 그 아저씨가 누이에게 군사우편을 보낸 군발이인 것을 직감했다.

헐헐헐~~~~~~

어쩌지?

나 집으로 들어가지 몬하고 친구 집으로 발길을 돌린다.

그리고 계속 그 군발이 아저씨의 동태를 살피지만 그 아저씨는 우리 집 앞에서 하염없이 내 누이를 기다리고 있다.

에잉 모르겠따~~~!!

그 길로 동네 친구 집으로 가서 저녁까지 먹고 늦으막히 집으로 들어간다.

"어디 갔다 이제 오냐?"

어머니는 내가 들어 올 때를 기다렸다는 듯이 맞아 주신다.

"엄마. 누나는?"

"그 군인 아저씨랑 나갔지."

태연스럽게 이야기를 하시는 걸로 봐서 그 군발이 아저씨는 정말 누이를 만나서 같이 나갔다는 것이다.

"너는 근데 그 군인에게 뭐라고 편지를 써서 보냈길래 집까지 찾아 왔다냐?"

"응? ....아니 나는 그냥...."

"그 군인 착하게 생겼던데...."

"근데. 누나는 뭐라고 그러는데?"

누이의 태도가 하도 궁금해서 어머니에게 묻자 그러신다.

"글쎄 말이다. 내가 보기에는 괜찮아 보이던데 퉁명스럽게 몇마디 하더니 같이 나가더라."

"언제?"

그때,

나의 뒤통수로 날아오는 비수 한 촉!

"야~~~~~~~~~아아아!"

후아아~~~~~~놀래라!

누이의 살기스런 눈빛이 나를 죽일 듯이 쳐다보고 있다.

다시 한번 찢어질 듯한 비명 소리가 온 동네에 퍼진다.

"야~~~~~~아아아!"

이럴 땐 36계밖에 없다.

냅다 줄행랑을 놓는다.

"안 서~~~~~~~"

동네를 몇 바퀴를 돌아도 끝나지 않은 누이와의 사생결단 달리기가 시작된다.

"누나! 그게 아니라...내가 오지 말라고 까지 편지를 보냈는데도..."

"너 잡히면 죽을 줄 알아. 너 안 서?"

"근데 그 아저씨가 혼자 찾아 온 걸 나보고 어쩌라고?"

"니가 뭔데 그 사람에게 편지를 보내? 너 오늘 나한테 죽을 줄 알아 서란 말이야!"

"그 아저씨 엄마가 보기에도 착해 보인다던데 왜 싫은데? 헉헉헉..."

"왜 자꾸 편지 보내서 사람 곤란하게 만드냐고? 네가 뭔데?"

"헉헉헉...내가 뭐긴? 누나 동생이지...그러니까 누나가 답장을 보내줬음 되잖아."

"내가 싫다고 했으면 너도 그런 줄 알아야지 왜 자꾸 보냈냐고? 이 왠수같은 놈아...안 서?"

"서면? 안 죽일거야?"

"헉헉...생각 좀 해보고..."

그러더니 누이는 쫓아오던 걸음을 멈춘다.

"이리 좀 와봐. 얘기 좀 하자."

"오면? 때려죽일 라고 그러지?"

그러면서 나는 누이에게 몇 걸음 다가간다.

"너 이리와. 왜 시키지도 않은 짓을 해가지고 사람 창피하게 만드냐고?"

그러면서 또 내게 달려들기 시작한다.

우리 남매는 어둠이 짙게 깔린 동네를 또 달리기를 시작한다.

"내가 오라고 그런 것 아니라니까...."

"그런데 왜 왔냐고? 왜 와가지고 속을 뒤집어 놓느냐고? 왜~~"

여학교 때 운동 좀 했다고 참 달리기도 잘한다.

"근데, 왜 그렇게 싫어 하는데? 사람 좋아 보이던데? 헉헉헉...."

"키가 똥자루만 하던데 뭐가 좋아 보이냐고?"

힘들어 디지겠어서 달리기를 잠시 멈춘다.

"단지 키가 작아서 그렇다고?"

"그래! 너 거기 서 있어. 헉헉...."

"근데, 그 아저씨는 어떻게 알았는데?"

"군대 위문편지 한 통 보냈더니 자꾸 편지가 오잖아?"

"단지 위문편지였어?"

"사진 한 장 보내 달라고 해서 보내 줬을뿐인데....헉헉....그걸 내가 너한테 왜 대답을 다 해줘야 하는데? 거기 안 서!"

"몬슨다."

또 디지게 달린다.

"헉헉헉....너 집에 들어오기만 해봐라. 오늘 가만 안 둘줄 알아.... 아아~...~~~"

괴성을 한번 지르더니 집으로 사라지는 누이.

후와!

하도 달려서 힘들어 디지는 줄 알았다.

잠시 숨을 고르고 집으로 들어가려고 집 안을 살피니 누이는 아직도 화가 안 풀렸는지 씩씩거리며 엄마와 이야기를 나누고 있었다.

"집안도 그만하면 괜찮던데 왠만하면 만나보지 그러니?"

어머니는 누이에게 그 아저씨의 됨됨이를 하나하나 꺼내며 설득을 하고 있었다.

"대구에서 과수원도 한다던데....키야 어쩔 수 없는 거고...."

"남자가 그게 키야? 나보다도 훨씬 작잖아!"

누이의 방방 뜨는 진짜 원인이 키야?

나,

빼꼼이 얼굴을 창문에 대고 끼어든다.

"과수원도 있고, 인물도 그만하면 잘 생겼던데....왠만 하면 만나보지 그래?"

"야! 너 안 들어와? 너 오늘 나한테 죽을 줄 알아."

"계집애가 지 동생한테 한다는 소리가...."

"귀엽던데 키는 데리고 살면서 좀 더 키우면 되잖아?"

"군대 제대할 나이에 이제 키가 더 크겠냐?"

"그러니까 누나가 잘 먹여서 키우면 되잖느냐 이 말이지!"

"어휴! 엄마. 쟤 좀 잡아와. 쟤 땜에 미치겠어!"

그 여자 정말 성질 더럽네.

"그만하고 들어와라. 괜한 짓거리를 해 가지고 시끄럽게 하네. 빨리 들어와!"

그날,

나 누이가 잠들 때까지 동네를 방황하다가 창문 넘어 겨우 집에 들어갈 수 있었다.

다음날,

눈을 뜨니 내 방 책상에 앉아 군발이 아저씨가 보내온 편지를 읽고 있는 나의 누이.

"군발이가 그래도 감성이 풍부하긴 하네...야! 일어나 밥 먹자!"

그 이후 불쌍한 군발이의 군사우편이 뚝 끊어져 한번쯤 위로의 편지라도 보낼까

몇날 몇일을 고민을 하다가 생각을 누이에게 말했더니 그러더라.

"너의 성 정체성이 의심스럽다!"

허걱!

심만호 선생님

우리 때 당시는 연탄불 세대였다.

가스는 아예 없었던 것 같고 쪼매 사는 사람들은 석유 보일러를 땠을 때다.

나의 고교시절 학교 입학식 날 하필 연탄가스를 먹고(맛은 없더라)첫날부터 결석을 하여 1학년 1반 60번이 되어 버린 것이다.

그때 내 키가 162cm였으니 멀대들 사이에서 많이도 피곤했었다.

짝꿍 61번은 야구선수 유지홍이예요,

번호 62번은 2학년 올라가지 못하고 꿇은 이름은 기억 안 나는 머시기 였는데 하여튼 간에 참 59번이 이형석이었다.

187cm 우리 동기 중에서 제일 큰 이 멀대...푸하하하!

그 친구 참 궁금하네...어떻게 지내나?

그때 그 친구 잘했던 농담이 기억난다.

자기는 매일 멀미한다고...

왜?

키가 커서 내려 보면 현기증이 난데나 어쨌데나...

그 친구 집에서 라면 10개 끓여서 먹었던 기억이 난다.....

다음날 시험 날이었는데 타조 이종호와 셋이 먹었는데 타조는 다음날 배탈이 나서 학교 몬 와서 그날 3과목 시험 0점 처리 돼서 성적이 바닥을 기었던 과거...

이런 것 폭로해도 되는 겨?

타조야 미안!

지금 생각해 보면 1학년 1반에 웃기는 인간들 많았던 것 같아...

주산 과목 선생님 성함이 심만호 선생님이셨다....

술을 좋아하셔서 아침마다 입에서 술 냄새 솔솔 피우시며 학습을 하셨던 연로하신 분이셨는데 학업은 열성적으로다 하셨던 것으로 기억한다.

점심을 먹고 5교시 타자 시간이어서 타자실에서 5분전에 수업을 마친 후 2반 앞을 걸어오는데 심만호 선생님께서 열심 열공에 몰

146

입해 계신다.
"이심오만삼천사백육십오전이요..."
"육십삼만이천팔백사십삼전이요..."
선생님의 특유의 목소리로 아이들에게 열심 하시네...
갑자기 내 머리에서 기발한 착상이 스쳐 지나갔다...
2반의 열린 창문에 대고 선생님 목소리가 잠시 멈추자 내가 외쳤다.
"십만오전이요..."
그리고 잽싸게 고개를 숙이고 들입다 줄행랑 우리 반으로 몸을 숨겼다. 다음 상황은 안 봐도 비디오지요...
2반 교실은 뒤집어지고 선생님은 뛰어 나오셔서 누구냐고 우리 반 친구들에게 난리 부르스지요...
반 친구들은 모두 모른다고 쌩 까지요...
얼굴 홍당무 되신 선생님은 울그락 불그락 어쩔 줄 몰라 하시고...
그렇게 5분여를 분을 삭이지 못 하시던 선생님이 2반의 수업을 마치시고 교무실로 순순히 내려가시네? 숨어서 보던 나는 이젠 살았구나....한숨을 돌렸다!
쉬는 시간동안 친구들과 너무 재미났다고 이바구를 떨고 있는데 으잉?
심만호 선생님이 우리반 출석부를 들고 짜잔~~하고 나타나시네?
잉? 시간표를 보니 6교시가 주산?
수업 시간표는 거짓말을 안해요..
청렴하신 선생님은 수업시간 한 번도 거르지 않으세요..
굳어 계신 선생님의 얼굴에서 앞으로 다가 올 공포가 엄습하기 시자한다.
"결석한 놈 엄지?"
결석을 한 놈이 말을 할까? 궁금해지네...
그리고 출석부를 닫는 쌤의 무거운 행동. 뚜시궁~~!!
"나와!"
쌤의 짧은 한마디...
교실에 정적이 흐른다...

"나와!"

극도로 냉정을 찾아 차분하게 뱉아 내시는 샘의 한 번 더 물음...

파장이 일기 전 호수의 고요함이 교실을 감싼다.

"..."

"안 나와?"

지금 나가면 안 때리실라요?

천만에 말씀 만만에 콩떡이겠지?

아니, 지금의 분위기라면 타일러서 넘어 갈 수도 있지 않을까?

오만가지 짱구를 굴려도 오로지 답은 하나만 나오네!

나가면 존나리 터질 수밖에 없다는 거지...흐미 죽것는 거!

"안 나와?"

목소리 톤이 조매 올라가시네...

당신 같음 나가겠냐구요~~~

또 다시 침묵이 흐른다.

"안 나온다 이거지?"

샘 들고 다니시는 쪼만한 몽둥이가 탁자위로 올라온다.

"탁! 탁! 탁!..."

침 넘어가는 소리만 들리는 적막함...

"안 나와?"

불같은 목소리가 드디어 터졌다!

그럼 그렇지 나가면 죽는 것은 뻔할 뻔자지요.

"안 나온다 이거지..."

탁탁탁!!

...중간에서 누가 일어난다.

흐헉 착한 반장 영근이다...

"제가 그랬습니다!"

샘의 반응?

한마디로 비꼬듯 한 웃음을 지으신다.

"나와!"

나왔잖여...반장.

"나오라고 했다!"

반장 나왔으면 됐잖아요?

나 나오라고욤?

디질라고?

"나올 때까지 기다린다..."

나가면 디질 것은 뻔한데 몬나가지요...선생님!

그렇게 10여분의 침묵이 흐르고...

"다들 책상위로 올라가!"

올라갔다...

무릎을 꿇고 앉았다.

앞에서부터 조맨한 방망이로 허벅지를 5대씩 때리기 시작한다.

앞에 앉은 아이들은 아프겠지?

왜?

처음엔 힘이 있으니 세게 때릴 것이고 뒷부분으로 올수록 힘이 부쳐서 약하겠지?

별 생각을 다하고 있네...

60명을 5대씩 때릴라믄 힘 좀 드실텐데...욜심히도 패시네...

수업 종료 시간이 10여분 정도 남았을 때 드뎌 내 차례가 왔어요.

샘 내 얼굴을 보시더니 귓전에 대고 조용히 한마디 하신다.

"왜 안 나와?"

흐헉~~~

어떻게 아셨지?

못 들은 척 고개를 숙인 채 맞을 준비만 하고 있었다.

딱! 딱! 딱! 딱! 딱!

쓰블...남들은 안 아프게 때리면서 내겐 있는 힘을 다해 풀스윙을 한다.

그리고,

60명 모두를 때리시곤 탁자로 오셔서 말씀을 하신다.

"이 중에 누군가는 양심을 버리고 친구들에게 고통을 준 파렴치한 놈이 있다. 누군지는 알지만 나는 그 놈에게 기회를 주었는데도 양심을 버린 놈이다. 그 한놈을 제외한 나머지들은 그 놈처럼 살지 마라. 반장! 종료."

"차렷! 절!"

절! 참 오랜만에 들어보지?

왜 우리 학교시절에 엉뚱한 국어 담당 샘 기억들 나지?

그분 땜시 경례가 아닌 절로 명명했었지....푸하하!

어쨌든, 친구들까지 맞아가면서 나는 무사히 넘어 갔으니 지금까지 살아 있는 거 맞지?

심만호 선생님!

근데요....그때 저라는 것 어떻게 아셨남요?

그리고 왜? 저 붙들어내서 죽도록 패지 않으셨나요?

네!

선생님의 깊은 뜻을 받들어 그때부터 지금까지 양심 있게 살아가고 있어요....

지금도 생존해 계심 꼭 한번 뵙고 싶어요...

십만오전 선생님!

연애편지 대행 서비스

고 3때 화성인 친구로 부터 시작한 나의 연애편지 대행 서비스.
"용갑아! 울 교회에 내가 좋아하는 애가 있는데 문학의 밤 시간에 그녀에게 내 사랑을 고백할 근사한 편지 한통만 써 줘라..."
그리곤 내 주머니에 거북선이 그려진 500원짜리 고액권 지폐 두 장을 담아주고 간다.
쓰블팅!
80원짜리 라면 한 그릇이면 되는데 왠 거금씩이나?
에라~~~
지네 석유집하니 잘 사니까 주겠지 하고 화성인에게 받은 것이 시초가 되어 연애편지 한 통 대행에 1,000원이 된 것이다.
화성인처럼 편지 딸랑 한 통에는 1,000원이었고 [밤하늘에 빛나는 별보다 아름다운 소녀의 맑은 눈망울이 저 별보다 백배는 밝고 고운....어쩌구 저쩌구]하는 구구절절한 사연이 담기는 고난도 테크니션이 필요한 것은 1,000원에 라면 두 그릇 추가요!
보낸 편지가 답장이 오면 더럽게 좋아해서 그 날 라면은 화성인이 쏘곤 했었지...
하라는 공부는 안하고 참 별 걸로다 시간을 죽였으니 학생의 본분인 학업에 정진하지 못했던 것이 아닌가 하는 나만의 유추.
연애편지 대행 서비스가 전교생에게까지 퍼지면서 모든 동기들은 나의 고객이 되곤 했었다.

어느 날.
나의 단골 화성인이 내게 와서 또 한 장의 편지를 부탁한다.
"옆 반에 내 친구가 너를 잘 모른다고 해서 나보고 대신 좀 부탁을 하는데..."
그리곤 어느 학교 몇 학년, 이름을 적은 쪽지를 주고 간다.
"요금 선불이야."
"알았어..."
요금을 선불로 받지 않으면 내용이 어쩌고저쩌고, 맘에 드니 마니, 요로코롬 조로코롬 수정을 해 달라고 주문이 많아서리...
일단 돈부터 받으면 내용이 쪼매 럭셔리하지 않아도 내가 배째!
라고 하면 왠만하면 그냥 그 내용의 편지를 자신의 필체로 그대로
베껴 소녀들에게 보낸다.
나의 철저한 용의주도함!
"희디 힌 소녀의 피부에서 풍기는 비누 내음에 나는 오늘도 정신
을 못 차리고 그대를 생각하며 먼 하늘만 바라봅니다. 그대를 나
의 하늘에 옮겨놓아 솜사탕 같은 구름위에서 너울너울 함께 춤을
추고 싶습니다..."
유치 찬란 빤쓰같은 내용이지만 그 당시에는 그것이 대세였다.
고운 미사여구 몇 마디를 만들어 화성인에게 전달하니 디지게 좋
아한다.
"고마워. 잘 되면 한 턱 쏠께!"
지 것도 아님서 지가 왜 나한테 쏜다는겨? 이상한 놈일세...

그리고 몇 일이 지났다.
"답장이 왔단다. 답장 편지 한 통 더 써 달란다..."
"OK!"
또 시부렁 더부렁 두어 장 써서 주니 화성인 입이 귀에 걸려 내려
오질 않네요.
"애들아! 라면 먹으러 가자."
화성인!
반 친구들까지 불렀는데 화성인 오늘 찡얼거리는 말 한마디 없이
각 한 그릇씩을 알아서 사네?
옆 반 친구 거라더니?
뭔 냄새가 나는데...그렇다고 내 알바 아니고 나는 단지 대행일 뿐
이지... 편지 대행이라고 연애 대행까지 착각을 해선 안 된다는 말
씀이시지.
이 대목에서 20대 초반에 중학교 선배가 [한시네마]란 영화사에
조연출로 근무했을 때 인데 한시네마 영화사는 영화배우 한지일
씨가 대표이면서 애로영화를 전문적으로 찍었었던 곳이다.

동네에서 술 한잔 하는데 중학 동창 친구 놈이 그 선배에게 여배우들 진짜로 다 벗고 찍느냐고...진짜로 꼴리면 어떻게 하냐고...
이것저것 자꾸 묻길래 선배 하는 말
"네가 직접 한 번 해 볼래? 말 잘 들으면 포르노 배우 시켜줄게."
그 다음날부터 친구 놈 그 선배 졸졸 따라다니더니 [앵무새 부인]
시리즈에 몇 번 나오더니 그 다음부터는 안보이더라....
이렇듯 직접 해 보지 않는 이상 그냥 대행이나 잘하란 말이지요.

화성인은 교회에 같이 다니는 여학생과는 잘 이루어지고 있는지
가끔 감동의 물결이 넘치는 이야기로다 한 통씩 부탁을 하고 또
옆 반 친구의 편지도 써달라고 계속 대신 내게 부탁을 했다.
그렇게 계절이 바뀌고 왜놈들의 잔상인 검정 교복을 하복으로 바
꿔 입을 쯔음.
"갑아!"
그날따라 진지하게 내게 와서 부탁을 한다.
옆 반 친구가 소녀와 잘 안되고 있다고 감동이 태평양을 이룰 수
있는 장문의 편지를 부탁한다고 전한다.
"한 20장 정도 써서 보내면 감동이 산을 이루겠지?"
애가 편지지에 아주 소설을 써 달란 소리야?
그리곤 거금 2,000원을 내 놓고 가버리네...
편지를 20장이나 써 달라면?
쓰벌 놈!
그 당시에 내가 뭔 소설 쓰는 작가였냐?
하지만,
나, 거금 2,000원에 눈이 멀어 그날부터 교과서 덮어 버리고 [좁
은문]을 탐독하고 장문의 편지를 써서 화성인에게 전달을 했네.
좋아서 기겁을 하면서 내게 한마디 하네.
"언제 이걸 다 베끼지?"
이 인간을 죽여 버려?
대가리 싸매고 쓴 나도 있는데 고작 베끼기만 하면 되는 것을 내
앞에서 걱정을 하고 있어?

"너 디질래?"

해벌레 웃으며 사리지는 행복해 하는 화성인!

이참에 그 편지 가지고 니네 고향 화성으로 떠나거라~~!!

다음날.

가뜩이나 얼굴에 분화구가 많아서 화성인인데....

그날은 분화구 사이사이가 파여서 왔네?

"야! 너 그럴 수 있어?"

다짜고짜 내게 엉기네?

"왜? 먼일 있냐? 얼굴은 그게 뭐꼬?"

"편지에 이름을 잘 써야지 애 이름 썼다가 쟤 이름 썼다가....나 죽일 일 있냐?"

그날 화성인은 얼굴에 난 분화구 구멍이나 만큼 큰 상처를 입고 내가 이해하지 못 할 이야기만 횡설수설 하고는 하루 종일 아무것도 먹지 않고 운동장의 플라타너스 나무만을 쳐다보며 멍을 때리고 있더라...

몇 일이 지났다.

점심시간에 나를 조용히 불러 숲 아래 그늘로 간다.

화성인 분화구가 폭발한 그날의 비화를 들려주더라.

교회에 함께 다니는 여학생은 동네에서 만나는 소녀고 밖에서 만나는 소녀는 지금까지 내게 거짓으로 옆 반 친구를 팔아서 편지를 써서 보냈던 여학생이었다고 고백을 한다.

"야! 똑바로 말하면 내가 안 써 줬겠냐?"

"네가 나를 이상하게 쳐다 볼 것 같아서 그랬다...."

참 별걸 가지고 소심하기는....

"근데 뭐가 문제였는데?"

"네가 장문의 편지를 써 준 날 편지 전달하러 상명여고 앞으로 갔었지. 그리고 걔 만나서 편지를 전달해 줬더니 애가 책만큼 두꺼운 편지를 보더니 정말 감동을 하더라고....그렇게 그 긴 편지를 읽는 동안 나도 너무 흐뭇하길래 빵을 추가로 시켜 먹는데? 아 글쎄 애가 자꾸 얼굴이 일그러지는 거야."

"왜?"

"에이씨~~니가 써 놓고도 모른단 말이야?"

"?"

"야! 인간아. 명자로 시작했으면 명자로 끝이 나야지 왜 뒤로 갈수록 숙희가 나오냐고?"

그랬다.

'TO. 아름다운 명자씨!'

로 시작한 편지가 중간으로 갈수록 '예배당에서 기도하는 숙희의 고운 자태에 나의 발걸음이 떨어지지 않는다오...'로 끝이 나고 있었으니 그 편지를 읽은 명자의 심정이 어떻겠었냐고요...

그 심정 그대로가 화성인의 얼굴에 그대로 분출 되었으니 화성인의 분화구가 터져 버린 거지.

생각해 봐라.

그 긴 장문의 편지를 쓰다 보니 나중엔 다른 친구들 연애편지에 나오는 여학생들 이름하고 헷갈리기 시작하다보니 그런 일이 벌어진 것이었다.

"야! 너도 그렇지. 베껴 쓰면서 그것도 하나 발견 못했냐?"

"긴 편지를 베끼기도 바빴는데 언제 그걸 발견하냐고?"

나 그날 화성인에게 원투 스트레이트에 오른손 왼손 어퍼컷으로 초죽음 되고 그 동안 편지 대행해서 받은 돈 다 게워 내라고 하는데 '배째!'라 했더만 정말 칼을 가져 올 기세라 협상을 했다.

연애편지 한 통 대행할 때마다 500원씩 갚기로....

그러면 꼭 착하게 라면을 사 주었던 심성 고왔던 화성인 정환아!

서정적인 분위기를 느끼신 분 있으면 알약 하나 드세요~서·정·환

썰렁했나? 푸하하하!

야! 화성인.

화성에서 지구로 귀환했으면 짱 박혀 있지 말고 얼굴 좀 보여라.

만원버스

집에서 학교를 가려면 버스를 두 번 타야 하는데 집에서 조금 일찍 나와 20분 정도 걸으면 버스를 한번만 탈 수 있었고 그 버스비를 아껴 모아서 내가 좋아했던 R&B 가수들의 LP판을 사곤 했었다.

그리고, 또 하나 나를 즐겁게 했던 것 중에 하나는 시간을 잘 맞추어 가면 꼭 그 시간에 버스를 탔었던 아름다운 소녀를 만날 수 있었다는 것이다.

그 소녀는 수도여고를 다니는 학생이었는데 볼 때마다 깔끔하게 풀 먹인 하얀 카라가 눈부시도록 빛이 나 전체적으로 여인의 단아함을 담고 있는 그 자체였다.

그런 흐트림 없는 모습으로 버스를 타고 사슴 같은 눈으로 하염없이 창밖만을 주시하며 등교하는 그 소녀의 자태를 늘 쳐다보곤 했었던 것도 내가 학교를 가는 이유 중의 하나였었다.

비가 주룩주룩 내리는 초여름 날.

형님이 맨 먼저 출근하시니 가장 멀쩡한 우산을 가지고 나가시고 누이는 꼴딱 여자라고 깨끗한 우산을 쓰고 나가고, 어머니는 시장통에서 장사를 하시니 비옷을 챙겨 입으시고....

식구들 모두 챙겨간 후에 남은 우산을 펴 든다.

우산을 받혀주는 살이 두어 개 나가서 삐딱하게 한 쪽으로 기울어진 우산을 펴니 이번엔 온전한 쪽에서 하늘이 훤히 비친다.

쓰고 갈까 말까하다가 그나마 그것마저 없으면 학교까지 이 비를 쫄딱 맞아야 하는 신세이기에 최대한 몸을 구겨서 우산 속에 집어넣어 본다.

그 당시 공부도 참 안했었는데 가방만은 왜 그리 무거웠을까?

무거운 가방을 옆구리에 끼우고 집을 나서 뚝섬 시장까지 걸어간다.

영동대교 밑에서부터 여기까지 왜 걸어왔냐고?

그 여학생이 여기서 버스를 타기 때문에 이 험한 빗속을 장렬히 걸어 온 것이다.

'아직 안보이네...아직 안 나왔나?'

버스가 한 대 지나가는 것을 그냥 보낸다.

그리고 잠시 후 나의 피앙새 소녀가 버스 정류장에 모습을 드러낸다. 사람들 사이에 우산을 짙게 눌러쓰고 소녀의 뒤쯤에서 버스를 기다린다. 그녀와 나를 학교로 태워다 줄 행복한 버스가 도착하고 많은 손님들 사이에 끼어 소녀도 나도 버스를 탄다.

비가 오는 날은 버스 안에서 쾌쾌한 냄새가 나는데 오늘은 그런 냄새는 커녕 향긋한 꽃내음만 나는 것 같다.

필시 소녀의 향기임에 틀림엄을 것이라고 생각하니 가슴이 마냥 설레고 두근거리네...

한양대학교 앞을 지나니 어느새 버스는 사람들로 꽉 차여 콩나물 시루를 방불케 만원버스가 되어 버리고 계속 손님들이 타자 '오라이' 하는 안내양이 탈 자리도 엄을 정도로 발 디딜 틈이 없다.

그래도 안내양은 밀려들어오는 사람들 틈에서 연신 내렸다가 올라타며 '오라이'를 외치는 직업의 투철함이 눈물겹다.

밖에는 여름비가 내려 우산을 접고 들어오는 사람들의 빗물이 바닥에 흥건히 고여 미끄러운 가운데 그래도 자기의 자리를 지키려는 사람들의 몸부림이 치열하기만 한데 나와 내 앞에 앉아 있는 소녀는 의자에 편히 앉아서 갈 수 있는 행운을 안고 있었다.

"여기서 내려야 되는데 좀 비켜 주세요."

"내릴려면 진작에 나와 있어야지?"

"비켜야 내리지?"

"비킬 자리가 어디 있다고? 알아서 내려야지...."

"아저씨가 비켜 줘야지요!"

안내양 외친다.

"내릴 사람 없으면 오라이~~~~~"

"야! 나 내린다니까. 쟤는 맨날 오라이 밖에 모르냐?"

"그러니까 빨리빨리 내리시라고요!"

"내릴려고 하잖아! 밀지마라."

"아이. 아저씨 어딜 만져요?"

"만지긴 뭘 만져? 니 엉덩이가 내 손으로 왔잖아?"

"아저씨는 어저께도 내 엉덩이 만졌잖아요?"

"애가 생사람 잡네! 어제는 너 아니었거든?"

"엉덩이 계속 만질거예요? 내 엉덩이가 무슨 동네 북이예요?"

"아이씨~~짝궁댕이 가지고 더럽게 팅기네."

"빨리 내려요...오라이~~"

한바탕 안내양과 승객들이 실갱이를 한 버스는 계속 종로, 광화문을 지난다. 서울역에 다다르자 어느 만큼 사람들이 내려서 만원버스가 이젠 고르게 숨을 쉴 정도가 된다.

다음은 갈월동 왕자 분식점 앞이네....

소녀와 나 그리고 몇 명의 손님이 내린다.

역시나 안내양은 버스에서 내리는 손님들에게 빨리 내리라고 재촉을 하면서도 자신의 엉덩이는 버스 몸체 저만치 내밀어 엉덩이를 스스로 보호하고 있었다.

'아쉽구만...'

버스에서 내렸는데도 여름비는 계속 내리고 있었다.

우산을 펴 든다.

한쪽은 기울고 잠시 잠시 하늘이 보이는 우산이지만 그래도 윗도리는 커버를 해주는 고마운 우산이기에 애인 젖가슴 다루듯 정성껏 조심히 매만진다.

근데, 함께 내린 소녀가 책가방을 머리에 올리고 우산도 없이 앞을 걸어가고 있네?

아! 싸나이 가슴을 찢는 슬픈 현장이 눈앞에 들어오네....

'어쩌지?'

'쭈구리한 이 우산이라도 줘야 되는 것 아닌감?'

'그럼 나는? 아니 나 비 맞는 건 천번 만번 좋은데 이것도 우산이라고 엄니한테 우산 잃어버렸다고 디지게 혼나면 어쩌지?'

짧은 시간에 별 생각을 다 해 본다.

"저기요? 이것 쓰고 가세요."

생각도 정리가 되지 않았는데 내 육체는 벌써 행동으로 옮기고 있

158

는 나의 본능!

"아니 괜찮은데...."

그 말을 듣는 둥 마는 둥 쭈구리한 나의 우산을 소녀의 하얀 손에 안기운 체 이번엔 내가 책가방을 머리에 올리고 뛰기 시작한다.

추적거리는 빗속을 기분 만땅 상큼함을 느끼며 열심히 학교를 향해 [달려라 하니]처럼 달린다.

달콤하면서도 새콤한 비를 맞아 보신 적이 있나요? 라고 물어보면 이렇게 말을 할 것이다.

'사랑을 해 보세요.' 라고 음므하하하!

쫄딱 비를 맞고 교실에 들어와 손수건으로 몸을 닦고 있어도 입가에 미소만은 닦아도 닦아도 닦이지가 않네....

"야! 생쥐처럼 비 홀라당 맞고 와서 뭐가 그렇게 좋다고 쪼개고 있냐?"

언놈이 묻는다.

"안 가르쳐 주~~~지"

그리고 또 해벌레...

"저 씨키! 오늘 비 제대로 맞았나보다. 맛탱이가 제대로 갔다."

맛탱이가 가든 말든 니들은 몰라도 된다.

다음날도 비가 온다.

"누나! 나 버스 정류장까지 우산 좀 씌워 주라."

"저놈은 또 어디다 우산 잃어버리고...멀대만한 놈이 누나랑 우산 같이 쓰면? 누나는 비 쫄딱 맞을 텐데? 어휴 저 덜렁이 같은 놈~~너 혼자 비를 맞고 가든 말든 알아서 해. 빨리 가!"

누나의 키가 나만큼 안 큰 것이 네 잘못이고?

안 큰 지가 잘못이지....

암튼, 이건 내가 필시 엄니를 안 닮고 아버지를 닮았다는 이유 하나만으로 평생 엄니에게 누나와 차별받은 것으로 생각이 들지만 성차별에 관해서 지식이 왕창 무식한 내가 참아야 했었다.

그렇게 몇 일이 지나는 가운데서도 소녀와 나는 쉽게 아침에 만나지 못하고 아까운 내 청춘의 시간만이 흘러만 간다.

그해의 여름비는 왜 그리도 자주 왔는지 비만 오면 어머니에게 그 놈의 우산 때문에 구사리를 먹고, 비는 비대로 쫄딱 맞고 등교하고....아! 우산 하나 때문에 소녀를 향한 사나이 순정 눈물 많이 흘렸었다.

그렇게 일주일쯤 시간이 갔다.

오늘은 만날까? 하는 기대가 지쳐갈 때쯤 소녀와 버스 정류장에서 해후를 한다. 나를 보고 빙그르~~래 미소를 보내는 모닝 인사! 크아! 백옥 같은 소녀의 미소가 나를 디지게 만든다.

함께 버스를 탔다.

소녀는 먼저 자리에 앉더니 옆 자리를 가리키며 앉으라 한다.

나란히 앉아서 행복한 등교를 한다.

오늘 하루 행복하길....아침에 눈뜨면 기도를 하게 돼....약속하고 두려운 행복 앞에....

노래 절로 나온다.

"저....여기요."

어디쯤 갔을까?

소녀,

하얀 손으로 깨끗하게 말려 온 나의 쓰구리한 우산을 내민다.

"아! 예..."

옥황상제의 셋째 딸이 선녀로 내려와 그녀가 입었던 저고리를 내게 주듯이 쓰구리한 내 우산이 너무 곱게만 보인다.

그동안 아침 자습이 있어서 학교를 일찍 가게 되어서 만나지 못했다는 사정까지를 이야기 하며 그 날은 너무 고마웠다는 말까지 한다. '약을 제대로 치긴 쳐구나' 하는 만족감에 뿌듯하다.

이런 저런 이야기를 하다가 어느새 소녀의 말이 끊어지길래 옆을 돌아본다.

졸리운지 고개를 끄덕끄덕 거리며 이내 잠이 들어 있었다.

오늘따라 만원버스에는 사람이 더 많은 것 같다.

"야! 회수권 내고 가야지?"

"내꺼 니가 냈잖아?"

"안냈잖아. 빨리 안내냐?"

고등학생 몇 명의 무리들이 내리며 또 안내양과 실랑이를 한다.
"니꺼는 니가 내야지 누구보고 내라고 하냐?"
"아이참. 내꺼 니가 냈다니까?"
알 수 엄는 소리에 안내양의 뚜껑은 열리고 기사 아저씨는 빨리
가자고 빵빵거리고 손님들은 학생들에게 장난하지 말라고 한마디
씩을 한다.
"야 임마! 버스비 빨랑 주란 말이야. 출발해야 될 것 아니냐?"
"그럼 아저씨가 주세요."
"뭐야 임마! 너 죽을래?"
"내 차비 니가 냈단 말이예요..."
"저 새끼가 계속...너 빨리 안 줄래?"
우르르 내린 학생들 안내양의 저지에 무시를 하고 달음질을 친다.
"너희들 차비 안줄래?"
한 무리의 학생들을 잡으러 쫓아가는 안내양과 차안에서 버스가
출발하기만을 기다리는 손님들의 아비규환!
이때 어느 손님이 안내양 대신 외친다.
"오라이~~~"
그 소리에 버스 기사 차를 출발한다.
부릉부릉....
"스톱!"
학생들을 쫓아갔던 안내양이 이내 돌아오면서 외친다.
"헉헉헉....아저씨! 내가 타지도 않았는데 출발하면 어떻게 해요?"
"야! 나는 니가 오라이~~~한 줄 알았잖아?"
"내가 차장인데 누가 오라이~~~했어요? 누구냐고요?"
안내양은 화가 머리끝까지 난 모양이다.
그 소리에
'너는 짖어라 우리는 모르겠다' 하면서 쌩~~~까는 손님들....

버스는 도시의 아침공기를 가르며 계속 달린다.
"어머! 쟤 좀 봐라. 침까지 흘리고 잔다 애!"
"멀쩡한 애가 침까지 흘리고...오우 더러워."

내 앞에 서 있는 여학생들이 자기네들끼리 속닥거리고 있네?

진원지를 찾아보니 으잉?

헉!

나의 피앙새라고 생각했던...

하늘에서 막 하강한 선녀라고 생각했던 그 소녀가 침을 흘리며 내 옆에서 졸고 있네...

"아무리 졸려도 그렇지 얘. 어떻게 버스에서 침까지 흘리고 자니? 어유 쪽팔려."

"근데, 그 옆에 같이 앉아있는 애 말이야. 일행 갔던데...챙피하지도 않나봐."

갑자기 낯이 뜨거워지네.

서둘러 소녀를 옆구리로 건드려 깨운다.

잠시 미동이 있더니 다시 잠이 들어 버린다.

또 다시 한번 팔을 살짝 잡으며 깨운다.

게슴츠래하게 눈을 뜨더니 손등으로 입가의 침을 한 번 훔치더니 창밖을 잠시 주시하곤 다시 고개가 떨구어 진다.

"어머! 호호호..."

옆의 여학생들은 계속 소녀를 가십거리로 만들어 씹어대고 소녀는 잠에 취해 일어나지 못하고...대략 난감이다.

"옆에 앉은 애는 얼마나 쪽팔릴까? 호호호호."

계속되는 여학생들의 비아냥 소리에 얼굴이 점점 빨개진다.

"저런 애랑 창피해서 어떻게 버스를 타고 다니니? 남자 애도 어지간히 얼굴이 두꺼운가봐...."

"그러니까 같이 다니지. 호호호호."

에이씨~~~!!

정말 쪽팔려 죽겠네.

다음에서 내려야 하는데...

용기를 내서 다시 한번 어깨를 흔들어 깨워본다.

아예 창문에 얼굴을 기댄 체 반응이 없다.

"갈월동 내리세요."

내려야 하는데 어쩌지?

애라 모르겠다.

책가방을 들고 일어난다.

그리곤 짜증스럽게 내 구두로 소녀의 구두를 툭툭 건드려 본다.

게슴츠레 눈이 반 정도 열리더니 가방을 챙겨 주섬주섬 일어나려고 노력은 하는데...

몸이 일어나지 못한다.

"갈월동 빨리 내리세요."

나.

그런 소녀와 함께 내리지 못하고 홀로 내리고 만다.

그리고 정류장을 출발하는 버스 안의 소녀를 발견한다.

입가에 하얀 백태가 긴 체 나를 원망하며 쳐다보고 있는 모습을...

그렇게 내 마음을 흔들어 놓았던 소녀의 환영이 한 순간에 일그러진 후, 등굣길 아침마다 버스 정류장의 한쪽 귀퉁이에 짱 박혀 있다가 소녀가 나타나지 않으면 버스를 타곤 했던 치사 빤스 짓을 했었었던 여름날의 한 쪽 이야기가 있었다.

백구 이야기

1학년 여름방학 때 무료하게 매일 매일을 보내다가 어느 날 친구네 집에 놀러를 간다.

"뭐하냐?"

친구, 열심히 쌀자루에 쌀을 담느라고 땀을 뻘뻘거리고 있다.

"왔냐?"

그럼! 왔으니까 네 앞에 서있지. 갔으면 여기 있겠어?

"조금만 기다려라. 배달 한군데만 갔다 오고..."

짐빠리 큼직 막한 자전거 뒤에 쌀 한가마를 번쩍 들어 실고는 쏜살같이 날라 간다.

착한 놈이여. 방학이라고 집안일도 돕고.

이내 돌아온다.

"밥은 먹었냐?"

아무리 빠짝 꿇었어도 우리 엄니 나 배는 안 곯게 하시는데, 왜 나만 보면 다들 밥 먹었냐고 묻는디야?

"먹고 왔다."

쌀집답게 맛난 떡 한 접시 내온다.

"너 별일 엄으면 우리 외갓집 같이 놀러 갈래?"

"어딘데?"

"부산!"

태어나서 부산을 한 번도 안 가보았기 때문에 흔쾌히 OK!

다음날 서울역에서 만나 부산행 기차를 탄다.

여유롭지 못한 관계로 완행열차를 탔었던 것 같은 기억에 아침에 출발을 했는데 친구네 외갓집에 도착하니 저녁 먹을 시간이 훌쩍 넘어 버렸다. 부산역에서 버스를 타고 골목골목을 지나 산등성이 아래 달동네에 내렸다. 동산동이던가...동상동이던가?

산을 깎아 지어 놓은 집들이 옹기종기 모여 있는 마을의 어느 집으로 들어간다.

"할머니!"

대문을 열고 할머니를 부르며 들어가자 황소만한 개새끼가 우리를

164

먼저 반겨준다.

으르릉~~~

흐헉!

그것도 한 마리가 아닌 두 마리의 쉐퍼트가 우리 앞을 가로 막는다. 시커멓게 생긴 우락부락한 두 마리는 우리를 잡아먹을 기세로 덤벼든다.

"야! 잡아라. 무섭다."

"우리 똥강아지 왔냐!"

친구의 외할머니는 반가운 마음에 버선발로 나와 손주를 끌어안는다. 고등학교 때도 덩어리였던 친구를 꼭 껴안으시는 할머니의 육중한 몸매가 정말 우람하시다.

"할머니. 친구하고 같이 왔어요."

"어! 어서 와라. 너는 살 좀 쪄야 쓰것다. 우리 똥강아지처럼은 돼야지. 사내가...."

그러시면서 토실토실한 친구의 엉덩이를 연신 두드리신다.

해벌레 좋아하는 친구의 천진난만함이 영락없는 할머니 앞의 손주새끼네....

맛나게 차려 놓은 늦은 저녁을 먹으라고 평상으로 나오란다.

나가니 오잉?

예쁘장하게 생긴 여자 아이 하나하고 할머니를 닮은 우람한 여자 하나가 앉아있네?

"오빠 친구다. 인사해라."

영우의 이종 사촌 여동생들이었다.

이쁘장한 아이는 중2고 할머니 닮은 이이는 중3.

근데, 덩치로 봐서는 중3 여동생은 고등학교 2~3학년은 되 보인다.

살덩어리가 친구와 오십보백보네....

"오빠 반가워."

중 3짜리가 욜라 반갑게 인사한다.

"응. 반갑다."

165

말은 중 3아이에게 날라가고 나의 시선은 중 2아이에게 쏠리고...
인지상정 아닌감?
예쁜 아이에게 가는 시선을 어떻게 막으라고?
"오빠! 내일 우리 해운대 놀러가자. 바다가 죽인다."
중 3여동생 신나서 해운대 예찬론을 펼친다.
"서울에서도 사람들 댑다 마이 온다. 모래사장이 사람들로 꽉 찬
다고."
누가 물어 봤냐고?
너 같은 아이들 100명이면 꽉 차겠지?
"너는 내일 어디 간다며?"
중 2인 여동생에게 묻는다.
"내가 언제?"
"너 내일 어디 간다고 안 그랬어?"
"웃기시네. 나도 내일 오빠 따라서 해수욕장 놀러 갈거다 뭐."
"너. 방학 숙제는 제대로 하고 있어?"
가만히 있는 동생을 잡는 악녀같은 중 3언니다.

시골 냄새가 폴폴 풀리는 산 아래 쪽방에서 즐거운 아침을 맞는
다. 난생처음 해운대 해수욕장을 가기 위해 친구 할머니는 바리바
리 먹을 것도 싸주시고 수영복이며 수경이며 챙겨 집을 나서려 하
는데....대문 앞에 떡하니 버티고 있는 황소만한 개새끼 두 마리가
나의 앞길을 막는다.
"친구야~~~~~"
중 3여동생이 나선다.
"서울 오빠. 내가 잡아 줄게."
그러더니 황소만한 개 두 마리의 목줄을 사정엄이 잡아 댕기자 구
석으로 끌려가 숨도 제대로 몬 쉰다.
'저런 우락부락 무식한 지지배를 봤나.'
그리곤 한 마디 한다.
"오빠! 할머니가 오빠오면 한마리 된장 바른다고 했다. 맛있겠지?"
헉! 저런 무서운 것 같으니라꼬.

해운대!

지금처럼 발전이 안되어 있었지만 그 당시 내 눈에는 별천지 같았
었다. 수많은 인파에 놀라고 빨게 벗고 활개하는 언니들에 놀라
고... 나도 참 촌놈이었지!

우리는 빈 곳을 찾아 자리를 잡고 앉았다.

"오빠! 우리 수영복 갈아입고 올게."

두 여동생은 탈의실로 올라가 수영복으로 갈아입고 왔는데, 왜 저
리도 비교가 될까? 아직 숙녀의 몸으로 발달이 덜 된 동생이지만
옥처럼 고운 살결이 내 눈을 즐겁게 한다.

반면, 언니는?

수영복이라도 좀 큰 걸로다 입던가 하지 사방으로 삐져나온 살덩
어리가 내 눈 속으로 미처 다 들어오지 못하고 있다.

"야! 너는 수영복 좀 맞는 걸로 입고 와야지?"

영우. 자기가 보기에도 그런 여동생의 모습이 민망스러운가 보다.

"오빠! 작년에는 맞았단 말이야."

"작년하고 올해하고 니가 먹은 것이 얼마나 더 많은데?"

"이 정도면 아직 봐줄만하지 않아?"

주제파악이 아직도 안 되나? 천만에 말씀 만만에 콩떡이다!

"우리도 수영복 갈아입고 오자."

탈의실에서 갈아입고 나온 우리는 뚱뚱이와 홀쭉이의 전형이었다.
푸짐한 덩어리에 걸쳐진 영우의 수영복은 볼만했지만 바닷바람이
라도 쎄게 불면 날아갈 앙상하게 마른 내 체격은 아프리카 난민촌
에서나 볼 수 있는 정말 엄어 보이는 멸치였다.

"오빠는 넘 말랐다."

가뜩이나 쪽팔려 죽겠는디 중 3짜리가 나에 존심을 건드린다.

"그래도 난 마른 사람이 좋더라...."

네가 언제 나 좋아하라고 했냐고?

없는 살 붙인다고 쪽팔림 엄어 지는 것 아니고 왔으니 원 엄이 놀
다 가면 되는 거지요.

한바탕 바닷물에 들어가 잼나게 놀다보니 배가 고프다.

우리들 자리를 쳐다보니 작은 여동생 혼자 앉아있네?

음므하하하!

기회포착!

영우 몰래 잽싸게 물에서 나와 자리로 간다.

"왜 물에 들어오지 않고?"

"네. 그냥 바다 바라보고 있어요..."

사슴처럼 고운 눈망울로 바다를 쳐다보며 감상에 젖어있는 동생이 넘 이뻐부러 잉~~

옆 자리에 조용히 앉는다.

"성격이 감성적인가 보다?"

"...푸른 바다...망망대해를 끝엄이 여행하고 싶어요..."

나랑?

흐미 좋은거!

그런 상상을 하니 가슴이 콩콩 뛴다.

"저 푸른 바다 너머에는 뭐가 있을까요..."

수평선 저 멀리 여동생의 시선을 따라간다.

"너와 내가 함께 있을 루소의 유토피아가 있을꺼야..."

"오빠! 근데 유토피아가 뭐야?"

아!

우리의 짧은 행복을 짓 밟아버린 한 톨의 굵은 목소리!

"그 유토피아가 어디 가면 있는데?"

중 3여동생의 처참한 겐세이에 애정이 싹틀 싹이 한순간에 두 동강나 버리고 행복을 꿈꿨던 나의 행복해야 할 시간도 바다 저 멀리 떠내려가 버린...

저걸 그냥 해운대 바닷물에 꽂아 버려?

하지만 덩치로 치면 나보다 한배 반은 더 있는 걸 내가 감당하겠어? 에이씨~~~즐거운 해수욕 기분만큼 마음도 해피 해야 했지만, 어디나 복병이란 페치가 있는 걸 어쩌?

진이 빠지도록 물놀이를 마치고 영우네 할머님 댁으로 돌아온다.

대문을 열면 또 겁이 덜컥 날 것 같다.

황소만한 것들이 나를 보고 으르렁 거릴테니 말이다.

"다녀왔어요."

대문을 열었는데?

조용하네?

가만히 안을 들여다보니 한 마리만이 구석탱이에서 쭈그리고 있네? 다행이다 싶어 집으로 들어가 바닷물을 민물로 씻어내자 저녁을 먹으라고 할머니께서 부르신다.

넓은 평상에 어제와는 다르게 큰 상이 펼쳐져 있고 외삼촌 내외와 여동생 둘, 할머니까지 모두 자리에 와 기다리고 계신다.

그리곤 각 자리마다 세숫대만큼 큰 대접이 놓여있고 그 안에 푸짐한 고기 덩어리들이 놓여있다.

"우리 영우 친구 어여 와라! 사내가 그리 몸이 부실해서 쓰것냐? 이리 와서 마이 묵어라."

흐허헉~~

어제 우리 오던 날.

반가운 마음에 우리들에게 덤벼들었던 쉐파트 한 마리가 오늘 우리들의 성찬에 올라와 있었던 것이다.

"오빠들. 마이들 먹어요....특히 갈비씨 서울 오빠! 이거 먹고 살 좀 찌세요!"

그렇게 말하는 큰 여동생 그날 두 그릇이나 비우더니

"역시 국물이 진국이야!"

하면서 국물에 밥까지 말아 먹더라~~!!

신광여고 뒷골목

오늘 아침엔 왠지 좋은 일이 있을 것만 같아 형이 바르는 스킨 로
숀을 한껏 바르고 버스에 올라탄다.
종점 다음 정류소에서 타니 앉을 자리가 몇 개 있길래 뒷자리 중
간쯤에 자리를 잡았다.
그리고 버스는 한양대학교를 넘기도 전에 이미 만원으로 꽉차고
안내양 누나의 목소리가 아침의 도시를 깨운다.
"학생도 아니면서 회수권을 내면 어떻게 해요?"
"학생이 교복만 입으란 법 있어? 내 동생이 내걸 입고 가서 할 수
엄이 사복입고 나왔는데 나보고 어쩌라고?"
"어제도 사복입고 있었잖아요?"
"어제도 늦게 일어나서 교복 못 입고 가서 선생님에게 열라 깨졌
는데...우와 아침부터 야가 뚜껑 열리게 하네?"
"야! 너 몇 학년인데 반말이야?"
"그래. 나 재수생이다. 어쩔래?"
"금방 뽀롱이 날걸 가지고. 그래도 네가 학생이냐?"
"그럼. 재수생은 학생이 아니냐?"
"재수생이면 학생이 아니지 그게 학생 축에나 끼냐?"
"가뜩이나 재수해서 쪽팔려 죽겠는데 이것이 사람 차별하네? 재수
생도 공부하니까 학생이지 그럼 네 오빠냐?"
"흥! 오빠 같은 소리하고 있네. 아나 똥 재수생아! 재수 없다.
오라이~~"
듣고 있자니 안내양 누나는 참 가슴 아픈 소리로 재수생 엉아의
속을 뒤집어 놓는다.
가뜩이나 재수한다고 집안의 찬밥댕이 일 텐데 거리에서까지 저런
구박을 당하고 있으니 머리에 공부가 들어오겠어?
아마도 그 형은 그 날로 공부를 포기하고 절로 들어가지 않았을까
하는 예감이 들었었다.
"아저씨! 엉덩이 좀 만지지 말라니까요. 어제도 만지더니...."
"내가 아니라 애라고!"

"아저씨! 뭔 소리에요. 아저씨가 계속 만졌잖아요."
"이 자식이 생사람 잡네. 얌마 내가 언제?"
"좀 전에 만지는 것 내가 봤단 말이에요."
"내가 언제 만졌다고 그래? 너 어느 학교 몇 학년이야? 애비 같은
사람에게 눈알을 부라리고 덤비면 한번 해 보겠다 이거야?"
"딸 같은 애한테 몹된 짓을 하니까 하는 말이지요."
"이 자식이 보자보자 하니까. 너 이리와 봐."
만원 버스에서 오라고 하면?
"아저씨가 오세요. 저는 움직이지도 못해요."
"차 세워봐. 내가 저 자식을 가만 안 둘거야. 차 세워!"
"아저씨. 이건 택시가 아니고 버스예요..."
"아이씨~~짜증나게시리...빨랑 내리기나 하세요."
안내양 누나는 짜증이 날대로 났는지 출구 앞에 서있는 아저씨를
신경질적으로 밀어버리자 우르르 내리는 사람들에 섞여 행선지가
아닌 듯한 곳에 내려져 버린다.
"오라이~~"
"야! 나 여기 내리는 곳 아니야. 스톱!"
야멸차게 닫히는 버스의 문을 향해 쫓아오고 있었지만 이미 버스
는 떠난 뒤고 안내양 누나의 굵은 팔뚝에 의해 문은 굳게 닫힌 채
또 버스는 도시 속으로 달린다.

집에서 62번을 타면 을지로를 거쳐 갈월동 왕자분식 앞에서 버스
를 하차하여 복성각 짱개방을 지나 신광여고 뒷골목으로 가면 학
교를 가장 먼저 도착하는 지름길이었다.
큰 길 사이로 난 조그만 골목으로 들어서자 동급생 두어 명이 앞
서 간다.
"야! 이제 가냐?"
아는 척을 하자 뒤돌아서서 함께 가기위해 길을 멈춘다.
"너 오늘 미팅이라도 잡혀있냐?"
"왜?"
"맨날 누렇게 떠 있던 얼굴에서 광채가 난다? 그리고...."

내 얼굴에서 나는 냄새를 맡는다.

"왜 그래?"

"후아~~향수까지 바르고? 어느 학교 아이들이랑 미팅인데?"

"미팅은...."

아침에 형님의 로션을 바르고 나왔더니 금방 티가 나는 모양이지? 그냥 기분전환하기 위해 바르고 나온 건데 별걸 다 가지고 관심들이넹! 그렇게 이바구를 하면서 골목길을 걷고 있는데 앞서가던 친구 넘이 갑자기 좁다란 골목으로 들어가더니 노상방뇨를 하는 것 아닌가?

헉!

저 시끼 몬양빠지게 아침부터 왠 개새끼 마냥 하는 짓이고?

네가 타조냐?

"야! 너 아침부터 먼 짓이야?"

"생리현상인걸 나보고 어쩌라고...."

태연하게 일을 마치고 돌아오며 바지의 자크를 올리는 순간.

멀건 하늘에서 소나기가 한바탕 퍼부어진다.

"우왝~~~!"

모여 있는 정 중앙으로 물세례가 퍼부어진 것이다.

"누구야?"

물벼락이 떨어진 하늘을 향해 고개를 올리며 소리를 질렀다.

그 때 신광여고 4층인가 5층인가에서 깔깔거리며 웃음소리가 나고 창문이 닫히는 것이 아닌가?

"누구야? 너희들 죽을래?"

물세례에 쫄딱 젖어버린 우리는 생쥐가 된 꼴로 만행을 저지른 지지배들을 향해 소리를 지르며 으르렁 대기만 할 뿐 어찌할 바를 모르고 있었는데 다시 창문이 열리더니 여학생들 다시 한번 물세례가 퍼부어 진다.

"우왝~~~~~~~"

이번엔 약간의 운동 신경으로 피했지만 역시나 모두 다시 한번 쫄딱 맞아버린 신세가 되고 만다.

"야! 너희들 죽을래?"

"올라가면 가만히 안 둔다."

"호호호호~~~"

쿵!

또 다시 물 한바가지를 뿌리곤 창문을 닦아버리는 지지배들....

후와!

물벼락을 맞았는데 머리에선 스팀이 올라온다.

우리는 하늘을 향해 소리를 고래고래 지르고 있는데 3층의 어떤 창문이 열린다.

"야! 니들 뭔데 아침부터 소리를 지르고들 난리야? 공부를 못하겠 잖아?"

3층에 자리한 정도면 상급생들 쯤 될텐데 저것들까지 가세해서 씨부렁대네?

"공부도 안하는 것들이 공부 타령이냐?"

"야! 니들 학교는 공부 안하기로 유명한 학교 아니냐? 그러니 졸린 상고라고 하지...."

앗! 저것들이 우리의 일급비밀을 발설하고 지랄이네?

"갈 데 없어서 겨우 빵빵이로 들어온 것들이 공부를 하면 얼마나 한다고 공부타령이네. 웃겨요!"

"야구장이나 쫓아 댕기는 놈들이 뭘 알겠어? 아유 졸린 상고들...."

"공부도 못하는 것들이 몸매나 예쁘던가? 교복이 그게 뭐냐? 누리끼리해서 때깔까지도 얼굴하고 똑같아요...."

"저것들이? 야! 니들이 미적분이나 알아?"

"미적분? 알지!"

"뭔데?"

"미모도 안 되는 것들이 적반하장도 유분수시 아니냐? 푸하하하"

이 때 또 쫘아아악~~~~~~~

"으왝~~~~~~"

또 다시 물세례에 생쥐 꼴이 된다.

"호호호..."

"야! 정말 니들 가만 안 둔다?"

"안 두면 네가 가질래?"

"너런 것들은 트럭으로 줘도 트럭만 가질거다."

뭔 소리데?

"트럭같은 소리하고 있네. 빨리 안 사라질래? 또 물벼락 맞고 잡냐?"

위층을 보니 물바가지가 또 보였다 안보였다 한다.

"하여간 니들 가만 안둘 줄 알아. 걸리기만 하면 죽을 줄 알아."

"알긴 개 코가 알아? 야! 물바가지 준비~~"

"오늘은 작전상 후퇴하지만 너희들 딱 걸리기만 해라 잉?"

에이씨~~

저것들이 자기 집 앞이라고 완전히 똥개점수 100점을 먹고 들어가면서 지랄들을 하네.

그렇게 쫄딱 물벼락을 맞고 나와서 교문을 들어서는데 교련부 3학년 선배들이 잡는다.

"너희들 뭐야? 떼로 들 시궁창이라도 들어갔다 왔냐?"

"아닌데요?"

"그럼 임마! 이게 뭔 냄샌데?"

교복에 코를 갖다 대니 쾌쾌한 냄새가 난다.

"너희들 신광여고 뒷골목으로 왔냐?"

"골목길 지나오면서 떠들면서 왔어?"

"또?"

"...노상방..."

"거기다가 노상방뇨까지 하셨다?"

"그러니 새끼들아 걸레 빤 물로 물벼락이나 맞고 다니지..."

헉! 걸레 빤 물이라꼬?

오늘 아침 행님의 비싼 로션까지 발라준 얼굴에 걸레 빤 물이라니 왠 날벼락이고...

"이리와 시끼들아. 하여간 이번 신입생 새끼들은 어디서 이상한 놈들만 모아왔어요."

그놈의 몬 생긴 신광여고 지지배들 땜시 우리는 3학년 선배들에게 1교시 종소리 날 때까지 운동장에서 귓가에 종소리 나도록 얻어 터졌었따~~~~~

동네방네 야단났네

나는 연탄과 참 친했던 것 같다.

중학교 때 한번, 고교 입학식 날 한번...두 번씩이나 연탄 때문에 골로 갔다가 와서 그런지 연탄만 보면 끌리는 情이 생겨 재가 된 연탄을 보면 괜스레 발로 한번 차고 지나가는 버릇이 생겼다.

아마도 나의 생명줄을 죄었던 앙갚음이라고나 할까...

괜한 심통이 생겼었나보다.

고등학교 1학년 겨울방학인데 그날따라 놀아줄 친구가 없어 주머니를 뒤지니 100원짜리 동전 한 닢 밖에 없다.

무엇을 할까?

궁리를 하다가 서울 처음 올라왔을 때 친구가 없어서 10원에 하루 종일 만화방을 다녔던 기억에 가끔 가는 만화방을 기웃거린다.

'100원에 하루 종일!'

물가 많이 올랐네....

딸랑 있는 100원을 주고 들어간다.

"안녕하세요!"

"응! 너 오랜만이다?"

"...네."

아저씨는 오랜만에 온 나의 위아래를 흘겨본다.

"왜요?"

아저씨는 고개를 한번 갸우뚱하게 흔들더니

"아니....너 그 츄리닝 참 오래 입는다?"

"예?"

"내 기억에 그 츄리닝 너 중학교 때부터 입고 다니던 것 같은데 오늘도 패션이 그 모양이라서 말이야."

저 인간이 별걸로다 내 인생의 딴지를 거네?

"에이 아저씨도 제 키가 그동안 얼마나 컸는데 중학교 때 츄리닝을 입어요?"

"그게 아니라 남색에 노란 3줄 줄무늬가 똑 같잖아?"

"동네 애들 거반 제 색깔하고 똑 같아서 그렇지요..."
"그런가? 근데 좀 빨아 입어라. 무릎 언저리가 너무 튀어 나와서 니 다리가 꺾여 보인다."
헉!
저 놈의 인간이 오늘 교회당 종 때리고 왔나?
"오늘은 머리 깜았냐?"
"아저씨! 까까머리 씻어 낼 것이 뭐 있다고 매일 세탁해요? 참나."
"그래. 오늘은 그냥 넘어가자."
가뜩이나 갈 데가 엄어서 오랜만에 찾아 줬더니 아주 열 받히게 간죽거리네!

그동안 너무 격조했었나? 신간 만화가 많이 들어와 있다.
"야! 그거는 한권에 20원이다."
에이씨~~~~~~
하루 종일에 100원이라면서 신간이라고 따로 돈 받고 지랄이네!
할수없이 귀퉁이에 끼겨 져 있는 때 묻은 만화책을 고르는데 2차 대전 독일군의 활약상을 그린 김철 만화가의 책이 눈에 들어온다.
시리즈로 된 것인데 볼수록 스팩터클하고 스릴만점인 이야기가 웅장하게 펼쳐져 스토리가 아주 재미난다.
'내 친구 영철이가 이 정도의 머리를 가졌으면 참 좋을텐데....'
글마에게서 절대 바랄 수 없는 천만에 말씀 만만에 콩떡 같은 생각을 하면서 열심 독서에 전념한다.
그런데 중간에 2권이 비네?
"아저씨! 이 만화책 중간 부분은 어디에 있어요?"
"거기 옆에 없냐?"
없으니까 물어보지 비싼 밥 먹고 당신하고 입 시름 할라고 내 스태미너 쓰냐?
"없어요."
"그럼. 건너뛰면 되지..."
짜증 지대로 나네!
한참 미군 장교 놈하고 독일 미녀 스파이하고 흥미진진한 러브 스토리 속에 중요한 전략적 요충지 정보가 왔다 갔다 하는데...
그것을 건너 뛰어 버리라면?

콰이강의 다리가 폭파해야 재미나지 강으로 그냥 뛰어 내려 버림 재미나겠어? 어이구! 서스펜션 스토리 전개도 모르는 인간이니 만화방이나 하고 있겠지....재미가 반감되어 덮어 버리고 이번엔 독고탁의 야구 만화책을 펼친다.

어려운 환경에서 꿋꿋하게 성공을 이루어 나가는 과정이 너무 식상하다고 생각하고 있는데 좁은 가게 안에서 맛난 라면 냄새가 나의 코를 콕콕 건드린다.

"쪼금씩만 먹으라니까..."

냄비 하나에 대가리 3개가 붙어 피터나게 면발을 빨아대고 있다.

아! 배고파라.

주머니에는 먼지만 풀풀거리고 뱃대지엔 거지새끼들만 득실거리고 있는 나의 초라한 청춘.

그렇게 6시간을 보내니 화장실 가라는 소식이 천천히 온다.

(만화방에 화장실이 없어서 오줌이 마려우면 자연스럽게 퇴실! 그 걸로 100원에 하루 종일 만화방은 종치는 시스템이었다.)

아직도 보아야 할 도서는 책방에 꽉 찼는데 오줌보가 차여오면 어쩌란 말인가. 다리를 꼬면 좀 더 참을 수 있겠거니 하고 일어서 마음의 양식을 고른다.

몇 권을 더 죽이고 있는데 꼬르륵~

참자!

아직은 나의 청춘에 더 많은 책으로 지식을 쌓아야 한다는 일념으로다 오줌보를 참아가며 30여분을 더 버텼지만....

아으~~한계!

밖을 보니 어둠이 내려앉고 있었다.

이쯤 되면 한 개밖에 없는 나의 누이가 퇴근을 해서 집에 도착할 시간이 되었겠지?

잡채라도 해 달라고 엉겨 봐야지~~

앗!

근데 요놈의 누이가 요즘 부쩍 늦게 다닌단 말이야?

건달 놈이라도 생겼나?

궁금해진다.

근데, 지금 그게 문제가 아니잖여?

누이가 집에를 안 들어 왔으면 먹을 것이 한 개도 없는 것이 문제 아니여? 그 생각을 하고 나니 후아~~또 짜증이 밀려온다.

일단, 오줌보가 터질것 같으니 만화방을 나서서 민생고부터 해결하고 다음을 생각하기로 한다.

마려운 오줌을 하도 참았더니 걸음걸이가 어기적어기적 거리네....

"용갑아! 엄마 계시니?"

엄니하고 시장에서 장사 하시는 아주머니가 부른다.

"아니요. 엄마 시장에 계실 거예요."

"응. 아직 집에 안 오시고?"

"네."

"참, 너 올해 몇 학년이라고 했지?"

"1학년이요."

"응. 1학년? 1학년치고는 너 참 키가 크다? 어느 중학교?"

헉!

고딩을 중딩이라고 생각하시네?

"저 고등학교 1학년이예요."

"아! 고등학교 1학년이구나...나는 네가 만화방에서 나오길래 아직도 중학생으로 생각했다 애."

또다시 허거덩~~

"근데, 용갑아! 고등학생이 됐으면 이젠 만화방은 그만 다니고 공부를 해야지..."

후와~~이 아줌마.

나. 오줌보 터질것만 같은데 계속 말씀을 조아리신다.

"저 아줌마. 제가 지금 좀 급해서..."

몸은 자동으로 꼬이고 말을 자꾸 목구멍 속으로 들어가는 소리로 말을 한다.

"용갑이 너 어디 아프니?"

"아...아니요. 제가 좀 급해서요...안녕히...가세요..."

178

잰걸음으로 아줌마를 길거리에 팽개쳐 두고 집골목으로 들어선다.

죽도록 겨우 참고 대문을 열고 집 화장실 앞에 와서 문을 여는데?

화장실 문이 잠겨있네?

밸밸 몸을 꼬면서 문을 두드리자 옆 집 백수 아저씨의 헛기침 소리만 난다.

후아! 죽겠다.

터질 것 같다...

집 밖으로 나온다.

컴컴한 우리 집 앞 가로등이 아직 켜있지 않아 어둑어둑하다.

비스듬히 꺾인 곳에 시멘트로 만들어진 휴지통이 보인다.

그리고 방금 누가 갈았는지 불기가 아직 살아있는 연탄재가 한 장 놓여있다.

아무 생각 없이 연탄재 위에 오줌을 발사한다.

'나의 고결한 성수로 화재의 위험성을 미연에 방지한다'는 큰 뜻을 새기며 시원하게 뿜어 재끼는데....

오잉?

이건 뭔 냄새야?

지독한 암모니아 냄새가 연탄재에서 피어오르기 시작하는 것이 아닌가?

겁이 덜컥 난다.

'여기서 짤라야 하는데...짤라야 하는데...'

하지만, 도저히 안 짤려 잉~~~

6시간을 참았던 나의 오줌발은 멈출 줄 모르고 장대비처럼 하염없이 뿜어만 댄다.

나의 성수를 머금은 연탄재는 뿌연 연기를 뿜어내면서 삽시간에 온 동네로 퍼져 나간다.

거기에 지독한 악취가 나는 암모니아 향까지 함께 내면서 골목이 미세먼지 내린 것처럼 금방 뿌~~~~해져 버렸다.

"이게 뭔 냄새야?"

바로 앞집 아줌마의 찢어지는 듯한 목소리가 바로 들린다.

"이게 뭔 냄새냐?"

저녁밥을 짓던 동네 아줌마들 부짓갱이, 부엌 칼 등을 한 개씩을 들고 나타난다.

바지의 짜크를 올릴 시간도 없이 사정없이 뛴다.

어디로? 나도 몰러~~~~!!

나,

그렇게 튀었다가 1시간 후에 동네 어귀에 들어왔는데 그 때까지 암모니아 냄새가 동네에 퍼져 있다.

가슴에 손을 대고 양심에 호소를 하니 양심이 그런다.

'노상방뇨는 잘못이지만 오줌 참으면 요도 이상으로 건강을 해친 다'고 말하면 동네에서 쫓겨나기 전에 시체부터 되겠지?

그래서 아주 태연스럽게 쌩~~까기로 하고 골목 어귀에서 동정을 살피는데....

"아들! 뭐하고 있어?"

깜짝이야!

울 엄니 시장 파하시고 사과 두어 개 들고 들어오시네.

"추운데 착하게도 엄마 기다리고 있었어?"

"...네..."

참 뻔데기 스럽지?

나 그렇게 울 어머니를 앞세워 태연자약하게 집으로 입성하여 누이가 차려놓은 저녁 밥상을 맞이했는데...

"엄마! 나 밥 못 먹겠어."

나의 누이 엄니에게 계속 이야기 하네.

"퇴근하고 집에 왔는데 연탄불이 어중간해서 연탄불을 갈고 밥을 하고 있는데, 어떤 미친놈이 거기다가 오줌을 쌌나봐. 그래서 동네가 한바탕 소동이 일어났어."

"그래? 어떤 미친놈이?"

후아!

나를 사랑하시는 울 엄니까지 나를 미친놈이라고 표현하심 어쩌?

"오줌을 흠뻑 싸 놓곤 줄행랑을 쳐 버렸는지 고약한 냄새만 남겨 놓고 사라져 버렸어 글쎄. 동네 아줌마들한테 나만 혼났잖아?"

"아니 네가 왜?"

"연탄재를 제대로 끈 후에 내 놓을 것이지 덜 탄 연탄을 내 놓아서 그랬다고."

"애편네들 같으니라고...오줌 싸고 도망간 미친놈이 잘못이지 네가 뭐가 잘못이라고...

"그러게..."

"그런 놈의 새끼는 잡아서 싹뚝 짤라 버려야 해!"

흐허헉~~

그럼 엄니의 작은 아들은 고자 되는디유?

"용갑이 너는 장난이라도 행여 그런 짓거리는 하지마라 잉?"

"...네..."

"오우. 내 새끼 밥 먹자."

"...누나는..."

"말마라 애. 그 냄새가 얼마나 역겨웠는지 지금도 속이 미식 거려서 밥 못 먹겠다."

"...그래도 조금이라도 먹지..."

"우리 아들 참 착하게 누나 밥 몬 먹는다고 걱정도 다 해주고...밥 많이 묵어라!"

"네. 배고파요..."

그날 밤 나는 행복한 꿈을 꾸었을까요 말았을까요?

대통령기 우승한 날

1학년 3명, 2학년 3명, 3학년 3명으로 짜여진 라인업은 우리 고교 2학년 때의 선린 야구 실력이 막강했었다.

광주일고의 선동열, 인천고교의 최계훈, 광주상고의 김정수 등 한 시대를 풍미했던 쟁쟁한 선수들이 우리와 동시대의 대한민국 야구를 주름 잡았었다.

그런 쟁쟁한 선수들의 팀을 하나하나 아작을 내면서 봄꽃 향긋한 5월의 대통령기 전국 고교야구 선수권대회 우승은 참으로 짜릿한 드라마가 아닐 수 없었다.

선린의 야구사랑은 대단했었지...

지역 예선을 치루고 본선에 나가면 16개 팀이 리그전으로 녹다운이 되기에 매 게임마다 피 튀기게 집중을 할 수밖에 없었다.

그런 경기 두 게임 잡으면 야구선수들이 그리도 바라는 4강행!

대학 진학을 위해 그들에게는 꼭 필요한 조건들이었지.

우리들에겐 합법적으로다 공부를 재끼고 야구장을 갈 수 있는 여건 조성이 만들어지고...정말 옆집 누나 행복하게 해주고 용돈까지 두둑이 받는 기분이었다고나 할까? 푸하하하~~

처음 입학을 했는데 야구장 응원가는 날이면 1시간동안 운동장에 모여 응원가에 맞춰 응원 연습하는 것이 참 신기했었고 재미났었는데 우리 1학년 때는 전국대회 4강 직전에 번번이 무너져서 열심히 연습한 응원을 제대로 써 먹지 못했었다.

그런 와신상담 중에 우리의 동기들였던 유지홍, 김현성, 이정철 등등 에다가 기존의 김문수, 윤석환 선배 등등에 박노준, 김건우, 조영일 등등 입학생들로 짜여진 팀웍으로 전국대회 첫 대회를 쟁취하게 되었지.

중학교를 건대부중을 나와서 건국대학교 야구하는 날이면 가끔 동대문야구장을 갔었을 뿐 야구의 명문에 들어와서 처음으로 희열을 느끼자니 운동장 내에서의 흥분만으로는 도저히 풀리지 않았는지 우리는 역사의 뒤안길로 사라진 동대문야구장을 벗어나 학교까지 행진을 했었다.

서슬퍼런 박정희 정권 시절이다 보니 떼로 몰려다니면 바로 남산골로 잡혀가 호되게 치도곤을 당하던 때였지만 까만 교복을 입고 선두에 학교 프랭카드를 들고 걷노라니 전국대회를 서울 지역의 학교에서 쟁패했다는 기쁨에 짭새 아저씨들까지도 교통을 통재해 주면서 우리를 에스코트해 주었다.

"아카라카~~"

누구의 선 구령이 떨어지면 가던 길 멈추고 한바탕 '아카라카'를 목청껏 외치고 또 걷다가 선 구령이 떨어지면 '아카라카'를 디지게 또 외치곤 했었지. 동대문 운동장을 벗어나 을지로 복판을 지난다. 군사정권시절의 국민 회유책 가운데 하나가 스포츠 선수들 카퍼레이드로 영웅 탄생을 시켜주어 국민의 관심과 민심을 묶어 놓았던 그 장면들처럼 우리들을 고층 건물마다에서 창문을 열고 그런 모습의 행진을 지켜보고 있었다.

명동으로 들어서자 국민은행 본점 앞을 지나는데 우르르 한 떼의 선배들이 우리들의 길을 가로 막는다.

"야! 진짜로 우리가 우승한게 맞냐?"

라디오에서 중계를 들어서 알았는지 선배들은 믿기지 않는다 듯이 우리들에게 확인을 한다.

"네! 우리가 우승했어요."

"우와!"

여기저기서 함성이 터진다.

"잠시만 기다려라."

그리곤 선배들 두 어명이 들이기디니 콜라글 싹으로 내온다.

"마셔라!"

"넹~~~~~~~"

그렇게 길거리에서 우리들은 한바탕 콜라 파티를 열고 또 진군이다. 서울역 앞을 질러 학교로 향하는데 남대문 경찰서 앞에서 일련의 경찰 아저씨들께 저지를 당한다.

"니들 뭐야?"

"네. 선린상고 학생들인데요?"

"근데 니들 지금 뭐하는 거야?"

"우리학교가 대통령기 우승해서 학교까지 행진하고 있어요."

"얌마! 니들이 뭐 올림픽 금메달이라도 딴거야? 무슨 길거리 행진이야? 빨리 해산해!"

"...."

"불법 시위라고 몰라?"

그게 뭐야?

우린 그냥 즐거워서 걸어서 학교까지 가고 있을 뿐인데 뭔 불법 시위?

"니들 혼나기 전에 빨리 해산하라고!"

우리에겐 당처 뭔 소린지 모를 소리들만 하고 계신다.

"단체로 뭉쳐 다니면 허가를 받아야한다는 것도 몰라?"

허가?

헐~~야구 우승하는데도 허가를 받아야 하는겨? 누구한테?

삐쭉삐쭉 거리고 있자 경찰서 중대장쯤 되는 사람이 우리들 앞으로 나와 일장 연설을 때린다.

"이런 행진을 벌리려면 사전에 경찰서에 신고해야하고 니들끼리 맘대로 뭉쳐 다니면 안 된다는 것이 법으로 제지되어 있단 말이다. 빨리들 해산해라!"

뭔 놈의 법까지 운운하고 그런댜?

그리고, 해산은 울 엄니가 나 낳을 때 하는 것이고...

"빨리 해산해!"

에이씨! 배가 부른 놈이 있어야 해산을 하지~~

그렇게 우리는 남대문 경찰서 앞에서 일장 훈시를 듣곤 빠른 잰걸음으로 학교를 향해 돌아선다.

그리곤 서울역 앞에서 짭새들 보란듯이 또 목청껏 '아카라카'를 힘차게 한바탕 외치곤 청파동으로 들어선다.

신광여고 여학생들이 한참 하교를 하고 있었다.

"야! 우리학교가 우승했다."

꾀죄죄한 교복이 용서가 안 되지만 그것이 니들 잘못이 아니기에 오늘만은 용서해 주려고 맘먹고 있는데.

"야! 축하한다. 황소 뒷걸음치다가 쥐 한 마리 잡았구나?"

헉!

저것들이!

찢어진 주댕이라고 함부로 씨부렁거리네...

"뭐야? 진정한 승자들에게 그런 악다구리를 해? 우리의 실력을 보여 준거지!"

"졸린 상고! 졸다가 모기 한 마리 사냥한 꼴이지."

저것들이 우리의 큰 기쁨을 정녕 인정하지 않으려고 발악을 하는구만.

"야! 옆집 경사에 그렇게 초를 쳐야 쓰겠냐?"

"너희 집 경사지 우리 집 경사는 아니잖아!"

그건 맞는 말이긴 하지...

"그래도 이웃사촌이라고 기뻐해 주란 말이야."

"그래 알았다. 축하한다. 졸린 상고."

아우. 저것들이!

축하해 줄 바엔 진심이 빠께쓰 이빠이들게 축하해주면 어디 덧이라도 나냐? 못 된 것들....

에라이~~아프리카 세네갈로 시집갈 년들아!

학교 정문을 들어서자 학교는 이미 축제 분위기다.

아직 우승 축하 현수막 한 장 붙어 있지 않지만 기쁨으로 가득한 교정엔 라일락 향기와 늦게 핀 진달래꽃들이 만개 해 있어 자연 그대로 학교를 수놓고 있었다.

잠시 후 야구부를 태운 차가 들어온다.

늘 우리들의 일거수일투족 태클만을 거시는 별명이 닭대가리이신 교장 선생님의 환한 얼굴이 먼저 보인다.

모여 있는 재학생들을 향해 손을 흔드는데 누구하나 반겨주는 사람 없다.

그 다음 박용진 감독님이 내리신다.

"우와~~"

우레와 같은 함성과 박수가 펼쳐진다.

그리고 그 뒤로 3학년 선수들부터 줄줄이 내릴 때마다 효창골 선린 운동장이 떠내려 갈 정도로 함성이 이어진다.

3학년 응원단장 형님이 차 앞으로 나오신다.

바로 '아카라카'한바탕~~

빙 둘러 서 있는 재학생들 때문에 나가지를 못하고 있는 교장 샘의 한 말씀이 나오신다.

"에~오늘 우리 선린은 대단한 전과를 올렸습니다. 모두가 하나 되어 함께 이룬 오늘의 성과는 선수들뿐만 아니라 선린의 모든 재학생들이 이룬 값진 우승리라고 생각합니다..."

참 말씀 많으셔요...

"...여러분 모두 오늘의 우승을 밑거름 삼아 더욱 위대한 선린의 금자탑을 쌓아 가시기 바라며..."

적당히 좀 하시면 안 되겠니?

교장 샘의 연설이 이어지고 있는데 뒤에서 누가 시작한다.

"효장 언덕 푸른 숲속 선린의 터에..."

교장 샘의 훈시는 어디로 묻혀 버리고 한 순간에 응원가는 교정에 메아리친다.

"여러분. 오늘의 기쁨은 내일 다시 누리기로 하고 선수들 피곤하니 이만들 집으로 가고 내일 아침에 축하행사를 하도록 하겠습니다."

야구 부장님의 말씀을 끝으로 대통령기 우승한 날의 짧은 축하행사는 막을 내리고 있는데 다시 교장 샘 앞으로 나와 한마디 더 하신다.

"오늘처럼 선린의 힘이 모이니 너무 기뻤다. 오늘처럼의 자세로 재군들도 공부도 열심히 한다면...."

"아카라카~~"

또 응원 구호에 묻혀버리신 교장 샘의 훈시가 너무 불쌍해 잉~~

불타는 도끼자루

강원도 원주 밑에 간현 유원지란 조그마한 강가가 있다.
고교때 학교 담임선생님은 늘 '주말에는 열심히 열공하라'고 한 말씀을 쌩~까고 여러 친구들과 주말의 스터디가 아닌 캠핑을 떠난다.

토요일 오후, 학교 끝나기 무섭게 집에 들 가서 사복으로 갈아들 입고 청량리역에 모여서 출발!
꽥꽥~~~
기차소리 요란하게 덜커덩 거리는 기차에 몸을 맡기고 우리의 여름 여행을 떠났다.
기타를 옆구리에 끼고 대형 카셋트는 어깨에 짊어지고 기차타고 떠나는 것이 젊은이의 특권이었을 시절에 우리도 갖은 폼 다 내면서 기차간에서 목청컷 소리치며 카셋트에서 나오는 송창식 엉아의 [고래사냥]을 열라리 따라 불렀었다.
비슷한 또래의 남녀학생들 주변에 다 모여서 기차 칸이 떠나갈 정도로 소리치고 흔들어 댔던 아련한 추억들.....
그렇게 한바탕 목소리 터지게 놀다가 목이 마르다고 하자 친구가 따라오란다.
화장실 앞으로 갔더니 물병을 한 개 꺼내더니 마시란다.
욜라 소리를 질렀더니 목이 컬컬한데 굿이지요.
뚜껑을 열고 꿀~~~~꺽!
한 모금 마시다가....
캑!
이건 뭔 맛이데?
너무나 독한 향과 맛이 내 목구멍을 막아 버렸다.
우웩~~~~우웩~~~~.......
"야! 괜찮냐?"
친구의 물음에 나는 눈물이 범벅이 된 얼굴로 묻는다.
"근데, 이건 뭐냐?"

"울 아버지 드시는 마늘 술!"

흐헉!

그러니 나 디지지!

성흠이 아버지가 반주로 드신다는 마늘 술을 술병에 가득 담아 가지고 왔다는 친구의 태연하신 말씀.

우~~저거이 인간이여?

디져라 한바탕 속을 뒤집고 있는데 다른 친구가 나타난다.

"뭐하냐?"

친구 자연스럽게 이야기 한다.

"응. 갑이와 술 한 잔 하고 있다."

뭐?

내가 지금 술 한 잔을 하고 있다고 시방 그렇게 이야기 하냐?

너도 나처럼 디져봐라...으하하하!

"목도 컬컬했는데 잘 됐다. 줘봐라."

자연스럽게 물병 체 건네받더니 벌컥벌컥 잘 마신다.

잉?

잘도 처 먹네?

저거이 인간인감?

그렇게 독한 마늘 술을 술술 잘도 마시네?

"크윽! 냄새가 진하긴 한데 제대로 익었구만..."

헉!

맛 음미까지?

"맛 난다. 근데 갑이 너는 왜 안 마시는겨?"

곧 디질 것 같은데 저 놈의 인간이 염장을 치네.

이번에 또다른 친구가 나타난다.

"나도 한 잔 줘봐라...."

병을 들고 목구멍에 한 모금 넘기는 소리...

꼬올깍~~하더니 바로 캑!

너라고 별 수 있겠냐?

제대로 넘기는 친구 놈들이 비정상인기지....

친구의 등을 두들겨 주면서 나 다짐했다.

고통은 나누면 반이 된다는 것을 형수에게 꼭 이야기 해주고 낭중에도 이런 고통들만 나누어 갖자고...

해가 서산에 걸릴 때쯤에 우리는 중앙선의 중간 자락 간현 간이역에 내렸다. 간현 유원지 푯말을 따라 줄지어 가는 즐거움과 길 가에 피어 흐느적거리는 코스모스가 너무 상큼하고 즐겁기만 하다.
조금한 나룻터가 나온다.
나룻배를 타고 강을 건너야 유원지란다.
위로 철길이 있는데 철길을 따라 건너면 배 삯은 절약할텐데....생각을 하고 있는데...헐~~~
시커먼 기차가 엄청 길게 달고 산모퉁이에서 철길로 나타난다.
몇 푼 아끼려다 가루 되어 디질 뻔했네.
100여m밖에 안 되는 강나루를 배를 타고 건넜다.
부드러운 모래 가루가 첫사랑 소녀의 젖가슴만큼 부드럽다.
신발을 벗고 모래 위를 걸으니 세상의 모든 근심이 모두 사라지는 듯 자유를 느껴 본다.
고 2짜리가 뭔 근심과 고통이라고....뻥까고 있어요.
우리 말고도 대학생쯤으로 보이는 행님들과 누님들 몇 팀이 우리보다 먼저 와서 자리를 잡고 텐트를 치고 있었다.
우리는 약간 뒷 쪽 바위 밑으로 가서 텐트를 치고 각자 준비해 온 음식들을 펼쳐 놓고 텐트치고 밥 준비하고 분주히 움직였다.
"야! 니들 고삘이지?"
"?"
"응. 우리는 상지대 형들인데 니들 김치 좀 가져왔음 좀 줘라."
어라?
이것들이 먼저 군기 잡을 라고 선수 치네?
"엄어요. 우리 먹을 것도 모자라요...."
"야! 이제 와서 뭘 해 먹지도 않았으면서 뭐가 모자른다고 거짓부렁이고?"
"아. 글쎄 모자르단 말이예요...."
"야! 니들 서울에서 왔지?"

"...네!"

"하여간 서울 고삘이 놈들은 너무 깍쟁이들이라니까...."

뭐?

서울 고삘이들은 깍쟁이?

뭐 저런 시골 망탱이 같은 쪼랑말코 자식들이 있어?

그렇게 씨부렁거려 줄려다가 혹시나 저것들 중에 이 동네 토박이라도 있으면 우리들 모두 토막 낼지도 몰라 참는다.

그렇게 1차 거절을 했는데?

잉?

또 오네?

헉! 근데.....

우와 키도 크고 몸매 죽이고 얼굴까지 이쁜 누님 함께 대동이네?

"안녕! 서울에서 왔다며?"

헬렐레 발랠레~~~~~~

마늘주 가져 온 친구 놈, 잽싸게 앞으로 나선다.

"네! 저희 서울에서 왔어요."

"응. 놀러들 왔나 보네?"

"흐흐...네...."

자식 침까지 질질 흘리며 디지게 좋아 한다.

"이따 우리 여기서 캠프 화이어 할 건데 너희들도 이따 우리랑 놀자. 응?"

"헤헤헤...네...."

아주 몸이 코여서 펴지지가 않아요....

"근데....우리가....김치가 다 떨어져서 그런데...."

"김치요? 우리 많이 있어요."

우와! 저 자식 번개돌이처럼 날아 김치통을 이쁜 누님에게 통째로 줘 버리넹?

"어머! 이걸 다 주면 너희들은 어쩌니?"

"흐흐흐...누님 걱정 마세요. 저희는 또 있어요."

그 누님 고맙다는 말과 함께 엉덩이 실룩실룩 거리며 일행들 쪽으로 사라지고 그 자식은 침 질질 흘리며 해벌레 입만 벌리고 있다.

"야! 입 안 닥쳐?"

"헤헤헤....."

어휴 저 껄떡쇠 같은 놈.....에잉! 영철이 닮아가지고.....

"빨랑가서 김치나 꺼내 와라. 김치 카레 끓이게."

저녁 준비하는 친구 김치를 찾는다.

암만 김치를 찾아보아도 좀 전에 그 누님에게 준 그 김치 말고는 눈을 씻고 찾아도 나오지 않았다.

우리는 밥을 하다 말고 김치를 통째로 꺼내 준 놈을 체포하여 텐트 뒤로 가서 꽁꽁 묶어 바위 위에 있는 소나무에 묶어버리고 내려 왔다.

'디질놈! 우리의 일용할 양식을 다 퍼 줘버려? 오늘 너 제대로 한 번 배고파 디져 봐라....'

근데 우리에게도 거지근성의 호프가 있었다.

코펠 한 개들고 여자 대학생들만 놀러 온 텐트로 찾아가 김치를 구걸해 온 것이다.

저 정도 낯짝이 되어야 하는데 말이야...,

언놈은 헬랠래 발랠래 되어 양식 퍼주고 언놈은 묵고 살라고 구걸하러 가고 언 놈은 여자에 눈이 멀어 일용할 양식을 퍼주고...

니 놈은 더 배가 고파봐야 인간 되는겨....

우여곡절 끝에 저녁을 해결하고 누워서 밤하늘을 감상하고 있는데 아까 우리의 일용할 양식을 다 퍼 가버린 누님이 과일을 들고 나타나신다.

"밥들은 먹었니?"

".…."

"쇄? 빕들 안 믹었어?"

"...아니요...먹었어요..."

"으응...근데, 아까 내게 김치 준 애가 안 보인다?"

당연하지요.

그놈은 지금 절벽 아래 소나무에 묶여 있으니까요...

"이 과일들 먹고 우리들 쪽으로 놀러 와라. 캠프 화이어 하기 위해 불 피우고 있다."

그 누님은 과일을 놓고 쌩 가버렸다.

그때, 우리는 모두 참? 했다.

그때까지 그 놈을 묶어 놓은 것을 까맣게 잊고 있었던 것이다.

'그래. 그 누님도 우리에게 일용할 양식을 주셨으니 이제 용서를 배풀자.' 예수님도 일용할 양식을 다시 받으셨다고 하면 회개를 했다고 용서해 주셨을거...

친구를 훈방시켜주고 남은 식은 밥 한 덩이를 먹이고 있으니 정말 캠프 화이어 불이 오르고 있었다.

누가 가자고 말하지도 않았는데 모두 그리로 가고 있었다.

"조개껍질 묶어 그녀에 목에 걸고..."

왜 하필 조개껍질을 묶어 목에 건대? 냄새나게....

빙 둘러 함께 노래도 하고 신나는 음악에 맞춰 모래사장에서 고고 싱을 하며 분위기 클라이막스로 갈 때쯤 산 짐승 같은 아저씨가 도끼 한 자루를 들고 나타 나셨다.

"어떤 놈이야!"

고함 소리에 모두 놀라 음악도 끄고 부르던 노래도 모두 멈추고...

"어떤 놈이 우리 집 장작 갔다가 피우고 있어? 나와!"

알고 봤더니 대학생 형들이 위에 있는 민가 집에서 몰래 장작을 가져 왔던 것이다.

활활 타오르는 불길 앞에서 아저씨는 도끼를 들고 범인 색출에 혈안이 되어 있고, 우리는 겁에 질려 벌벌 떨고 있는데....

아저씨, 내 앞으로 와서 불길에 반사되어 번쩍 번쩍 거리는 도끼 자루를 내 목에 갖다 대고 내게 묻는다.

"너여? 너 아녀? 빨랑 말해라 잉?"

헉! 친구들 같으면 거기서 말 한마디 나올 것 같은가?

마른 침만 꼴딱 꼴딱 넘어가는 소리가 내 귓청을 때리고...

댕댕댕! 참새 한마리가 머릿속에서 종치는 소리만 들린다.

옆 눈으로 도끼자루를 내려다본다.

활활 타오르는 불길에 빛이 나는 도끼의 시퍼런 날이 '아! 내 낭 낭 18세 인생이 여기까지구나' 하는 슬픔과 엄니가 왜 그렇게 보고 싶은거?

"안 나와?"

대학생 형님들 그래도 의리있게 단체로 일어나 아저씨에게 용서를 구한다.

"저희가 잘 못했습니다. 주인이 안 계시기에 낼 아침에 장작 값 드릴려고 했습니다."

다 뻥이지?

주인도 엄는데 누가 돈을 갖다 준다고....

오늘 본 니들 얼굴 중에 그런 착한 짓 할 놈 한개도 안 보이더라.

이쁜 누님 하나만 빼고...헤헤헤!

아저씨는 화를 싹이시고 나에 목에서 시퍼런 도끼를 철거 하신다.

"아유! 이것들을. 너희들 오늘 운 좋은 줄 알아. 알았어?"

장작 값을 받고 가시는 아저씨에게 그때사 말문이 트인 내가 말을 건넸다. 내가 뭘 잘못했다고 나만 잡으시냐고요.....

나 억울해서 가만히 못 있고 잔꾀를 부린다.

"아저씨! 죄송한 마음으로다 저희가 먹다 남은 술 드릴께요...."

그리고 나는 나를 디지게 만들었던 그 마늘 술을 한잔 드렸다.

"아저씨! 마늘 술이 아주 오래되어서 귀한 술이예요. 남자들 정력에 끝내 준데요. 꼭 남기지 마시고 한 번에 다 드세야 된데요..."

아저씨 아주 흡족한 표정을 지으시며 병을 들고 집으로 올라가시고 우리는 살벌했던 조금 전의 분위기가 언제였냐는 듯이 고교 때의 어느 여름밤을 작살내 버렸다.

다음날 아침,

물에 들어가서 시원하게 먹을 감고 아침을 먹고 짐 정리를 하고 떠나려 하는데 어제 그 아저씨 자기 집 마루에서 아직도 못 일어나고 빌빌 거리고 있더라.

아저씨 옆에는 어제 우리가 준 마늘 술병이 빈 채로 뒹굴러 다니고...그 아저씨 참 착하게도 다 마셔 버리셨나보다.

'그럼, 그 술이 어떤 술인데....'

도끼로 내 목을 죽인 너도 한번 디져보라고~~~

중간!

학교 때 영어로 스트레스 받은 친구들 많이들 있었을 것이다.
공식보다는 머리 쪼매 쓰면서 열심 외우면 될 것을 공부하는 분위기 보다는 선배들에게서 늘 듣는 것이 취업이니 진학이니 하는 소리에 스트레스를 받아 영 학업에 전념하는 친구들이 없었던 걸로 기억이 난다.(나만 그랬나 모르겠지만....)
조금만 샘 말씀 듣고 메모를 하면 어려운 과목도 아니었는데 학원 가면 쉽게 배운다는 분위기에 휩쓸려 나도 광화문의 어느 영어 학원을 수강하게 되었다.
멀대 이형석하고 나하고 또 한 넘이 있었는데 기억이 아리마셍...
꼭 한 가지 아니면 한 넘!
그거이 기억이 안 나는게 나의 병이여!
3개월 속성으로 배우면 쉽게 기본 영어를 뗄 수 있다하여 학교 끝나면 칼같이 학원으로 가서 수강하고 집에 와서 복습도 하곤 했었다. 광화문 세종문화회관 뒤편은 그 당시엔 학원들이 밀집되어 있어서 남녀 학생들의 밀집지역으로 물이 아주 좋았었다...
학원가서 욜심 공부하기 보다는 욜심 시간 때우고 저녁에 여학생들을 헌팅하여 노는 재미도 쏠쏠했었으니 말이다.
영어 선생님은 우리보다 몇 살 더 먹어서 선생님이라기보다는 엉아가 표현이 맞을 듯 젊은 선생님이셨다.
강의도 곧잘 잼 나게 진행하셔서 다른 강사들보다 수강 학생도 많았고 중요한 것은 선생님이 남자답게 멋지게 생겨서 여학생들에게 인기가 많아 여학생들이 훨씬 더 많아서 여학생 사냥의 장소로 최적의 입지를 갖춘 사냥터였다는 것이다.

찬바람이 솔솔 부는 광화문의 저녁거리는 퇴근하는 직장인들과 학원으로 몰려드는 학생들로 북적대기 시작하고 우리들도 학원을 찾아 들어가고 있었다.
"야! 니들 이제 오냐?"
공부 좀 한다는 서울여고 몬난이 3인방이네...

지지배들이 볍씨 거꾸로 씹었먹었남?

꼭 반말을 하고 지랄이야....

이형석 꾸부정한 자세로 인사 돌려준다.

"그럼 니들은 인제 가냐?"

"...뭔 말이 그렇게 헷갈리게 하냐?"

"니들도 지금 오니까 우리도 지금 오지..."

"에이씨! 키는 멀대만 해 가지고 말장난은..."

"입장난이지 말장난이냐?"

"그게 말장난이지 입장난이니?"

쓰블팅들이 별걸로다 다투고들 있네?

"입에서 나온 말이니 입으로 한 장난이니까 입장난이지..."

"말로 이루어진 것이니 말장난이지?"

참 내 별걸로다 사람 머리 헷갈리게 해요...

말장난이든 입장난이든 광화문 뒤 대로변에서 주제 같지도 않은 걸로 말장난 입장난들 하고 있어요...

그렇게 티격태격 하더니 우리의 결론!

배고프니까 일단 분식집 가서 떡볶이 좀 먹고 보자...라는 현실성 있는 결론입니다.

주린 배 좀 채우고 학원으로 들 가서 자리를 잡고 앉았다.

늘 그랬듯이 맨 뒤에 자리를 잡고 앉았다.

그래야 걸~~들이 잘 보이거덩...

샘 들어오시고 강의가 시작되고 오늘도 거의 빈자리 엄이 꽉 차서 오늘도 열심 열공 분위기...

그 어려운 영어 공부 속성으로 배우자니 참 따라가기 힘드네요...

옆의 이형석 오늘도 역시나 졸고 있네.

선생님 열성을 다해 학생들 지도 참말로 잘 하시는데 우리처럼 불량 학생들 땜시 이미지 많이 졸아 드실텐데도 대가리 수가 학원 강사의 몸값과 직결되니 수거해서 버릴 수도 없었을 것이다.

그런 아픔을 그때는 몰랐었고 지금에사 우리 직원들 교육할 때 들어가서 두어 시간 인성교육을 하다 보니까 그때사 느껴지더라....

그렇게 열심 강의를 하시는 그 선생님에게 버릇 한 가지 있었다.

자신의 강의를 열심히 하다가 강의생 중 한명의 이름을 지목하면서 묻는다.

"이번 컨퍼런스 잘 들 이해했지? 알간 모르간?"

그러면 그 학생 앉아서

"네! 알겠습니다."

또는,

"아니오! 모르겠습니다."

라고 대답을 해야 한다.

학원에 와서 잠을 자던 만화책을 보던 터치를 안 하시는 강사들에 비해 이 양반은 그런 꼴을 보면 야단을 쳐서 내보내 버리는 무서움을 갖고 있다.

그 날,

그 선생님 형석이가 계속 자고 있는 것이 눈에 거슬리셨는지 계속 우리 쪽을 보고 인상을 찌푸리신다.

눈치를 보니 심상치가 않을 것만 같아 두어 번 내가 형석이를 깨우는데 아랑곳 하지 않고 잠만 잔다.

".....이해들 했습니까? 이형석 알간 모르간?"

헉!

드뎌 올 것이 왔구만.

"이형석! 알간 모르간?"

옆구리 찌르며 내가 깨운다.

"야! 너 일어나서 대답하란다."

"....."

"이형석! 알간 모르간?"

그때사 형석이 배시시 일어나 한 마디 내 뱉는다.

"중간!"

갑자기 물 끼었진 듯 조용한 강의실.

...호숫가의 순간 고요와 파장이 겹쳐지면서 오버랩되는 무서운 공기가 강의실에 깔린다.

그리고 바로 강의실은 아수라장~~

중간?

알간, 모르간의 중간?

기가 막힌 답을 해 놓고도 지가 뭐라고 했는지 모르는 듯 어리버리하고 있는 이형석.

선생님.

그대로 돌부처 되어 칠판 앞에서 미동도 하지 못하고 서 있다.

강의실은 웃음보따리가 터져서 눈물이 날 정도로 난리 부르스~

그렇게 몇 분이 지난 것 같은 개판이 되어 버린 강의실.

선생님은 단상에 기대어 겨우 몸을 지탱해 서 있으시고 대형 사고를 친 형석이는 몸 둘 바를 모르고...

웃음과 침묵이 공존하는 강의실에서 누구 하나 꼼짝 못하고 선생님의 눈치를 보고 있는데 선생님 조용히 책 덮으시고 나가신다.

이형석 뒷문으로 따라 나간다.

강사실 앞에 둘이 멈춘다.

조용히 둘이 뭔가를 이야기 하고 있다...

강사실 안으로 형석이를 데리고 들어가시는 샘의 뒷모습이 너무 쓸쓸해 보인다. 오늘 수업은 더 이상 진행불가 분위기인 듯 모두들 가방을 싸서 가버리고 우리는 형석이가 나오기를 강의실 앞에서 기다린다. 10분 정도를 기다리니 강의실 문 열리고 우리의 호프 이형석 나타났다.

강의실 문 닫기 전에 이형석 90도로 샘에게 인사를 하고 조심스럽게 문을 닫는다.

잉?

저런?

이형석이가 바른 학생 차림을?

"혼났냐?"

"....."

말 한 마디 안하고 이형석 우리에게 봉투 하나씩 건네준다.

"낼부터 우리 나오지 말래...."

흐흑!

광화문 사거리 나와서 집에 가는 버스를 기다리는데 오늘따라 가을바람이 왜 이렇게 쓰리게 사나이 가슴을 파고드는지요...

버스를 타고 집에 오는 버스 안에서 봉투를 열어본다.

보름이 지났건만 한달치 학원비가 고스란히 그대로 들어있다.

자존심이 상한다.

알듯 모를 듯 헷갈려서 중간! 이라고 솔직히 말한 바른 학생을 이렇게 내치는 학원이 어디 있는겨?

향학열에 불타서 학원 열심 다닌 죄밖에 우린 엄는데...

노심초사 영어 초급을 마스터할려고 쌍방울 울려가면서 빡세게 공부하는 학구파들에게 넘 무거운 철퇴를 가하는 학원의 횡포는 있어서는 안 되는 건데 말이여....

덕분에 그해 가을 영어 초급시험 보느라고 놀지도 못하고 억울하게 공부한 모든 원인은 그 선생님이 우리들을 학원에서 강퇴시켜서 그런겨....

피 끓는 젊음의 정열을 영어 한과목 빡세게 공부하느라 넘 억울하게 보낸 고 1때의 가을의 청춘을 그 선생님을 만나면 보상해 달라고 매달릴거다.

미녀와 곡괭이

고교 2학년 때 영어 과목 담당이시면서 담임이셨던 선생님에게 영어 과외를 2개월 받은 적이 있다.
집은 뚝섬인데 학교 끝나고 수원까지 가서 수업을 받고 돌아오기란 여간 먼 거리가 아니었다.
그래도 영어의 중요성을 우리 엄니를 학교까지 불러 설명을 하시니 없는 살림이지만 고되시더라도 어렵게 과외까지 시키시며 열심히 공부를 하기를 원하셨던 것 같다.
그 당시 수원은 지금처럼 발전된 도시가 아니어서 전철역에서 내려서도 좀 가야 했던 거리였다.
그리고, 우리 학창 시절 카라가 하얀 여학생들의 하복을 입은 모습은 참 예뻤다.
풀 먹인 카라를 뒤로 젖힌 체 그 위로 곱게 딴 댕기머리가 올라가 있는 곱고 아리따운 모습...흐미!
거기에 반팔 교복 밖으로 빼꼼하게 내 놓은 뽀오얀 속살...디져요!
그런 아리따운 여학생들을 보면 침 질질 흘렸던 나이가 아니겠어?
지금이라도 그 버릇 좀 고쳐야 쓰겠는디 아직도 껄떡스러운건 개버릇 남 못 주겠더라~~!!

여름날의 해는 길어서 학교 끝나고 수원을 가도 대낮이었다.
샘의 꼬부랑 말씀을 들으러 가려고 수원역에 내렸는데......
오잉?
우와 예쁜 Girl!
위에 표현한 그대로의 모습을 시닌 전사같은 소녀 발견!
가슴이 콩닥 콩닥 거리네!
잠시!
어떻게 한다?
과외?
걸?
망설이는데 딱 10초 걸리데?

따르기 시작했다.

수원역을 가로 질러 건너편에서 버스를 기다린다.

나도 행인들 틈에 끼어서 그 소녀가 탈 버스를 기다리고...

버스가 왔다.

탄다.

나도 탔다.

그 당시 버스요금이 35원인가?

아무튼 그 정도였을 것이다.

두어 명 사이를 두고 아름다운 소녀를 힐끔 힐끔 쳐다보고 또 쳐다보고...볼수록 아름다운 소녀네!

고개를 두어 개 넘고 저수지를 지나 파릇하게 자란 야채밭을 지나도 여름을 닮은 아름다운 소녀는 내릴 생각을 안 하네...

과외 방은 점점 멀어져 가고...그렇게 한참을 갔다.

차도 한적한 시골 거리가 나오고 몇 가구 안사는 마을에 버스가 멈춰 선다.

"언니! 내려 주세요!"

그 당시엔 지금처럼 버스에 벨이 없었시유...

흐미!목소리꺼정...정말 옥구슬이 내 가슴속 쟁반에서 굴러 댕기네. 미쳐 부러요.

문이 열리고 소녀는 구름 위를 걷는 듯한 사뿐 사뿐 꽃 걸음으로 버스에서 내린다.

우당탕! 잽싸게 나도 따라 내렸다.

소녀와 나 말고도 두어 명이 더 내렸기에 내가 그녀를 쫓아 온 것을 아직 눈치를 못 챘을 것이다.

어둠이 약간씩 내리기 시작한 어둑어둑한 시골마을 길을 소녀가 앞서 간다. 말을 걸 기회를 보면서 마을로 접어든 좁은 길을 따라 갔다. 오른쪽으로 한 바퀴 돌고, 왼 쪽으로 한 바퀴 돌고, 또 오른쪽으로 돌고, 또 왼쪽으로 돌고, 돌고 돌고 또 돌고...

잉?

뭐여?

돈데 또 도네?

200

돌아버리겠네...

마을이 그리 넓지 않아 금방 그 길이 그 길인데...

소녀가 화가 났나?

내가 너무 뜸을 드려서 화가 났나?

프로포즈를 할라면 빨랑 하라는 소린가?

'그래 바로 저 앞 왼쪽으로 또 돌면 그때는 꼭 불러야지' 마음을 먹었다.

잉? 근데...

아까는 왼쪽으로 돌더만 이번엔 오른쪽으로다 도네?

그럼?

말을 붙여?

말어?

좋다 이거야.

어느 쪽으로 돌던 '이제는 당당하게 앞에 가서 말을 하자' 마음을 먹었다.

'저와 함께 뜨거운 청춘을 불사르지 않으시겠습니까?' 이렇게...

멋진 멘트여!

나도 소녀를 따라서 오른쪽으로 턴~하는 순간!

"네 놈 오늘 잘 만났다!"

크헉! 곡괭이 자루를 든 아저씨가 골목길을 도는 순간 내 앞에 서 있는 것 아닌가?

"네 놈이 내 딸 따라 댕기는 놈 맞아?"

헉헉헉...

나 오늘 저 소녀 처음 따라 온 건데?

그런 생각할 거를이 어디 있이?

나 살려!

혼비백산 나 살려라 줄행랑을 친다.

"네 이놈! 공부는 안하고 연애질이나 할라고 핵교 댕기는 겨? 아주 못된 놈 같으니!"

아저씨가 뭘 모르시네.

공부하는 놈도 머리 식혀가면서 해야 되는 거예요...아저씨!

"야 이놈아! 책은 가져 가야할 것 아니여…"

그렇다. 놀라서 흘린 책은 주워 와야 하는데…

근데, 줏으러 갔다간 그놈의 곡괭이에 맞아 죽으면 어쩌지?

과외방용 영어 교재는 찾아와야 하는데…

아저씨의 목소리가 들리지 않는 곳까지 한참을 뛰어왔다.

뒤를 돌아보니 아저씨도, 곡괭이도 없다.

그리고 아리따운 소녀도 슬프게도 안 보인다.

버스 정류장 앞에서 버스를 기다리며 갈등을 때린다.

책을 찾으러 가야 할지, 말아야 할지…

그러다가 아저씨에게 걸리면?

곡괭이에 맞아 디질지도 모르잖아…

아니지! 그게 아닐 수도 있지?

책을 찾으러 가면 그 소녀가 내가 학구파처럼 느껴져서 곱디고운 하이얀 손으로 내 책을 건네줄지도 모르는 일이지?

'저…아까는 우리 아빠가 너무 경솔했던 것 같아요…제가 대신 사과 드려요…저 여기 책하고…제 손수건으로 땀도 닦으세요…'하면서 소녀의 체온이 전해져오는 하얀 손수건까지 건네주면서 말야.

흐미! 가슴 설래네…..

'그래! 다시 가서 맞아 죽는 한이 있더라도 가 보는거!'

용기를 내서 다시 마을로 들어섰다.

아까 내가 책을 떨어뜨린 골목으로 접어들었다.

"아니! 저 놈의 새끼가 또 온겨?"

헉!

그 아저씨다.

"저 놈이…너 오늘 나한테 죽어 볼껴?"

흐헉헉~~

저 아저씨는 저녁도 안자시나?

집에 가서 밥이나 자시지 아직껏 지키고 계시네?

또 다시 걸음아 나 살려라~~

총알처럼 빨리 달린다~~

그 정도면 체력장 만점 받았을껴…

"너 이놈의 자석 다시는 왔단 봐라. 다리몽댕이 똥강 부러뜨려 불 틴께..."

내 말이 '똥깡!' 다리 부러질 뻔 했슈.

놀란 진땀을 닦고

버스를 기다리는데...

해는 저서 어두운데...가곡의 한 소절이 떠오르네.

오라는 버스는 아니 오고...

인적하나 없는 시골길에 서서 밤하늘만 쳐다보니 우리 엄니가 차 려놓은 따뜻한 밥 생각만 나네...

"학상?"

지나가는 딸딸이 아저씨가 나를 부른다.

"네! 왜요?"

"시내 나갈라고 버스 기다리는 겨?"

"네!"

"버스 끊어졌어!"

헉!

벌써?

촌 동네이다 보니 해가 떨어지면 인적이 끊어지고 버스도 따라 일 찍 끊어진다고 한다.

여행을 하다보면 지금도 왠만한 산간벽촌들은 해가 떨어짐과 동시 에 버스가 끊기는 곳이 있기도 하니...

"아저씨! 어떻게 해요? 저 집에 가야 하는데?"

"집이 어딘디?"

"서울이요."

"여기서 1시간 정도 걸어가믄 수원 가는 버스가 있긴 있는디....."

이를 어쩐다?

불빛하나 엄는 시골길을 1시간을 걸어 가야한다고?

그러다가 귀신이라도 만나면?

무서워! 잉~~

"아저씨! 저 무서워서 몬 걸어가는데. 어떻게 해요?"

"아 이눔아! 그럼 나보고 어쩌란 말이고?"

지금 내가 살길은 이 아저씨를 물고 늘어지는 수밖에 없다.

"아저씨! 죄송한데요. 저 버스 있는데 까지만 태워다 주세요. 네?"

"아 이눔이 물에 빠진 놈 건져 줬더니 보따리까지 내 놓으라고 하네? 허 참!"

"아저씨 저 좀 살려주세요. 네~~"

"허허 참 나..."

"아저씨 제발요. 네?"

"허허 참 그놈 낯짝 좋구만. 허허허..."

아저씨의 너털웃음에 잽싸게 딸딸이 뒤에 올라탔다.

"헤헤. 아저씨 고마워요..."

"허허 참 그놈..."

그렇게 나는 야밤에 아저씨의 딸딸이를 히치 하이커하여 집에 들오니 12시 통금 시간이 다 되었을 때이다.

"이제 오니?"

대문 앞에서 나를 기다리시던 엄니가 내 걱정을 하신다.

"아이구. 그 놈의 영어가 뭐길래 삐쩍 꼬른 놈 수원까지 댕기면서 공부하느라 애 쓰네....."

나 이런 말 들을 자격 있는겨?

또 하루의 태양이 밝았다.

아침부터 마음이 천근이다.

교재는 잃어버렸지, 과외는 땡땡이쳤지.

가만있을 선생님이 아니셨다.....

그렇다고 걱정만 하면?

나만 늙지요!

어차피 가서 부딪혀야 할 일 부딪혀야지.....

책가방을 챙겨서 학교를 갔다.

조회 시간 말미에 담임 샘 부르신다.

"정용갑. 교무실로 Follow Me!"

올 것이 오긴 오는구만요 잉.....

교무실에 가니 긴 막대기를 손으로 만지작거리시는 선생님 발견.

근데, 별로 안 두껍네!

종아리 맞아도 2~3일이면 치료가 자동 될 것 같구만!

용기를 내서 교무실로 Going!

"너! 어제는 어떻게 된 거야?"

그런 질문에 대한 답안은 미리 준비해 놓은 갑이지요.

"저 어제는 중학교 동창 친구가 아프다고 해서 같이 병원에 좀..."

"어느 학교 몇 학년 몇 반, 이름까지 적어."

헉! 이렇게까지 집요하게? 거기까지가 아닌데?

"저 선생님. 그게 아니라....."

"거짓말까지?"

"..."

"죄송합니다. 한번만 봐 주세요. 다시는 결석 안하겠습니다."

"좋아 가봐!"

왠일로 가볍게 넘어가시는 선생님.

그것이 나를 죽이는 일이었다는 것을 왜 몰랐을까.

학교 끝나고 수원행 전철을 타고 수원역에 내려서 혹시나 어제의
천사같은 소녀가 있나 두리번거리는 나.

그렇게 담임선생님에게 용서를 구하고도 금방 잊어버린 새대가리!

교장 쌤이 닭대가리니 그 휘하 모두도 같겠지 뭐!

하지만 그 유혹을 뿌리치고 과외 방에 무사히 도착한 착한 양 한
마리 정용갑.....

"교재 150쪽 펴라!"

헉!

교재가 있어야 피지...

"정용갑! 너 교재도 안 가져왔냐?"

"선생님 서...그게 아니라..."

할 수 엄이 모든 사실을 쌤에게 고하고 면죄부를 선택한 나.

학교에서 피해갔던 종아리 20대 과외 방에서 채우고 말았다는 것
아닙니까! 흑흑흑...

거기서 끝났으면 됐는데 또.....

법에도 있잖여.

일사부재리의 원칙 말이여.....

집에 들어오니 어제처럼 엄니가 대문 앞에서 나를 기다리시네?

'아니, 어제부터 안하시던 짓을 하시네? 누나는 가끔 대문 앞에서 기다리시는데 나까지 기다리고 계신 것은 약간의 오버이자 나도 인제 자식 대접 받는 기분이네?'

"너! 지금 어디서 오는 거야?"

"엄마? 왜에?"

"왜는 이놈아! 뭐? 과외를 보냈더니 여자애 꽁무니나 쫓아다니고, 책은 어디다 내팽개쳐 버리고...아이고 저 놈을..."

연탄집게를 들고 내게 돌진하신다.

"내가 저 놈을 그냥!"

"아이구. 엄마. 그게 아니라요....."

"시끄러 임마! 오늘 너 죽고 나 죽자! 거기 안서?"

엄니 같음 서시겠어요?

그날, 두 시간동안 우리 엄마와 쫓고 쫓기는 추격전을 치루고 난 후 12시 가까워서야 누나가 열어준 개구멍을 통해 집에 들어가서 잠을 잘 수 있었다.

새벽같이 일어나 반성문 한 장 써 놓고 엄니 깨시기 전에 집을 나서야 했던 아픈 일화.

근데, 그날 아침 더 내 가슴 아프게 한 것은 그게 아니었다.

엄니를 피해 동생이 학교 가서 열공을 한다고 하면 도시락 정도는 챙겨줘야 하는 게 누나들이 해야 할 의무 또는 꼭 해야 할 중요한 일 아닌가?

나 집에서 나올 때까지도 입 쩍 벌리고 자고 있는 형상을 떠 올리니 아이씨~~~~~열 받네!

고 2때 엄마와 누나에게 버림받은 어느 하루!

하루 종일 젓가락만 들고 친구들 밥 먹는데, 라면 먹는데 찾아 댕기느라고 참 힘든 하루였다.

제 4 장

甲이의 쩝^^이야기

삼치회

2012년 여수엑스포!

벌써 10년이란 시간이 흘렀네...

그때는 만 나이로 40대라고 빡빡 우기며 여수 돌산 갓김치 담그는 아줌마들하고 돌산도 바닷가에서 술도 참 많이 마셨다.

주말에만 빅 이벤트가 있어서 주중에는 나는 별로 할 일이 없어서 하멜공원에서 산책을 하고 있는데 여수 토박이이자 소형 원양어선 몇 척를 갖고 계신 친하게 지내는 선주께서 전화를 하신다.

거문도 나간 배 들어왔으니 동네 식당으로 오라고.

"넵~~~~!"

눈썹 휘날리게 여수 수산청을 지나 언덕배기 터널을 넘어 차로 10여분 거리를 달려간다.

식당 문을 여니 문짝보다도 더 큰 테이블 위에 회가 한 상 펼쳐져 있다.

"어서 오시게!"

선주이신 이사장님괴 곱상하게 생긴 식당 여주인장이 반겨준다.

대충 인사를 하고 테이블을 보니 내 팔뚝보다도 더 긴 삼치 한 마리가 놓여 있고 그 중에 반은 회를 떠서 대형 접시 2개에 놓여있고...차려놓은 음식이 궁금해서 묻는다.

"이사장님. 오늘 특별한 것이 뭐예요?"

"서울에서는 먹딜 못하는 것이니 찬찬히 앉아서 차근차근 먹어 보랑께..."

"자! 일단은...나가 한입 싸 드릴께롸!"

쭈인아수머니의 고운 손으로 손수 한 입거리를 싸신다.

일단 굽지 않은 손바닥만한 퍄래 김을 한 장 손에 얹어서 그곳에 선어처럼 굵게 썬은 삼치 한토막을 올리고 주먹만한 개조개 반쪽을 또 올리고 고추, 마늘 한쪽을 곁들이더니 전라도 특유의 묵은 내 나는 삭힌 김치를 올리니 저것이 입으로 들어갈까?

내 주먹보다도 더 크다.

술 한잔 장착 후 마시란다.

쫙~~~캬!

그리곤 내 입으로 들어오는 삼치회 한입...

후와~~

삼치의 부드러운 살점이 18세 순이의 속살보다 더 야들 야들거리고 교태스럽기만 하다!

씹을수록 느껴지는 순이의 속살이 나의 온몸을 감싼채 녹아드는 것이 황홀하다. 온통 바다가 내 입속에서 파도를 치며 삼치가 살아 있고 김 밭에서 개조개가 기어 다닌다.

정말 디지게 맛나네요...

허겁지겁 술 한잔에다 김 한 장에 삼치 한쪽, 개조개, 묵은지, 매운 고추, 마늘... 그렇게 한 접시를 개눈 감추듯 맛나게 먹으니 이제 제정신으로 돌아온다.

"여수 사람들만 이런 맛난 것을 먹으면 안 되지요!"

앙탈을 부리니 그러신다.

"자네 생각해 보게, 거문도로 어제 밤에 출항하여 오늘사 들어오면 급한 성질의 삼치는 잡혀 올라오자마자 디져분디 어떻게 타지로 보낸단가?"

"급랭해서 보내시면 되지요!"

"삼치는 참치나 고등어 하곤 달라서 살이 넘나 연해서 얼리면 신선도가 유도 되지가 않아서 뱃사람들이나 지역 사람들 밖에 몬 먹는 것이여..."

이사장님의 말씀 속에 삼치에 대한 자부심이 그득하시다.

"아! 그래서 삼치구이는 전국구인데 삼치회는 지역구군요!"

"아따. 표현이 딱이구만^ ^"

삼치회!

삼치가 잡히는 전라도 여수, 순천, 해남, 추자도 등에서만 맛을 볼 수 있는 성질 급한 생선이라 타 지역으로 신선도 유지가 안되어 공수를 못하여 구이용으로 만으로 먹을 수 있는 국민 생선이다.

여수에서 맛 본 삼치는 여수항에서 2시간 이상을 나가면 거문도, 백도 앞바다에서 잡아 온 것으로 어른 주먹보다도 더 크게 자라는 개조개를 삶아 반토막을 내어 묵은지와 파래김을 곁들여 먹는 것이 특이하였다.
삼치마을 사람들은 삼치회를 그렇게 부른다.
선어회!
왜냐구?
뱃사람들만 먹었던 회라고 해서리...

나 그날 혼자 삼치 두 접시 먹으면서 전라도 소주 잎새주 3병을 마셨는데도 까딱없이 여수항이 내려 보이는 깔딱 고개를 무사히 넘어 왔다 아입니까~~쩝^ ^

은어회

더존 디지털웨어를 그만두고 "우등생만들기"S/W를 개발했다가 홀라당 다 까먹고 재단법인 백란공원 회장님에게 불려가 인생 공부더 하라고 도시에서 쫓겨나 내려간 곳이 산골동네 구례!!
구례 산동마을은 산수유와 지하 암반수 온천으로 유명한 마을이다.지리산 온천랜드에서 2km떨어진 곳에 "지리산 테마파크"를 2년여 운영하며 도시에서 지친 몸을 재충전 했었던 시절...
여름날의 테마파크는 비가 오면 손님을 받을 수 엄서 자연이 휴장을 하곤 했는데 그날도 아침부터 비가 주룩주룩 내리길래 관리팀 직원 세 명을 데리고 지리산에 올라가 지리산의 여름을 즐기기로 한다.
그 당시는 국립공원도 입장료를 받은 시절이라 입장료를 아끼기위해 천은사 주지이신 천간 스님을 뵈러 간다고 무료 통과를 하고 노고단 방향으로 차를 돌려 여름비 내리는 노고단고개를 올라간다. 비 먹은 지리산의 푸르름이 사방을 에워싸고 있는 풍경이 아름답다. 구불구불 산등성이를 오를 때마다 상쾌한 지리산 여름 바람이 가슴속으로 들어오면 세상의 시름이 모두 사라지고 속세에서 살아가는 작은 존재밖에 되지 않는 인간이 번뇌에서 벗어나는 해방감 같은 것을 느낀다.
10여분 차를 타고 오르자 성삼재 휴게소가 우리를 반긴다.
산 아랫동네에는 추적추적 비가 내리는데 해발 고도 1,100m를 올라오니 비가 멎어 온다.
시간을 보니 11시쯤...
커피나 한잔하고 노고단까지 오르기로 하고 화엄사가 내려 보이는 테라스에 앉아 커피 한모금을 하니 비가 개이며 산 구름이 저만치에서부터 뭉개져 피어오른다.
진한 커피 향이 코끝에 맴돌아 입술을 모두 적실 때쯤...
"오늘은 여기서 간단하게 점심을 드시고 가시는 것이 어떨까요?"
"그럴까!"
구례에서 40여km떨어진 순천에서 출퇴근하는 관리과 김과장이 분위기도 좋으니 점심을 먹고 들어가자고 한다.

커피 잔을 내려놓고 휴게소 내 식당으로 들어가 자리를 잡고 앉는다. 메뉴가 뭘까...벽면에 붙어 있는 메뉴들을 보는데...

은어회?

산꼭대기에서 왠?

시장기가 도는 것이 아니라 목구멍이 컬컬해 지는 것이 느껴진다.

"엊그저께 우리가 잡았던 그 은어?"

구례 읍내에 사는 직원에게 물어 보았더니 섬진강에 사는 은어가 맞는 단다.

한 여름 구례 압록교 아래 섬진강에서 잡는 은어는 수박향이 나서 이 지역의 대표 향토 음식으로 유명한데 지리산 노고단에서 만날 줄은 너무 뜻밖이네^^

"묵밥하고 비빔밥 주세요!"

아우~~~~~~

이 눈치없는 김과장님아!

나 참지 못하고 한마디 한다.

"나 추가로 뭐 하나 시키자!"

"네에~~알겠습니다.

여기 막걸리 한 병 추가요!"

AC~~~~~!!

그게 아니잖아!

몇일 전 달빛이 너무 좋아 단체 팀들이 먹고 남은 지리산 흑돼지 뒷다리 구워서 테마파크 아래 호수가에 돗자리 깔아놓고 낚시를 하여 몇 마리 은어를 잡아 회로 맛나게 먹었었던 기억이 새록 새록하여 그 입맛이 아직 가시지 않았는데 저 인간은 그것도 눈치를 못 채고 있네...

"김과장! 토요일 저녁에 먹었던 은어를 여기서 파네?"

"...은어회가 자시고 싶다고롸?"

메뉴판을 바라보고 있는 나를 잠시 바라보더니 종업원을 부른다.

"다섯 마리에 삼만원인디요...내려가면 잡을 수 있는디요...여기서 잡술라요!"

아 새끼래 주저리주저리...말 참 많네!

그래도 내가 지리산 테마파크의 짱인데 되게 따지네요~~

"여기까지 왔는데 한 접시 때리자!"

잠시 후, 은빛 찬란한 은어회가 푸른빛 일렁이는 토반에 가지런히 차려져 테이블에 올라온다.

여름 향기 가득한 산길에서 막걸리 한잔 치고 은어 한입 들어가니 정말 수박향이 입속에 퍼지고 속살 한입 깨무니 부드러운 살결의 쫄깃함이 짜릿하게 온몸을 감싸고 돈다.

눈을 지그시 감고 식감을 느껴본다.

그 옛날 선사들이 바위에 앉아 세상을 굽어보며 사색을 즐긴 것이 이것이 아니던가!

화엄사가 언뜻언뜻 보이던 비 내린 구름도 이젠 성삼재가 온통 운해로 덮이어 산인 듯 구름 위 인듯 장관을 이루어 바로 솜털같이 하얀 뭉개 구름 위로 뛰어내리고 싶은 충동이 일었던...

그곳에서 섬진강 강태공들이 잡아 올린 은어회에 막걸리 한잔이란, 정녕 선사들만이 즐기던 음식이 아니었나 싶다.

막걸리 한잔 불러오는 은어회의 추임!

지금도 여름만 되면 그곳에 가고 싶다...

섬진강 은어회~~~쩝^^

닭발 육회

여수 엑스포 때 여수 옆 동네 여천에서 손님이 오셨다.
"점심 식사 가시죠?"
차를 몰고 해안도로를 30여분을 달리더니 약간 변두리 동네로 들어가 겉은 허름한 소도시 식당인데 들어가 보니 인테리어가 아주 럭셔리하다. 사람도 겉모습보고 판단하지 말아야지요~~!!
"주문해 놓은 것 준비 됐는가?"
"예. 지금 잡고 있어롸!"
소라도 한 마리 잡는건가~~
일단 스끼다시 돌 문어 숙회와 묻힌 미역에 낮술부터 한잔하고 있으니 두툼하게 생긴 생고기가 나온다.
"이것에 찍어 드시면 별미입니다."
간장과 남도 된장이 섞인 소스를 내밀며 주인장이 먹기를 권하여 젓가락으로 옆으로 찍 찢으니 생살고기가 잘려진다.
고소한 맛이 입가에 맴돌며 식성을 자극하네...
소주에 두어 점을 먹으니 참 맛나다.
"이건 뭔 육회예요?"
고향은 전라도인데 초등학교 때 올라와 서울 촌놈이 다 되었는지 남도 음식을 보면 늘 궁금하여 물었더니 의외의 답을 주신다.
"닭 가슴살 육회입니다!"
후와~~
닭 가슴살이 어쩜 숫처녀 가슴살보다 보드랍다냐~~
식욕이 땡긴데다가 성욕까지 땡겨 분지네!
"닭 가슴살도 이렇게 육회를 해 머는군요!"
"전라도에서도 바닷가 사람들만 해서 먹는 육회입니다."
바닷가라서 생선 종류는 푸짐한데 돼지고기나 소고기는 귀하여 단백질 보충을 하기 위해서 집집마다 닭과 오리를 많이 길러 먹다보니 육고기 중 가장 부드러운 가슴살을 육회로 해 먹었던 것이 지금은 남도의 특별한 별미요리가 되었다고 한다.
그리곤 잠시 후 종로방산시장에서 자주 보았던 것이 하얀 살결을 내민 채 상위로 올라온다.

참기름 듬뿍 친 기름장과 함께!

놀라서 또 묻는다.

헉!

"이건 닭발?"

주인장 아주 태연하게 우리에게 말한다.

"여기 기름장에 찍어서 드시면 됩니다!"

닭발이라면 매콤한 양념을 발라 숯불에 구워먹는 것인데 생 닭발을 기름장에 찍어서만 먹으라고?

이건 뭔 몬도가네도 아니고 헐헐헐~~

우리를 데리고 간 업체 사장님 우리를 보며 의미심장한 미소를 한번 지으시더니 먼저 한입 먹는다.

아주 맛나게 쩝쩝~~하십니다.

그걸 바라보고 있는 서울에서 내려온 우리 팀원들, 나만 쳐다보며 어쩔 줄 몰라 하는데... 가만히 있으면 여천 촌놈한테 기죽을 것 같아 허세를 부리기로 한다.

"응. 기억해 보니 나도 어릴 적에 먹어 봤던 것 같다!"

용기를 내어 닭발을 하나 집어 들어 기름장에 아주 푹 담근다...

왜냐하면 기름장 맛으로 저놈의 닭발을 소독시켜야 목구멍으로 넘어갈 것 같아서리... 한 입 넣고 씹어대니 으잉?

처음에는 약간 비리더니 씹을수록 고소한 맛이 입속에 가득 담기네... 점점 맛나는 표정으로 먹으니 다른 팀원들도 한명 두명 먹기 시작한다.

"맛있다!"

이구동성으로 말하는데 수원시청에서 파견 나온 주무관 하나가 먹다말고 밖으로 나가 한참만에 들어온다.

"왜 입에 안 맞나?"

내가 묻자 갖은 인상을 쓴 채로 고개만 절레 절레 젖는다.

별미 한 접시를 거반 다 먹자 오늘의 매인 메뉴, 능이버섯이 솥단지에 넘치도록 들어간 토종닭 백숙이 나온다.

신선한 닭발 육회를 먹고 난 후인지 뜨거운 것이 입에 안 맞는다.

216

"닭발 육회 참 맛있네요."

"그러시죠?"

한 그릇 떠 놓은 백숙에 숟가락이 안가고 반찬으로만 소주잔을 기울이자 업체 사장님 묻는다.

"왜요? 백숙이 입에 안 맞으시나요?"

닭 가슴살에서 첫사랑 소녀에게서도 느끼지 못한 부드러움을 찾았으니 당신같으면 백숙이 입에 들어가겠어요?

"여기는 주문만 받아 그때그때만 잡아서 더 먹고 싶어도 힘드니 오늘은 요걸로만 드시고 다음엔 저녁시간에 맞추어서 다시 오시는 걸로 하시지요...."

그렇게 맛난 닭 가슴살과 닭발육회를 먹고 온 후 수원시청에서 파견 나온 주무관놈이 나를 살살 피해 다닌다.

밥을 먹으러 갈 때도 나하고 뚝 떨어져 앉고 커피 타임에도 먼 바다만을 쳐다보며 나하곤 눈도 잘 안 마주치길래 조용히 불렀다.

"자네. 내가 자네에게 먼 실수를 했나?"

"말씀을 좀 해보시게!"

"...저 팀장님 그렇게 안 봤는데요..."

"..."

"어쩜 선비처럼 생기신 분이 닭발을 그렇게 침까지 흘리시면서 드세요?"

이 친구 뭥미?

"아무리 닭발이 맛있더라도 기름장 때문에 침이 나오면 닦으시면서 드셔야지 마주보고 먹는 사람 생각도 안 해 주시고..."

참나!

그렇게 내가 허천나게 먹어서...

침 질질 흘리면서 먹은 것 보면서 입맛이 떨어져서...

나가서 5분 동안 나가서 지놈 오바이트한 것이... 내 죄냐?

나는 닭발 육회 맛나기만 하더라~~~쩝^^

콩가루 밥

초등학교 5학년에 靑雲의 꿈을 안고 전라도 촌놈 서울로 올라온다. 논밭 몇 퇴기 팔아 보았자 눈감으면 코 배어간다는 서울의 변두리 뚝섬에 오니 딸랑 방 한칸 부엌 한 칸짜리 전셋집에서 네 식구 옹기종기 살게 되었다.

개구멍으로 뚝방을 통해 나가면 바로 한강 뚝섬유원지가 나오는 성수동...

옆방 아저씨가 65번 한서교통 운전기사라서 집 옆 버스 종점에서 기다리고 있다가 그 아저씨 버스가 들어왔다 나가면 공짜로다 버스를 타고 왕십리, 신설동 을지로 서울역, 용산을 지나고 그 당시엔 서울의 명물로 꼽혔던 한강 인도교를 넘고 노량진을 거쳐 신길동까지 달리면 거반 2시간 가까이 걸리던 롱 코스였다.

삑하면 촌놈 맨 뒷자리에 앉아 서울구경을 즐기던 시절!

그 당시 버스 안내양 누나들의 방댕이는 참 예뻤고 그 예쁜 엉덩이는 모든 서울 시민의 것이었다는 것도 알게 되고 고등학교 때에서나 버스타고 등교하면서 나도 그 안내양 누나들의 엉덩이를 갖게 되었었다.

뚝도 극장이 있는 성수동 경동초등학교로 전학을 간 날 콩나물시루 같은 교실에 들어서니 가관이 아니었다.

한 학년이 20반까지 있고 우리 반의 내 번호가 105번!

한 반이 105명이란 소리아녀?

한 학년이 20반에 한 반이 105명이면?

전교생은 몇 명?

왠만한 동네 인구 하나가 학교 하나 안에 다 들어있네요~~~!!

담임 선생님 성함은 정종채!

역시 생각대로 별명이 총채다.

총채가 뭔지 알아?

손이 닿지 않는 곳의 먼지를 털어내는 도구를 총채라고 하는겨...

20여분 걸어서 등교를 할 때면 이 골목에서 한 떼 저 골목에서 한 때 정말 교문이 비좁을 정도로 그 많은 학생들로 인산인해를 이룬다. 이 정도면 교문이 조선시대 서울처럼 동서남북 사대문을 만들어 놓아야 하는 것 아녀?

어쨌든 간에 교문을 들어서면 책가방을 내려놓고 국기에 대한 경례를 하고 운동장을 기본 세 바퀴를 뛰어야 하는 교칙이 있어서 아침도 부실하게 먹은 상황에 기운을 쫙~~빼기 일쑤였다.

운동장 가운데는 나가면 맨날 예선 탈락이나 하는 축구부들이 아침 운동을 하고 있다.

우리 반 아이 하나도 축구부 소속이 하나 있었는데 축구라곤 열라리 못하는 것이 갖은 폼은 다 잡고 축구복을 입은 채 여자 아이들 반 앞을 서성거리곤 했었다. 우리 동네 같은 학년 여자 아이에게 그 친구에 대해 물어본 적이 있었다.

"그 싸가지?"

답이 그랬다.

근데 그 지지배가 한마디 더 하더라.

"나한테 온다면 내가 받아 줄 수도 있는데..."

그래 이년아!

그 친구도 너 같이 생긴 년한테 갈 바엔 축구복을 벗을 거다.

오늘도 보람찬 하루를 위해 학교에 등교하고 담임선생님이 들어오시고 아침 조회가 시작된다.

"에...오늘은 이번에 시골 깡촌에서 전학 온 정용갑이 자유교양대회에서 서울시장상을 받았다. 박수!"

105명의 학생들이 한꺼번에 박수를 치니 학교가 떠나갈 듯 우렁차기만 하다.

선생님! 근디요. 이런 칭찬하는 마당에 군이 [시골 깡촌]이란 말씀을 꼭 하셔야 헀습니까요?

치사 빤쓰 연분홍치마 핫바지여라!

그러고 보면 글 재주는 조상님의 은공이 아닌가 부러요.

다음날,

어제 상 하나를 엄니 품에 안겨드리자 기분이 좋으셨는지 아침에 도시락을 싸주시며 오늘 특별한 것을 싸 줬으니 맛나게 먹으란다.

엄니의 말을 듣고 아침부터 기분이 엄청 좋아 점심때만을 기다리는데... 따르릉~~~~4교시 끝나는 벨이 울리고 드디어 점심시간! 도시락 뚜껑을 개봉하자 우와~~맛난 콩가루로 잘 비벼진 콩고물 밥이다. 70:30의 혼식밥을 예쁘게 분칠을 한 엄마의 사랑과 정성이 가득 찬 콩가루 입혀진 맛난 밥을 엄니에게 감사를 드리는 마음으로 맛나게 먹어야 쓰겠다.

비록 반찬은 노란 단무지 한가지지만 씹을수록 고소함이 배어 나오는 콩가루 밥을 혼자 먹는다.

남들이 한 숟가락이라도 먹자고 덤비면 안 줄 수도 엄고해서 한입 먹고 도시락 뚜껑을 닫고...

그렇게 평소에는 안하던 이상한 짓거리를 하면서 밥을 먹고 있자 아이들이 수군거리기 시작한다.

"쟤네 집 정말 가난한가봐!"

"응. 그러게 쟤 밥 봐라 완전 꽁보리밥이야. 불쌍해!"

"우리는 보리 썩어 먹는 것 힘든데 쟤는 완전 보리밥이더라..."

헐~~

서울 놈들 콩가루 밥을 처음 보았나보다.

다음날, 지금은 서울 숲으로 바뀌었지만 뚝섬 경마장 부촌동네 이층집에 사는 쌍둥이가 점심시간에 도시락을 하나 내게 갖다 준다.

"어제 우리 엄마한테 네 얘기를 했더니 우리 엄마도 강원도에서 깡보리밥 많이 먹고 살았데...너 갖다 주라고 하나 더 싸시더라!"

"나도 쏘세지 반찬 좀 줄게!"

"나 먹으라고 우리 엄마가 부쳐준 달걀 나눠먹자!"

언놈은 멸치 볶은 것도 주고 오뎅 반찬도 갖다 주고...

AC~~~~~~

서울 놈들 콩가루 밥 처음 구경하더니 나를 완전 상거지 취급을 하고 지랄들이야!

어쨌든 꽁보리밥 소년으로 그렇게 학교에 소문이 나서 한동안 친구들의 맛난 반찬을 타의에 의해 후원을 받았었던 즐거운...창피한...시절이 있었지롱~~~~쩝^^

유성집을 아시나요!

"네 어데 갔다 오노?"

한 여름날 송해 엉아 모시고 파고다공원에서 종로 구민잔치 공연을 마치고 사무실로 들어가는데 유성집 엄니가 붙든다.

"더워 죽겠어요. 사무실가서 좀 쉴려고요..."

"아야! 뭔 사무실까지 가노. 들 와봐라!"

"아이~~~~더운데..."

"이리 들 와봐라. 니 좋아 하는 것 한잔 마시고 가라!"

그러면서 내 손목을 끌고 들어가신다.

"시원하게 쫙~~~~ 들이키라."

누리끼리한 것이 왠지 고급지게 생겼다.

쫙~~~~~~~크아!

바로 박하사탕 하나 입안에 쏠랑~~~~해주는 엄니의 서비스까지.

"맛 좋쟈?"

"뭔데요?"

"야야! 묻지도 말고 따지지도 말고 퇴근하고 들러라!"

"알았어요!"

여름날의 해는 참 길기도 하네요.

거반 9시가 다되어야 종로의 해가 떨어지고 뱃속에서 꼬르륵거리는 소리가 날 때쯤 유성집으로 발길을 옮긴다.

"이제 오믄 어쩌나?"

"국일관 공연가는 애들이 코러스가 안 맞아 지들끼리 아우성인데 어쩔 수 엄서서..."

"글마들 매일 그 짓거리인 것 알면서 그러냐?"

"엄니가 그걸 어씨 아는데?"

"야! 내도 종로바닥에서 40년 아이가! 내도 한 딱까리 하던 시절이 있었다 아이가~"

그런 엄니의 눈빛에 엄니의 청춘이 그림처럼 지나가고 있으니...

누구나 화양연화의 청춘은 있었으니 하는 생각을 하니 갑자기 엄니 손잡고 지루박 한곡 때려주고 싶다!

빈 자리에 앉으니 낮에 마신 국물 한 그릇을 더 내 오신다.

"엄니. 근데 이게 뭔데?"

"거시기~~~~!!"

가끔 실한 놈 들어오면 푹 고아서 국물로 만들어 단골들에게만 한 그릇씩 내주는 고환땡이구만~~!!

뚝배기에 곱빼기로 나오는 푸짐한 전골이 나오고 꼬들거리는 껍데기 한 접시에 찐한 국물이 오늘도 한상 차려지는 행복함이 눈과 입을 동시상영으로다 즐겁게 한다.

가게 문이 열리고 옆 건물 지하 박달재 카바레에서 나온 중년의 남녀들이 우르르 들어와 자리를 잡는다.

"니들도 모두 개가?"

"이모! 우리도 모두 개다. 총 일곱 마리!"

그리고는 지들끼리 깔깔거린다.

"개새끼들이 늦었구만?"

"놀다보니 쪼금 늦었어요!"

"이 시간되면 개새끼들도 다 집으로 들어가는 시간이다!"

엄니의 이바구가 재미있다고 또 다시 낄낄거리는 것이 오늘의 부킹이 마음에 들었나보다...

한 그릇씩 때리며 2차로 국일관을 가자고 찝쩍거리는 남자들과 남편이 들어올 시간이느니...

늦게 들어가면 딸래미가 잔소리 하느니...

이구동성으로 씨부렁대면서도 맛나게 먹어대는 풍상이 볼수록 개판이다!

"오늘 맛 어떻노?"

"매일 똑같은 맛이지요 뭐..."

"야야! 오늘은 내가 특별한 것을 넣었다 안카나! 몰것나?"

"..."

"네 같은 된장돌이가 모르면 어짜노?"

"뭔데?"

그러더니 엄니의 얼굴을 내 얼굴에 밀착대고 조용히 말씀하신다.

"오늘 들어온 놈은 무려 50마리나 새끼를 낳은 씨알 튼튼한 황구

정자왕이다."

쩝^!^

말로만 들었던 전설의 그 정자왕 황구?

"어떻나? 맛이 틀리제?"

그러고 보니 입에 쩍쩍 달라붙는 것이 어찌 좀 다른 것 같기도 하고... 그러니 나 썰래바리 한번 쳐 줘야 하겠시?

"벌써 효과가 오는 것 같은데?"

"글치?"

그러더니 주방으로 달려가더니 복분자 한 병을 내 오신다.

"이따가 우리 노래방 갈긴데 같이 갈끼지?"

UC~~~~~~뭐여?

비개그라었어?

그렇게 엮여서 주방 아줌마와 젊은 조선족 처자들...엄니와 협회 여가수가 운영하는 노래방을 왕림하신다.

"어쌩~~~~오시게!"

오늘도 코맹맹이 야들야들한 목소리에 남자들 후리치는 눈웃음으로다 반긴다.

"어머. 언니야 왔어?"

"그래 내 왔다. 근데 와 요즘 된장 바르러 안 오노?"

울 엄니 어딜가나 된장에 땡칠이 이야기부터 꺼내시는 직업정신!

좋아요~~

"언니! 그래서 내가 요즘 기가 다 빠져서 기운이 없다."

"네 나이에 기운 있으믄? 사내들이나 후리 칠라고 할 것 아이가!"

"호호호! 그래서 기운이 필요한 것 아니요?"

"네는 개 버릇 평생 못 버릴끼다~~내일 흰빈 온 나.

오늘 남은 정자 왕 한 그릇 쌔리 말아 줄 꾸마..."

그 말을 듣는 노래방 누님 눈빛에서 광채가 난다.

과일 한 접시 들어오고 맥주 한 박스 테이블에 올려놓고 노래 한 곡씩 돌아가니 오늘도 종로의 밤은 깊어만 가고 이 언니 저 언니 손에 이끌려 노랫가락에 맞춰 돌리고 돌리고...

시간은 새벽녘으로 달리고 달리고...

땡칠이 집에서 축적한 힘들이 넘치다 못해 폭발을 하는 구나.

"네는 와 나만 손 안 잡아주고 재들하고만 놀아 주노?"

참나!

나도 보는 눈이 있걸랑요?

"엄니는 한곡 때리면 당 떨어지잖아!"

"염병하네!"

그리고는 더 이상 내게 요구를 안 하는 것을 보니 정말 당이 떨어지셨나?

괜한 소리해서 노인네 기죽인 것만 같아 미안한긴 한데...

그래도 한 살이라도 어린 처자들이 난 좋다~~

그렇게 몇 시간 흥이 나게 즐거운 시간을 보내고 노래방을 나오니 배가 출출하다.

"엄니. 해장국 한 그릇 때리고 가자?"

"배고프나?"

"네!"

"니들은?"

같이 간 세 명은 모두 괜찮단다.

"니 배만 고프가?"

배만 고프겠어요?

정자왕도 먹었는데...

"오늘은 말고 담에 저 아~~~~"

내게 살짝 서빙하는 아이 하나를 가리키며 말을 이어 간다.

"몇일 있다가 노래방 한번 더 가자. 그 때 된장 발라라. 알 것지?"

UC~~~

오늘 왜 정자왕을 먹여 사나이 가슴에 불을 댕겼냐구요~~쩝^^

눈물의 순대국

우리나라 어느 지역 어느 마을을 가나 순대국은 꼭 있다.
경상도를 가면 돼지국밥!
전라도를 가면 피 순대!
충청도를 가면 병천 순대!
서울은 비로소 표준말로 순대국밥이고...
북한에도 조선시대부터 지역별로 순대국이 있었다고 한다.
찰지기로 유명한 함경도 아바이 순대!
조기를 담뿍 잡아 기폭을 올리고...[황포돛대]의 고장 황해도 해주
어탕 순대국!
평양기생 계월향이도 즐겨 먹었다는 평양 장터국밥!
1960~70년 쌍 팔년도 시절,
마을마다 명절 때나 되어야 돼지 한 마리를 마을 공동 우물에서
잡아서 새끼줄에 고기 한 근씩 묶어주면서 집에 가져가라고 하시
고 우리들의 아버지들은 그 옆에 대형 가마솥을 걸어 놓고 돼지
부속물들을 잔뜩 넣어 끓여 드시면 어린 우리들은 그것 한 점 얻
어먹으려고 추운 손 호호 불며 기다리곤 했었던 아련한 추억이 있
었지!
청운의 꿈을 안고 서울로 올라와 뚝섬의 뚝도 시장 앞 여러 가구
가 방 한칸 부엌 한칸에 빌려 살 때 뚝도 시장에도 뒷골목에 순대
국 골목이 있었다.
시장 안에서 친구 삼촌이 이발소를 하시어 그곳에 자주 놀러를 가
곤했는데 그 골목을 지나갈 때마다 '언제나 배터지게 순대를 원
없이 먹을 수 있을까?'하는 상상을 하곤 했었었지...
삼촌이 이발소를 하는 성규라는 친구도 김천에서 서울로 유학을
와서 이발소 건물 꼭대기 층 옥탑 방에서 삼촌과 함께 살았었는데
매번 갈 적마다 다 쓴 공책을 뜯어 비행기를 만들어 5층 옥상에서
날리며 놀곤 했는데 어느 날 시장의 어느 아줌마가 올라와 우리들
에게 그런다.
"아까운 종이를 왜 그렇게 버리냐? 아줌마 줘라!"

그러면서 우리들에게 튀김을 한주먹 주는 것이었다.
"다음에도 비행기 만들어 날릴 종이 있으면 아줌마 갔다 줘라...아
줌마가 튀김 줄게!"
그 시절엔 참으로 부족한 것이 많아서 연필로 빼곡히 쓴 공책의
시커먼 종이도 포장지로 사용하였던 시절이어서 우리들의 유일한
취미생활이었던 옥상에서 비행기 날리기도 튀김 몇 조각의 유혹에
중단이 되고 말았었었다.

어머니는 동네 작은 봉제공장에서 아동복을 검수하는 일을 하시었
다. 겨우 네 식구 먹고 살만큼 월급을 받으시는 날이면 큼지막한
노란 양은냄비를 들고 순대국 골목으로 가시어 1인분을 달라고 하
면 순대 몇 점과 부속물들을 큰 냄비의 귀퉁이에 조금 담아 주시
고 얼큰하고 구수한 국물은 아낌없이 부어주시면 카누를 타고 포
크질을 해야 순대를 찾을 수 있을 정도였다^^
"엄마 따라왔으니 이거 한 점 먹어라!"
순대와 간, 염통, 오소리감투로 꽉 찬 대형 순대 통을 열면 김이
모락모락 나는 것이 여간 맛있어 보이는 것이 순대가 아니던가?
짠돌이 아줌마 그 많은 순대에서 정말 딸랑 한 점 썰어준다.
쩝~~입맛만 버리게스리!
채소 가게를 들러 파와 시래기, 감자 등을 잔뜩 사가지고 집에 가
는 길은 발걸음이 신나고 가볍다...
한 달에 한번 괴기를 먹는 날이기에^^
그렇게 즐거운 마음으로 집에 들어갔는데 어머니는 당최 순대국을
끓이실 기미가 안 보인다.
"엄마! 배고파..."
"형 오면 같이 먹어야지."
해는 지고 시간은 벌써 8시를 넘어가는데 왜 형은 안 오고 어디서
무엇을 하고 있나요~~
"다녀왔습니다!"
쭉쟁이, 말미잘, 다시마, 멍게, 해삼, 꼴뚜기...내 인생에 태클쟁이
단발머리 중학생이었던 누이가 들어온다.

226

"엄마! 나 배고파."

"순대국 끓여서 먹자."

"근데, 쟤는 왜 저렇게 부어있어? 지가 뭐 서해 뻘 밭에 복쟁이라 도 되나..."

AC~~~~~~~

복쟁이는 뻘에 안 살고 맑은 물에만 살거든?

너나 무다리 살이나 빼고 댕겨라~~~!!

지금은 그래도 여주에서 전원 생활하면서 계절마다 상큼한 푸성귀들 푸짐하게 상납하는데 그 당시엔 하여간에 내 인생에 도움이 전혀 안 되는 객과 같은 존재 였었지렁.

저녁의 긴긴 시간이 흐르고 형이 돌아오고 한강물 한 드럼 부어놓은 고소한 순대국 냄새가 갖은 야채와 익으며 식욕을 돋운다.

평소 밥 한 그릇 뚝딱이면 배가 부른데 한 달에 한번 순대국을 먹는 날이면 머슴도 놀라 자빠질 정도의 고봉밥을 순대국에 말아 먹어도 허기가 졌었던 뚝도 시장의 순대국밥...

이리 젖고 저리 저어보아도 괴기는 건져지지 않는데 그래도 혹시나 한번 더 저어가면서 온 식구 둘러앉아 순대국 한 냄비로 행복감을 느꼈던 그 시절...

지금도 친구들과 순대술국 한그릇 시켜놓고 소주 한잔 칠 때면 우리 어머니 월급봉투에서 쥐꼬리만큼 꺼내어 우리 삼남매 순대국으로 허기 채워 주시던 그 마음을 생각하면 눈물이 난다.

어찌 자식 입에 들어가는 것 아까워할 부모가 있겠는가...

오죽하면 1인분 순대국 사가지고 들어오시던 어머니의 발걸음은 얼마나 무겁고 아프셨을까!

어머니의 순대국은 나를 평생 슬프게 남겨두는 눈물의 음식이다~~~쩝^ ^

홍어애탕

어릴 적 우리 옆집은 선원을 50여명 거느리는 선주 집이었다. 옛날엔 중선 배라고 불렀던 원양어선 몇 대와 작은 포구어선 몇 대가 있어서 그 집 개새끼는 보릿고개 시절에도 생선을 늘 물고 다니던 동네에서 목에 힘깨나 주고 살았던 집이다.

배가 들어오는 날이면 우리 어머니는 옆집에 가셔서 선원들 밥이며 귀한 민어, 도미 등을 손질해 주시고 당신이 이고가신 큰 양동이에 생선을 일당으로 받아 오셨었다.

그 안에는 귀한 고기는 별로 엄고 잡고기만 잔뜩 있지만 그것을 추려내시어 돈 되는 것만을 골라 소금을 쳐서 저려 놓으신다.

그 중에 홍어가 더러 들어 있는데 지금도 마찬가지지만 중형 이상의 홍어는 10여리밖 장에 갖다 팔면 쌀이 한가마니였으니 얼마나 귀한 고기였을까...

찬바람 가시고 보리 잎 필 때면 봉평의 "매밀 꽃 필 무렵"처럼 전라도의 밭에 마다 보리 싹이 돋아나기 시작한다.

그맘때면 우리 어머니 그 귀한 홍어 한 마리 잡아 배를 갈라 애탕을 끓여 주셨는데 이제 한참 피어오르는 인숙이의 가슴살보다도 더 연한 보리 잎을 한 웅큼 뜯어와 끓는 국에 넣으시고 맵기로 유명한 홍어 코와 지느러미를 사정엄이 썰어 가마솥에 투하하면 봄날의 음식으로는 최고인 홍어애탕이 되었던 것이다.

"저년이 애간장 태우네..."

다산 정약용 선생의 애첩 강아도 애간장을 태우게 안했을 그 "애간장"이 바로 홍어의 애를 말함을 친구들은 다 알고 있지렁?

그러니까 주변의 홀린 아줌마들의 애간장을 너무 태우지 말고 맘에 안 끌리는 아줌마들에게도 몸 보시 안 해 줄거면 홍어애탕 한 그릇이라도 보시해 주세요.

지금도 전라도 광주 말바우 고개 시장을 가면 홍어삼합집이 몇 개 남아있는데 마지막에 홍어애탕을 먹어야 비로소 홍어를 먹었다고 전라도 사람들은 말을 한다.

말바우 고개 홍어 집들마다 보리잎을 구하기 힘들어서 그런지 묵은지나 씨래기로 애탕을 끓여 나오는데 그 중에 한집만이 여전히 보리잎을 넣어 끓여주고 있으니 그 집 언제 다시 찾아가서 그 맛을 볼라나...

몇 년전 겨울.

어릴 적 산골학교를 함께 다녔던 시골 친구들이 홍어 한 마리 잡았으니 꼭 내려 오라해서 나주 영산포까지 내려가 입에 쫙쫙 붙는 흑산도 찰 홍어를 먹었을 때도 그렇게 찾았었던 보리순 홍어애탕이었건만...

에니곱살 먹은 어린놈이 홍어 맛을 얼마나 알았으랴만 음식점을 가서 홍어 메뉴가 있으면 먼저 눈이 가는 것이 홍어 두 글자요 그것부터 주문을 하니 참 어릴 적 입맛을 잘못 배운기여...

왜?

그 비싼 음식에 맛이 들어서 침만 흘리냐 이거지요.

하지만 어쩔~~

흑산도 홍어의 알싸하게 삭힌 홍어 한 점에 탁배기 한잔 치면 맛이 디져분디...

몇 일전 친구 아들의 결혼식을 동대문 SW컨벤션에서 했는데 전세버스 두 대를 동원해 고향 어르신들과 시골 동무들이 잔뜩 왔다.

으래 뷔페의 음식을 가져와 먹는데 고향 사람들 쑥덕거린다.

"정부자네도 홍어 안 나오는 것을 보니 성의가 엄구만이라!"

"먹을 것이 없어 부러요!"

참나!

여기까지 와서 홍어를 찾으시는 홍어 맛에 길드신 분들...

"영수야! 홍이 좀 가져오지 그랬냐?"

혼주한테 핀잔을 주는 시골 친구들에게 친구 영수 쓴 소리 한마디 한다.

"아따 이 작 것들은 홍어 없으면 잔치를 못치룬당께!"

전라도 나주도 아니고 남광주 시장도 아닌데 나 자꾸 홍어 땡기게 없는 홍어를 부르면 어쩐디야?

"먹을 것이 있어야 술 한잔을 하던가 하제?"

징하게도 홍어를 찾아대는 시골 친구들의 부르짖음이 귓전에 맴도는 날 우리 동네 광명식당이 그리워진다.

개화산역 근처에 홍어집인데 알싸하게 썩힌 홍어를 주문하면 동네 주민이라고 꼭 애 한접시를 서비스로 주고 했었었는데 VVVIP단 골이자 강서주민인 내게 예고도 안하고 어디론가 홀쩍 사라져버린 야속대기 주모가 있었다.

'두주불사'들과 한 달에 한번 이상씩은 꼭꼭 가서 삼합에 홍어애탕으로 마무리를 했었던 그 맛이 참으로 기깔 났었었는데...

약간은 쾌쾌한 냄새지만 한 수저 떠먹으면 알싸름한 국물이 절로 헛기침이 나와 홍어무침에 곁들여 나오는 미나리 한 무더기를 집어 먹을 수밖에 엄이 만드는 오묘한 맛이 참 좋았다.

"야! 우리 광주가서 말바우 고개 최박사네 들려야 것지?"

AC~~~~

저것들이 속을 박박 긁어 대는구만!

"갑아! 너 요즘 백수니께 광주 가서 홍어애탕에 한잔하고 우리 집에서 자고 내일 올라와라. 그래도 되잖여?"

백수라고 저것들이 나의 스케쥴까지 무시하고 지랄들이네~~~

"니들 마이 쳐 먹고 내건 택배로 보내줘라!"

"홍어 좋은 식으면 맛없다. 쟤 영심이 봐라. 남편이 맨날 식은 홍어만 먹어서 줄줄이 딸만 넷 낳았뿌렸잖냐~~~"

"야! 너도 딸딸이 아빠에 겨우 늦둥이 하나 본 주제에!"

"그래도 내는 고추 잡아보았다. 네는 고추 잡아 봤남?"

"울 아저씨 것도 있거덩!"

필시 이런 대화 아무리 촌년 놈들이지만 그래도 서울 사대문 안에서 할 대화인지 모르겠다!

"갑아! 홍어애탕은 못 먹고 가지만 이것 우리 동네 앞 나리갓에서 잡아온 것이니 엄니하고 맛나게 끼려 먹어라."

우리 어릴 때 도시를 갈려면 통통선을 타고 목포를 나가야 기차를 타고 나주나 광주를 갔었는데 나리갓은 통통선 배가 들어오는 나루터였었다...

지금도 친구들은 그곳을 나리갓이라고 부르는게 촌놈들 맞구나...
그래도 정이 많은 나의 불알친구들...
그러면 여자 친구들은 뭐라고 불러야하지?
불알이 없으니 붕알 친구들 이라고 불러야 하나~
전세버스 떠나갈 시간이라고 그렇게 나만 홀로 남겨두고 홀연히
사라진 놈들.
저녁에 전화 온다.
"네 혼자만 남가 두고 홍어애탕 먹을라니 목이 메인다고 다들 못
먹겠다고 해서 지금 죽상어회 먹고 있다."
오우~~열 받아!
그 귀한 죽상어회를 먹고 있다고?
차라리 홍어애탕이나 먹으면서 전화질을 하면 덜 미울텐데~~
재선아!
우리 아쉬운 대로 영등포 할머니 집에 가서 홍어애탕 한 그릇 때
리자~~
근데, 그 할머니 지금도 살아 계실까나?~~~쩝^^

콩나물국밥

2년 선배와 콩나물국밥에 술 한잔 하는데
속이 안 좋아 잠시 나갔다 온다.
"안주에 건대기 먹을 것이 없다!"
"선배님! 그러면 제가 조금 전에 게워낸 것 중에서 콩나물만 좀
골라 올까요?"

그 말에 선배 오바이트하더니 이상한 눈으로 나를 쳐다보고 사라
진 후 나하고 술 한잔 하자는 소리를 더 이상 안하신다...
그 세월이 벌써 30년 전 이야기지?

그 선배 지금은 콩나물국밥 자실라나~~쩝^^

맛살 회

내가 초등학교 2학년까지 살았던 마을 이름은 샘골이다.
한문으로는 정동(井洞)부락...
말 그대로 물이 참 맑고 신선하다고 하여 붙여진 동네 이름이다.
내 영혼처럼~~^^나 뻥 안치고 실거든...
우리 마을에 100명중 1명이 쌍둥이가 태어났다고 하면 믿길까?
실제로 우리 집안에도 쌍둥이라는 이력이 없었는데 나의 큰집의
둘째형님이 옆 동네 살다가 우리 동네로 이사를 와서 진한이, 진
주라고 쌍둥이 조카를 낳았었던 믿기지 않는 일이 있었고 그것이
모두 우물의 효험함이라고 사람들은 믿고 살았으며 지금도 주변에
사는 사람들 중 아이를 갖기를 원하는 젊은 처자가 시어머니의 손
길에 이끌려 찾아온다고 한다.

영산강 하구 둑을 막기 전까지는 바닷물이 목포 앞바다를 거쳐 영
산포까지 밀물때 물이 차면 많은 배들이 영산포구까지 올라와 해
산물시장이 넓게 형성이 되었었다.
흑산도에서 잡아 올린 홍어를 내륙인 나주나 광주 대도시로 판매
를 하려면 모두 목포를 거쳐 밀물 때를 맞추어 영산포까지 와서
팔아야 했는데 황포 돛대를 단 거룻배로 흑산도에서 영산포까지
거리가 만만찮아 그 당시에는 보통 보름정도가 걸렸다고 한다.
그러면 싱싱한 홍어가 어떻게 되었겠어?
푹 삭아버린 생선을 상인들이 처음엔 받아 주었을까?
그래서 방법을 고안한 것이 홍어는 원래 이렇게 삭혀 먹는 것이라
고 해서 지금에 왔다고 한다.
그러면
"만만한 게 홍어 좆!"
이란 말의 어원은 무엇이었을까?
홍어란 놈이 거시기가 하나도 아닌 두개인 것이 어부들에게는 엄
청 부러워 죽겠는데 그 귀한 두 개씩이나 달린 놈을 정작 공판장
에 가면 제대로 값을 쳐주지 않는다고 하여 생긴 말이라고 한다.

하나만 달고 댕겨도 출렁거리는 포천 사는 내 친구가 넘 부러워!
우리 마을 앞에도 날이면 날마다 어김없이 두 번씩 밀물과 썰물이
교차되면 풍성한 해산물이 깨끗한 갯벌 위, 아래로 지천에 쌓이곤
했다. 민물 한통 우물에서 담아가지고 누이 손을 잡고 집 앞 강으
로 가면 칠게, 바지락, 새조개, 맛살, 낙지 등 먹을 만한 것을 푸
짐하게 줍고 캐고 하여 허기진 배를 그 자리에서 민물에 한번 헹
구어 날걸로 입에 바로 쏠라당~~하였던 시절!
그 중에서도 최고로 맛났던 것은 맛살이었다.
서해안에서 잡히는 맛살은 대 맛살이라고 크다는 大자가 아니고
생김새가 대나무 줄기처럼 생겼다고 해서 붙여진 이름이고 남해의
맛살은 내 배처럼 오통통하니 아주 예쁘게 생긴데다가 맛은 정말
숫처녀 첫 서방질하는 것보다도 훨씬 맛나다!
지금은 작고하시고 안 계시는 큰집 둘째 형님이 나의 고향에 사실
적의 이야기!
조상의 선산이 우리 동네에 있어 여름철만 되면 사촌형제들 모두
모여 벌초를 하고 나서 저녁에 모두 모여 땡칠이 한 마리 된장 바
르는 것이 우리 집안의 연례 행사였다.
어느 해에도 전주에서 쌍방울 계열사를 운영하셨던 큰형님을 위시
하여 남자형제 일곱에 여자 누이들 다섯에 딸려온 조카들까지 하
면 30여명 1소대 병력이 모여 대나무가 울창한 둘째 형님네 마당
에 앉아 송아지만한 쉐파트 한 마리를 된장 발랐는데...
뒷마당 대나무 숲에 깔따구(바닷가에 사는 왕모기)가 얼마나 많은
지 고기 한점 먹고 얼굴 한번 긁고, 반찬 한번 먹고 허벅지 한번
긁고, 조카 놈들 모기에 물려 징징거리면 모기약 한번 발라주고...
땡칠이 한 마리 된장 바를 때마다 이건 뭐 625때 난리는 난리가
아니었다! 음식이 입으로 들어가는지 코로 들어가는지 그렇게 저
렇게 저녁을 먹고 나니 어릴 적 동무 너 댓이 찾아와 술 한잔 하
러 가잔다.
코흘리개시절 어깨에 책보매고 재잘거리며 댕기던 국민학교 앞에
삼거리 주막이 있다.
"야! 이 집은 아직도 있네?"

"몇 일전에 온 지지배가 엉덩이 살랑 살랑거리는 것이 맛이 쪼까 있것드라~~!"
"그래서? 된장 발랐냐?"
"아직..."
그러면서 친구 놈 입맛을 쩝쩝 댕기는 것이 언넌인지 궁금하네...
그렇게 작은 언덕을 넘어서 가는데 친구 놀란 목소리로다
"어메? 문 닫았어야!"
헐~~가는 날이 장날이라고 주막이 불이 꺼져있네요...
"안 되것다! 내 집에 좀 댕겨 올랑께 니들은 샘에 가 있그라..."
그러면서 친구 놈 하나 쌩하고 집에 갔다 온다고 하고 남은 우리
는 샘골에 가서 기다린다. 헐레벌떡 집에 갔다 온 친구의 손에 쥐
어져 있는 것은 어망속에 담뿍 들어있는 아주 오래전에나 먹었었
던 맛살조개가 푸짐히 들어있다. 친구들 난리다.
"야! 이 귀한 것을 어디서 캐 왔다냐?"
"우리 어릴 때는 나리갓에 가믄 지천에 깔려 있었는디..."
"서울 놈이 어디서 이런 것을 먹어 보겠냐?"
"우리 외갓집이 신안 아니냐. 저번에 외할아버지 제사 때 가서 캐
온기다!"
우물에서 물 한바가지를 퍼서 아직도 뻘이 묻어있는 맛살조개를
씻고 한 친구는 맛살조개 한 개를 까더니 어릴 적 우리가 했던 것
처럼 맛살 껍데기 하나로 다른 맛살조개를 까대니 바다 내음이 솔
솔이 난다...
"초장은 가져 왔다냐?"
우리는 그렇게 불도 켜져 있지 않은 샘골에 쪼그리고 앉아 막걸리
식초로 우려낸 알싸한 초장에 비릿 내 찐하게 나는 맛살을 연신
씩어 먹으며 심장이 살아나 듯한 오래전의 맛을 음미하며 여름밤
을 보냈었다.
남도 바닷가에 살았던 사람이라면 한번쯤 맛을 봤을 맛살조개회!
서해안의 맛살 조개와 또 다른 쫄깃하고 부들부들한 속살 맛이란
샥스핀, 제비집보다도 더 향기 나는 것이 아닐까 한다~~쩝^ ^

통영 시락국

박경리 작가가 활동했던 통영의 옛 가옥들이 즐비한 동네와 벽화
마을을 둘러보고 가을의 저녁에 부둣가 포장마차를 찾아 "주모 알
아서 모듬회 "한 접시를 시킨다.
해삼 멍게에 가리비 두어 개에 갯장어회도 보이고 참소라도 싱싱
하게 꿈틀거리는 것이 입맛을 돋운다.
"오늘부터 출하한 쌩굴이니끼니 먼저 맛보이소!"
경상도 아지매 특유의 까랑까랑한 목소리가 파장되어 바닥 저 멀
리 퍼져 나간다.
굴 한입을 입속에 담그자 화~~한 갯냄새와 짭쪼름한 바다내음이
온몸을 전율시킨다.
"이리 맛나도 되는기요?"
나도 모르게 갱상도 말이 티 나온다.
"썰 양반이 갱상도 말을 하니끼리 그래도 쪼매 어울리는꼬마요 호
호호!"
"그란겨? 내도 쫌 한다 아이가..."
푸짐한 갱상도 아지매이가 따라주는 소주 한잔을 받으며 인생의
재미가 이런 것이 아닌가 생각을 하니 오늘밤은 갱상도 어떤 지지
바이를 업어 트릴까 궁리가 든다.
소주 2병에 거나하게 취한 채 밤이 든 항구를 걸으니 갈매기만 내
앞을 지나가고...
꺼질 듯 희미하게 밝혀진 전구가 바닷바람에 이리저리 흔들리는
선술집 문을 열고 들어선다.
"영업 끝났는데예!"
"벌써요?"
"한 분인겨?"
영업 끝났다면서 뭘 물어보고 그런댜?
"네! 혼잔데 소주 한 병만 마시고 갈께요..."
"그래예? 드 오이소."
곱상하게 생긴 젊은 처자가 싸구려 화장품으로 분칠을 했는지 얼

굴에 분 덩어리가 희미한 전등불 밑에서 비쳤다 안 비쳤다 한다.

"한잔 하고 오신 모양이지예?"

"예. 부둣가에서요..."

"뭘로 차려 드릴까예?"

"예. 간단한 걸로 적당히 주세요."

"오늘 굴 첨 출하했는데 자서 보실라예?"

오늘 이 동네 굴 출하했다고 완전 축제일이넹~~

여기가도 굴!

저기가도 굴!

온 동네가 굴 풍년이로구나~~!!

홀로 2차를 하려니 허전하다.

"별일 없으면 오셔서 같이 한잔 하시지요?"

방댕이도 실해 보이고 곱상한 상판이 항구에서 장사할 타입은 아닌 듯한데 어찌하여 여기까지 흘러와 포차를 하고 있을까...

그런 생각을 하다가 '누구나 사연이 있고 말 못할 이야기 무덤 들어갈 때나 하는 이야기가 있다고 하지 않던가...'

"혼자 오신겨? 먼 촌구석까지..."

술 한잔을 따르며 질문하는 것이 영락없는 촌 아낙의 레퍼토리다.

"시절이 하 도찰하여 그냥 바람이나 쐬려고요..."

"그러게 말씀이요. 여기도 사는 것이 사는 것이 아니라예..."

그러면서 시원하게 소주 한잔을 비우는 그녀의 얼굴에 지난 세월의 번뇌가 스쳐 지나가는 옛 필름의 파노라마가 펼쳐지는 것은 왜일까!

"어찌 살다보니 여기까지 흘러 내려와 팔자에도 엄는 술장사를 하고 있어예..."

"고향은 어디신데?"

"원래 고향은 대구인데 사내놈 만나서 전국을 돌다가 돌다가 정착한 곳이 여기라예!"

"좋아서?"

또 술 한잔을 시원하게 비우더니 그런다.

"인생! 마음먹어 진대로 살아가는 사람이 몇 있것는겨? 내도 그랬으면 이 촌구석에서 살고 있겠는교?"

"여기 좋잖아요...바다도 있고 맛난 음식도 많고!"

"선생님은 여기가 좋아 보이는겨?"

"좋죠. 통영..."

"언제든지 떠날라고 보따리 싸 놓은 지가 벌써 10년이라예!"

"..."

"가는 곳이 내가 쉴 곳이라고 생각하고 평생을 살지 않았는교..."

그리고 또 술 한잔을 비우는 그녀의 술잔마다에 진한 우수가 담겨 있는 것만 같아 마음이 찡하다.

"아직도 손님이 계시는구먼!"

내 나이쯤 돼 보이는 사내 하나가 삐걱거리는 미닫이문을 열고 들어온다.

"어디 갔다 이제 기 오는겨?"

"애편네가 서방 들어오면 반갑게 받아줘야지 보자마자 타박이가?"

보아하니 저 처자를 평생 힘들게 한 그 사내인가보다.

"배고프다. 국밥이나 한 그릇 말아라..."

그리곤 자연스럽게 냉장고에 가서 막걸리 한 병을 꺼내 자리에 앉아 뚜껑을 여니 그녀 자연스럽게 김치 한보세기를 사내 앞에 갖다 놓는다. 갑자기 술 맛이 뚝 떨어진다.

"여기 얼만겨?"

만원짜리 두 장을 테이블에 놓고 포차를 나서는 뒷통수가 영 떨떠름한 항구의 밤이 더욱 허전하기만 하다.

불 꺼진 항구가 내려 보이는 싸구려 여관에서 눈을 뜨니 아직 해가 오르지 않은 여명의 시간이다.

지난밤 숙취로 일찍 일어나니 뱃속이 허전하여 주섬주섬 옷을 걸치고 항구로 내려간다.

새벽 4시만 되면 통영항은 출어를 나가는 배와 선원들로 북새통이 이룬다고 하던데 정말 그렇네...

거기에 문전성시를 이루는 곳이 또 하나 있으니 바로 통영의 최고의 맛집 "통영 시락국"골목이다.

기웃기웃 이 집도 저 집도 포장마차 크기만 한 좁은 곳에 한 줄은 주방이고 또 한 줄은 반찬으로 줄을 세워놓고 있고 좁디좁은 나머지 한줄 공간엔 어깨가 다을 듯 말듯 거기에 뱃사람들 촘촘히 앉아있고 건너편 주방에서 건너온 김이 모락모락 피어오르는 국물에 바로 한 따끈한 쌀밥이 말린 시락국을 후후 불며 쩝쩝거리며 먹는 맛이란...디져요!

좁은 공간에서 밥 한 그릇을 먹으려니 참 불편함은 있지만 지천에 깔린 청정한 재료로 만든 반찬들이 모두 내가 좋아하는 해산물들이다. 골라 골라 10여가지의 해산물 반찬을 채반에 담아 뱃사람들 사이에 끼겨 앉자 씨래기 나물이 듬뿍 든 장어탕에 밥이 말린 시락국 한 뚝배기가 내 앞에 놓인다. 거기에 잘게 자는 청양고추 넣고 제피가루 반스푼 넣으니 냄새가 기가 막히다. 한 입을 떠서 넣으니 새벽의 차가운 공기에 얼어붙어 있던 속이 풀린다.

잉?

근데 모두 다 시락국 한 그릇에 소주 한 병이 놓여있네?

시락국에는 소주가 패키지인가?

그럼 패키지니 나도 있어야 할 것 아니여...

여명의 새벽 항구에서의 소주 한잔!

맛 난다~~!!

동트기 전에 일어나 새벽같이 나서는 뱃사람들의 아침을 위해서 속 편한 음식이며 뜨끈하면서도 보양식이 되었던 장어와 거기에 저렴하면서도 쉽게 구할 수 있었던 씨래기와의 조합으로 탄생하여 지금껏 통영 뱃사람들을 위한 음식으로 발전한 통영시락국!

맛깔스런 20여 가지의 해산물 반찬으로 이루어진 바닷가의 명물 식당...

언제나 그리울 것 만 같다~~~쩝^^

제 5 장

친구야! 친구야!

우리 애기엄마

이 병 노(소설가)

"너는 밥 먹었나?"
요즘 식사 후 어머니가 자주 하시는 말씀이다. 5년 전 뇌졸증 수술 후 어머니는 기억이 점점 흐려지신다.

"어머니랑 같이 먹었잖아요."
"그래? 근데 꼭 나 혼자만 먹은 거 같으다."
그런 와중에도 오로지 자식 걱정뿐이시다.
며칠 전에는 TV에서 아이들이 자전거를 타고 노는 장면을 보시다가 갑자기 눈물을 훔치셨다.
"왜요?"
물으니 어릴 적 자전거 사달라고 조르던 이 막내아들이 가슴에 밟히신단다.

"그냥 사줄 걸."
어머니는 요즘 후회됐던 기억들을 자주 불러내신다. 어제는 내 기억 속에서도 아주 흐릿하게 남아 있는 황순이에 관한 기억을 소환하셨다.
황순이는 어머니가 이웃에서 분양받아온 황금색 강아지다.
"내가 그날 수다만 안 떨었어도 우리 황순이 안 죽었을 건데……."

그날 어머니는 황순이를 방에 혼자 두고 시장에 다녀오셨다.
금방 다녀오신다는 게 그만 시장 분이랑 이야기가 길어지셨단다.
부리나케 집에 와보니 황순이가 방문을 긁으며 애처롭게 울고 있더란다. 어머니가 방문을 열고 황순이를 얼른 품에 안자 황순이가 울음을 딱 그치더란다. 그리고는 숨을 한번 몰아쉬더니 품에 안긴 채로 고개를 툭 떨구더란다.
어머니를 얼마나 애타게 찾으며 긁었는지 방문 모서리가 하얗게 닳았더란다.

황순이 그 조그만 게 솜털처럼 여린 두 발로 사투를 벌였던 것이다.

"꼭 내 자식이 죽은 거 같았어. 너무 가슴이 아파서 다시는 짐승 안 키우겠다고 결심했어."

얼마나 사무치셨으면 그때의 일을 또렷하게 기억하고 계실까.

"그냥 병 걸려서 죽은 거라고 하셨잖아요?"

"사실대로 말하면 니들이 얼마나 속상해 했겠어."

그때나 지금이나 자식 생각하는 어머니 마음은 늘 한결 같으시다.

추풍령 고개

손 금 택(Book Designer)

옛날부터 괴나리봇짐을 매고 청운의 꿈을 안고 한양으로 과거를 보러 가는 지역의 선비들과 봇짐 상인,구름도 쉬어 간다는 추풍령고개를 넘었었다. 지역의 수재들은 코흘리개 시절부터 엄한 훈장님의 훈시 아래 공부를 마다하지 않다가 청년이 되면 댕기머리 길게 늘어트리고 명문의 양반가 도령들은 나귀를 타고, 중반의 자식들은 걸어서 천리길을 마다하지 않으며 고개를 넘어갔을 질곡의 세월!

그 당시 선비와 상인, 그리고 일반백성들의 고단함을 풀어주었을 주막들이 성시를 이루었다는데 지금도 그 명맥을 이으면서 객잔들이 두어개 남아있다. 장동재, 제실고개, 개고개, 갈현고개...그 고개마다에 아픔과 슬픔이 담겨있는 선조들의 애환이 서린 낙엽 쌓인 추풍령! 재를 넘을 때는 원대한 꿈을 가슴에 새기고 힘 있게 넘던 선비들도 과거에 낙방하면 실망할 부모님을 생각하며 사나이 눈물을 흘리며 재를 다시 넘었을 시린 고개가 지금도 그 자리에서 청년들의 희망의 고개로 남아 하룻밤의 고단함을 풀어주고 있다.

"충청도 아줌마가 한사코 길을 막아~~주안상 하나놓고 마주 앉은 사람아 술이나 따르면서 따르면서 내 설움 너의 설움을 엮어나 보자..."그렇게 엮어져서 몇날 몇일을 주작하다가 엽전이 떨어지면 그래도 하룻밤에 만리장성을 쌓는다는데 "주모" 주먹밥이라도 몇 개 싸주어 먼 길 가는 선비의 곡기는 면하게 해 줘야 인지상정이 아닌가벼!

추풍령 고향을 떠나온 지 어언 산천초목 바뀐 몇십년이란 유구한 세월... 칙칙폭폭 기차도 숨이 차서 목이메어 울며 넘든 고개, 아련히 떠오르는 저녁 짓는 굴뚝의 연기가 싸릿문 넘어로 피어오르는 그때를 그리워하며 상상을 해본다

<충북 영동군 소재 난계 박연 선생의 탄생지며 지금도 난계 예술제가 매년 열리고 있다.>

아파트(공동주택)는 정말 살기 좋은 주거환경일까?

한 대 철(주택관리사/장기수선 전문가)

필자는 아파트 관리사무소장으로 십수년 재직한 경험을 바탕으로 아파트 주거환경에 대해 이야기해보고자 한다.

세계적으로 찾아보기 어려울 정도로 아파트에 살기를 원하는 나라 대한민국이다.

우린 왜 아파트에 열광하는 것일까?
"아파트는 신축 입주 때보다 세월이 지나면서 가격이 올라 재테크 수단으로 최고다."

"아파트를 관리해 주는 관리사무소가 있어 항상 도움을 받을 수 있다."라고 한다.

단점으로는 우리가 잘 격어보지 못했던 층간소음이 가장 큰 문제점이라고 볼 수 있다.

층간소음 피해를 격어보지 않은 사람은 그 고통을 헤아리기 어렵다고 한다.

도시 생활의 다양한 직업으로 하루중 주된 활동시간이 새벽, 주간, 야간, 심야 시간에 따라 아파트 거주자의 활동으로 인한 생활소음이 발생될 수밖에 없으며, 부득이하게 발생되는 생활소음이 타인에게는 고통으로 작용하여 감정싸움으로 이어지고 결국에는 돌이킬 수 없는 강력사건으로 이어지는 경우를 가끔 매스컴을 통해 전해 듣고 있다.

아파트라는 공간은 여러 사람들이 한 곳에 모여 살게되므로 자연스럽게 사생활이 노출되어, 소문이 전달되는 과정에서 과장되고 부풀려져 심각한 인권침해로 작용하여 스스로 목숨을 끊는 안타까운 사례도 있다.

현대인의 특성상 사생활의 노출이 싫어서 이웃과 단절된 생활이 이웃을 배려하지 않는 삭막한 사회생활 환경이 만들어지며, 타인의 의견은 무시하고, 본인의 주장을 관철하기 위해 수단과 방법을 가리지 않고, 양보나 타협이 없는 극렬한 대립관계가 만들어지는 것이 아닌가하는 생각을 해 본다.

공동주택 환경에 따라 주차분쟁이 심한 곳, 입주자간 편이 갈려 입주자대표회의 주도권 분쟁이 있는 곳, 재건축 시행 추진문제로 분쟁이 있는 곳 등 분쟁의 내면에는 이웃을 존중하고 배려하지 않아 감정대립으로 이어져 결국 법적분쟁으로 이어지는 경우가 대다수이다.

과거 농경사회에서는 이웃이 없으면 농사를 지을 수 없는 환경적 요인이 이웃과 함께하고 더불어 살기위한 노력들이 있었으나, 현대 사회에서는 나 하나만, 내 가족만 잘 수 있으면 된다는 생각이나 행동이 돌고 돌아 나에게내 가족에게 피해를 주고 있는 것은 아닐까 생각해 본다.

재테크 수단으로 아파트를 선택하는 것은 어쩔수 없는 선택이라하지만, 멀리 있는 형제보다 가까이 있는 이웃이 낫다는 속담을 되새겨 이웃을 배려하고, 양보하며 오손 도손 행복한 주거환경이 만들어지는 거주공간으로 이어졌으면 하는 생각을 해 본다.

내 나이가 어때서

김 재 선(前, 금강제화 대구 본부장)

매달 한 번씩 팔순 자신 어르신들께서
내가 운영하는 가게 근처에서 스크린 골프 월례회를 마치고 삼겹
살에 소주 한잔, 저녁을 곁들여 드시러 가게에 오신다.
그분들을 보면,
술을 즐기시는 분!
반주삼아 몇잔 드시는 분!
전혀 못 드시는 분!
먹고는 싶은데 지병이 있어 갈등하시는 분! 등등...
내 나이 또래의친구들과 별반 차이가 없다.
회비에서 품앗이 하는거니 기왕이면 다홍치마라고 마음껏 맛있게
드시는 분들이 보기에도 좋다.
술과 음식 등 입으로 들어가는 걸 소화시킬 能力이 되니 건강하다
는 증거다.

"선섭생자 이기무사지 善攝生者 以基無死地"라 했던가!
섭생을 잘하는 사람은 죽음이 땅에 들어가지 않는다!
연세에 비해 즐겁게 사시는 모습이 보기 좋다.
나이 팔순에 골프를 배워 人生의 즐거움을 알았다는 분에게 "골프
신동"이라고 입에 발린 칭찬을 하며 게임비를 덮어 씌워 호구로
만드는 것도 젊은이들하고도 비슷하고...
그 연세에도 약육강식의 논리가 적용된다!
다른 분들보다 경력이 오래되고 實力이 뛰어난 前職교장 선생님은
낚시꾼이 대어를 낚을 때 필요에 따라 낚시줄을 조였다 풀었다 하
듯이 本人보다 實力이 한수 아래인 친구분들을 치켜 올렸다 내렸
다 하면서 본인 실속을 단단히 챙기고 그분보다 한수 아래인 또
한분은 본인보다 상수를 인정하고 그 밑에 하수들을 보험 든 것인
양 의기양양하게 요리한다.

술과 삼겹살을 드시면서 골프 칠 때의 무용담을 얘기하시는 모습을 보면 그분들의 나이를 짐작하기가 어려울 듯하다.

人生이 꼭 앞으로 나아가야만 되는 것은 아니고 돌아보고 뒤가 더 좋았으면 그 자리에 머물러도 좋겠다는 생각을 해 본다.

노년의 즐거움은 단순 소박해야 하고 빈 듯이 소탈하고 너그럽고 정다워야 한다.

구름같은 人生!

그 순간순간을 즐기되 탐욕적인 타락한 쾌락은 멀리해야 한다.

자연을 벗하며 겸손을 배우고 따뜻한 눈으로 주위를 바라볼 때 정다운 사랑의 문이 열리고 우리의 노년은 아름다울 것이다.

樂而不流(즐거워도 절제하고) 哀而不悲(슬퍼도 아파하지 않는다.)

하나하나 잃어가는 상실의 시대에 어르신들처럼 단순하고 소박하게 웃고 사는 지혜를 배우고 싶다.

가장 지혜롭고 행복한 사람은 남은 人生 즐겁게 웃으며 사는 사람이다. 스크린을 치며 즐기고, 뒷풀이로 삼겹살에 소주 한잔 하시는 어르신들의 모습을 보면서 중견가수 오승근 형이 부른 노래 제목이 생각이 난다...

내 나이가 어때서~~~~

아버지의 등

이 애 경 (자영업)

내 나이 여덟 살
어느 날 시작된 홍역
우리 세 자매는 동시에 아프기 시작했다.

동생하고 언니는 다 나아서 학교를 나가기 시작했지만,
몸이 허약했던 나는 한동안 학교도 갈 수 없었고,
밤이면 열이 펄펄 나고 헛소리를 하기도 했다.

아버지는 그런 나를 등에 업고 동네에서 한참 떨어진
댐 아랫동네에 있던 약방(옛날에는 약국을 약방이라 부름)으로
거의 매일을 오가셨다.

어린마음에도 아버지가 힘드실까봐 미안한 마음이 들곤 했었다.
아버지의 그런 정성 덕분에 무사히 건강을 회복할 수 있었고
학교도 갈 수 있었다.

지금은 곁에 계시지 않지만 그때 따뜻했던
아버지의 등을 잊을 수가 없다.

그리운 아버지!
사랑합니다.

네살바기의 거시경제학

김 연 지(전업 주부)

나는 두 아이의 엄마다.

눈에 넣어도 아프지 않은 첫째 아이를 낳고 회사를 그만두게 되어
지금은 가정주부로 살고 있다.

아이들은 두 녀석 모두 또래보다 말도 빠르고 어휘력도 남달라
주변 어른들도 놀라실 정도였다.

하루는 네 살짜리 아들이랑 사이좋게 과자를 나눠 먹고 있었다.

너도 나도 좋아하는 마성의 새우과자. 그릇에 덜어준 과자를 다
먹고는 자꾸 내가 들고 있는 과자봉지에 손을 넣길래

"이거 엄마 꺼야~ 먹지마~ "했더니 당돌하게 묻는다.

"아빠 돈으로 사온 거 아니야~?"

갑자기 들어온 공격에 당황하지 않고 대답했다.

"엄마가 산건데??"

역시 지지 않고 바로 묻는다.

"아빠가 돈 줘서 엄마가 사온 거 아니야~?"

"엄마 돈 있떠~?"

'아니 저 녀석이...'

잠깐 대답을 생각하고 있는데 턱을 들고 웃으면서 마지막 한방을
날린다.

"엄마는 카드 밖에 없는 거 같은데~~?"

크크크...

그래 엄마가 졌다.

어떻게 네 살이 저런 말을 할 수 가 있지 싶어 귀여우면서도 이내
조금 씁쓸했다.

"아니야~엄마 돈 많아! 아빠 돈도 엄마 돈이고 엄마 돈도 엄마
돈이야~!"

라고 말했지만 네 살짜리 아들에게 주절주절 말하는
내 꼴이 우습기도 했다.

엄마도 예전에 돈 열심히 벌었거든?

너희가 이렇게 똘똘하고 예쁘고 건강하게 자라고 있는 게 엄마는 더 큰 행복이라고 생각하는데 네가 이 엄마의 마음을 알까? 알아주길 바라는 건 아니지만 그래도 앞으로 과자 먹을 때 돈 얘기는 하지 말자 아들아! 하하.

혹시 아니?

너희들이 크고 이 엄마가 큰돈을 버는 일이 생길지도.

"주부였던 김모씨는 드디어 연 매출 ** 을 달성하며 성공한 사업가로 변신하는데…

"잠깐 동안 기분 좋은 상상을 해보고는 이내 바닥에 떨어져있는 과자 부스러기들을 치운다.

지금은 매일매일 콩나물처럼 자라나는 아이들과 씨름하고 있지만 앞으로의 내 인생은 그 누구도 아무도 모르는 일이므로…

카 톡

배 한 일(공인중개사)

까톡 ! 까톡 !

이른 새벽 남은 잠을 곤하게 잘 때
숨죽이고 영화에 몰입되어 있을 때
헨들 잡고 한손으로 라디오 스위치를 켤 때 예고 없이 울린다.
이놈은 언제나 인정사정없이 일방통행이다.
읽지 않은 메시지가 50 혹은 100...
파종도 때가 있듯 이놈도 제때 읽지 않으면 숙제다.
몇몇 친구그룹 대화방은 늘상 와자지껄 !
그냥 궁금하면 뭇고, 좋으면 나누고, 낄낄 거린다.
의미는 받은 놈의 몫!
어느 사람은 공해요 폭탄이라지만
기대와 설렘이 뒤 섞인 선물이고 마음이리라
길가는 낯선 이에게 물어봐라
내게 반갑게 인사하거나 좋은 글이라고 권유한 적 있는지....
관심이고 배려다.

까톡! 까톡!
오늘도 산악회 톡방은 난리다.
고삐리 점심시간 교실같이 떠들썩하다.
눈치 보지 않고 배설하는 공간
혹 아는가 ?
왕건이가 있을지....

까톡! 까톡!
울어라!
받아라!
찾아라!

내 군화 언제 사 줄건데!

김 태 규 (주)윤진산업 이사

어느 날 사는 것이 무료하다고 친구들과 만나서 짜글이 찌개에 소주 한잔하는데 사내들 이야기가 그렇지...군대 애기 하다가 살아가는 무용담을 애기하다가 또 술 이야기가 대부분인데 비가 촉촉이 내리는 저녁나절이라 갑자기 내린 소낙비에 신발이 모두 물에 젖어 발이 질척질척 거린다고 궁시렁 대자 근보 놈 자기 금곡 전투방위시절 방위가 뭔 큰 전투에 나가는 군번도 아닌데 먼 놈의 100km 행군을 시켰었다고 그 큰 얼큰이에 붙은 눈동자에 레이저를 장착한 채 때려죽일 놈 시끼들 하면서 군대 이야기에 피를 토한다.

"미군에도, 유엔 평화유지군에도 없는 방위가 이 좁은 땅덩어리에 왜 존재해야하는지도 모른 채로 매일 도시락 싸들고 출근을 하는 군대가 이 나라밖에 없다는 것에 절대 이해가 안가는 바이다!"

"글치! 먼 놈의 군대를 가는데 사재 도시락을 싸가지고 출근을 하냐고..."

같은 방위인데 누구는 꽉꽉 누른 도시락 새벽별 보면서 싸가지고 만원 버스에 몸을 씻고 출근을 하고 누구는 걸어서 5분 거리밖에 안되는데도 차가 모시러 오고...

점심때 되면 면사무소 구내식당에서 집 밥보다도 더 잘 나오는 완전 유기농 시골 밥상을 받고...

대한민국 줄 서면 대우받고 줄 잘 못서면 제대하여 써먹지도 않는 그놈의 전투방위 빡세게 훈련을 받으며 청춘을 다 허비해 버리는 전 세계 전무후무한 방위 제도라는 것을 성토하는 것이었다.

그걸 성질 더러운 근보 놈이 받았으니 더 성질 더 버려서 방위를 해제했으니 위로의 마음만 보낼 뿐이다.

"야! 그러니까 내가 포상 휴가 받으면서 받아온 군화 언제 사 줄거냐고?"

254

갑자기 성질이 난다.

40년 전 나의 군대시절 내 군화...
"저 시끼 말이야 내가 박격포 매고 일천고지 산 세 개 넘으면서 훈련을 우수한 성적으로 마쳤다고 연대장이 포상으로 준 군화 새 것을 휴가를 와서 선반에 고이 모시고 날마다 때 빼고 광내고 있었는데 저녁에 집에 오더니 자기도 휴가 중이니 여자 친구 만나러 간다고 3일만 빌려달라고 해서 빌려줬더니 갑자기 비상이 걸려서 훈련장에 신고 갔다 오더니 완전히 걸레로 만들어 온 것 아니야!"
"야! 그때는 갑자기 비상이 걸려서..."
"EC~~그러면 헌 군화를 신고 나갔어야지 왜? 새것을 신고 나갔는데?"
"새신을 신고 뛰어보자 폴짝~~가오다시 한번 잡아볼라고 했었지."
"가오? 방위 주제에 먼 놈의 가오!"
"야! 나 그래도 면사무소 방위보다는 완전히 다른 차원의 전투방위야~~!!"
"방위면 똑같은 방위지 먼 차원은...개뿔!"
"방위 시끼가 시골 노인네들 환갑잔치 사회나 봐주고 팁이나 받고! 그건 탈영병보다 더 나쁜 짓거리징~~~~"
"그건 방위 월급 2,500원이라서 각자도생 위한 생계 수단이었지."
"나라에서 옷도 줘! 밥도 줘! 월급까지 주는데 깡촌 노인네들이 먼 돈이 있다고 삥을 뜯고 말이야...불량 방위였다니까!"
내가 애지중지하는 새 군화 가져갔다가 걸레로 맹글어 온 주제에 방귀 뀐 개, 똥 쳐 먹은 개가 별걸 운운하고 지~~랄이야!
"야! 그러니까 내 군화 언제나 사 낼 서냐고?"
"나 군 제대해서 잉크도 다 말라버리고 나의 피 끓었던 군대의 청춘도 다 식어 버렸거덩?"
"그래서?"
"태규야! 너 군대 다시 가면 내가 새 걸로다 다시 사주면 .안될까?"
저 시끼를 영창으로다 보내 말어...

슬픈 행복

노 희 학(과학자)

긴긴 여름날, 하루의 일을 마치고 집 가까이에 계시는 엄마와 장모님을 뵈러 요양원을 들어선다.
몸이 불편한 어르신들을 위해 늘 애쓰면서도 인상 한번 쓰는 것을 보지 못한 안내 아저씨의 인사가 반갑다.
시원한 캔 커피 한잔을 건네자 환한 웃음이 에어컨 바람보다도 더 싱그럽다.

늘 고마움을 느낀다.
그 어렵다는 사돈지간이 다정하게 한 방에 계시는 모습을 볼 적마다 내가 복이 많다는 생각과 함께.
두 분 모두 좋아하시는 메밀냉면을 얼음물에 말아 드리자 서로 챙기시며 맛나게 드시는 모습을 보고 달무리 진 어둠 깔린 길을 돌아서 온다.
그렇게 무더위가 물러설 때쯤 장모님은 처가 식구들의 슬픔을 뒤로하고 나의 엄마와 이별을 고하시고 하늘나라로 먼저 소천을 하셨다.
몇 개월전 집사람의 큰언니가 지병으로 가신지 얼마 되지 않았는데 자식을 먼저 보낸 아픔이 크셨는지 짧은 시간을 두고 딸을 따라 가셨나 보다...
장모님의 상을 치루고 일주일에 두어번 아이들과 엄마를 찾아가면 왠지 엄마의 옆자리가 허전해 보이는데 당신은 어떠실까...친구처럼 자매처럼 다정히 지내셨던 장모님의 자리!
그런 당신도 언젠가부터 기력이 떨어지고 입맛도 떨어지시어 눈에 보일정도로 여의어 가시는 것이 자식으로써 마음이 짠하기만 하다.

"애미야! 나 호박잎 쌈이 먹고 싶다."
오랜만에 집사람에게 걸려온 엄마의 반가운 전화.

56

서둘러 음식을 만들어 내 나이 50에 얻은 늦둥이 현이를 앞세우고 엄마가 계시는 요양원으로 달려간다.
점심을 드신 지도 얼마 안 되는 시간인데 엄마는 정말 맛있게 호박잎에 수육을 싸서 잘 잡수신다.
"얼마나 먹고 싶었는데..."
접시의 바닥까지 싹싹 비우시곤 늦둥이 현이를 꼭 껴안으시며 참으로 오랜만에 행복한 미소를 지으시는 나의 엄마.
빈 그릇을 챙겨들고 요양원에서 가까운 거리인 집에 들어와 엄마의 행복한 얼굴을 떠올리고 있는데 요양원의 급한 전화벨이 울린다.

"어머니 방금 운명하셨습니다!"
다시 요양원으로 가는 차 안에서 생각이 잠긴다.
엄마! 우리 엄마처럼 행복하게 가시는 분이 얼마나 있을까요...
내 가슴에 슬픈 행복이 밀려온다.

동창들 이야기

1981년 2월에 야구명문 선린상고(현 선린인터넷고등학교)를 졸업하고 현재 경영지도사 자격증을 취득하고 중소기업 및 소상공인을 도와주는 경영컨설턴트로 활동하고 있는 네 명의 동창들 근황을 소개한다.

경영지도사와 기술지도사는 2021년부터 중소벤처기업부 산하 법정자격사로서 출범을 했다.

본인(이병섭)은 2002년(17기/국민은행/박사)에 경영지도사에 합격하고, 현재는 경영컨설팅 회사인 (주)이노월드컨설팅과 대한민국 최초의 CEO 협업 플랫폼! 시너스파크(www.synerspark.com)를 운영하고 있다.

고중언 동창은 2005년(20기/제일은행/박사)에 경영지도사에 합격하여 경영컨설팅 회사인 그레파트너스(주)의 파트너 컨설턴트로 활동을 해오고 있다.
최근에 신사업개발, 투자심사, 여신심사, 비즈니스 모델 컨설팅 지침서인 "비즈니스모델 분석과 컨설팅(고중언 외)" 책을 발간하였다. 현재 코로나19 때문에 가족이 있는 캐나다에서 거주하고 있는데 코로나가 해제되면 한국과 캐나다를 오가면서 경영컨설턴트로서의 활동을 활발하게 전개할 예정이다.

이영섭 동창은 2006년(21기/재무이사 출신/석사)에 경영지도사에 합격하여 대전/충남 지역에서 경영컨설팅 회사인 (주)티엠씨를 운영하고 있다.

문창진 동창은 2015년(30기/씨티은행/박사)에 경영지도사에 합격하여 2022년 7월말에 40년간의 은행생활을 마치고 정년 퇴직할 예정이다.

2022년 8월이 되면 중소기업을 도와주는 경영컨설턴트로 인생 2막을 준비하고 있으며, 2022년 3월부터 동국대학교와 웅진세무대학에 강의를 나가고 있다고 한다.

고등학교를 졸업하자마자 은행에 취직했던 3명의 동창은 모두 야간 대학교에 진학하여 학사 학위를 받고 지금은 박사 학위를 가지고 있다.

이영섭 동창은 고등학교 졸업 시 직장을 구하지 않고 곧바로 경희대학교 경영학과에 진학하여 공부를 하였다.

졸업 당시 주간에 840명이 졸업을 하였는데 경영지도사 자격증을 가지고 경영컨설턴트로 활동하는 친구들이 있으면 서로 왕래를 하였으면 한다.

아무 일 없는 거지

박 철(NFT 마케팅 전문가)

아침부터 다들 바쁘다.
머리를 매만지고 옷차림을 잘 정리하면서 다들 오랜만에 기대에
찬 모습이다.
옆집의 김 영감은 아이들 오면 불편할까 봐 먼지 난다며 마당에
물을 뿌린다.

이제 8시쯤 되었을까!
벌써 하나둘 모여서 한쪽에 서서 저 아래를 바라보고 있다.
아이들이 오려면 아직 한참 시간이 남았는데도 말이다.
한참 후에야
저 멀리서 이제 막 동네의 초입으로 들어서는 차 한 대가 보인다.
다들 들뜬 마음으로 차를 유심히 바라보는데
`하하하`
아까 물을 뿌리던 김 영감이 `어이쿠~ 우리 아이들이 왔네! 그
려~`하면서 1등으로 온 자식들을 자랑이라도 하는 듯 큰소리를
내며 먼저 집으로 간다.

11시경
이제는 저 아래 동네 초입에 들어오는 차들이 많아졌다.
다들 하나 둘 집으로 돌아가고 이제 남은 이들은 몇 되지 않는다.
3시경
이제 아이들을 기다리는 이는 셋밖에 남지 않았다.
`부산 우리 애들은 어차피 오려면 늦는다`고 권 할멈은 편안한
표정으로 여기저기 왔다 갔다 하며 여유 있어 한다..

한 영감과 나는 그런 권 할멈을 보다가 눈이 마주쳤는데 서로 힘
없이 살짝 웃어주고는 다시 동네 초입으로 시선을 옮겼다.
6시쯤 된 것 같다...

기다리던 두 동무는 조금 전 부산에서 온 애들을
마지막으로 집으로 갔다.
벌써 해는 어둑어둑….
산에서는 해가 빨리지는 것 같다.

언제 왔는지 김 영감이 다가와 말을 건넨다.
`아이쿠~ 오늘은 애들이 안 오려는 가보네…. 쯧쯧! 이제 그만 기
다리고 돌아가자고. 돌아가서 우리 애들이 가져온 음식이라도 같
이 들어보자고!!`
정말 우리 애들에게 무슨 일이 있는 건 아닌지!

오늘처럼 애들이 찾아와 놓고 간 음식은 주인만 먹어야 하고….
그래서 주인 말고 다른 이들이나 산짐승도 먹으라고 조금씩 덜어
서 고시래를 하는데….
… 그거라도 먹자고 김 영감이 말을 건넸다….

이제 완전히 어두워져 컴컴해졌다….
멀리서 자동차 불빛이 보이는데….
이젠 동네 어귀로 들어오는 차는 더 이상 없을 것 같다.

정말 무슨 일이 있는 건 아닌 거지!
건강하게만 살아가면 돼~~~
아들~~
아무 일 없는 거지……. 그래야 하는데...
오늘 추석은 팬히 근심이 낳아셨다
아니지~아니야...
오늘 못 온 우리 아들보다 내가 근심이 많을려고....

그런 날

안 효 근(작곡가)

그런 날 있잖아요
마음 가는대로 하는 날

그런 날 있잖아요
혼자이고 싶은 날

그 날은 이 마음
모두 풀어 헤치고

어느새
방긋방긋 웃어요

저 깊은 목마름
사유 깊이 묻고서

외로움도 미련도
훌훌털어 버려요

그런 날 있잖아요
마음 가는대로 하는 날

일편 단면

오 승 준(법무사)

어제 저녁 일진이 사납더니 새벽녘까지 잠자리를 뒤척였다. 잠깐 눈 붙인 후 깨어나니 아니나 다를까 궂은비가 추적추적 내린다. 어리버리 출근 후 일감이 마른터라 빈둥빈둥 거리다 일찍 퇴근 후 그 집으로 향했다.

수험시절 이따금 들렀던 머리고기로 유명하다는 봉천동 중앙시장 속 그 집. 역시나 주모가 "이게 얼마만이냐" 반기며 "승준씨 보고 싶었어"하며 온갖 너스레를 떤다.

단숨에 한 잔 때리니 술맛이 옛 맛이로구나...도시미 매력이 풀풀 넘치는 주모가 내가 좋아하는 돼지머리 살점과 시골 된장에 고추와 양파 그리고 그녀의 손맛이 담긴 톡 쏘는 깍두기와 김치까지 정갈하게 차려 놓는다.

곡차를 잔에 철철 넘치도록 따른 후 단숨에 땡기니 찌뿌덩한 피곤이 풀리고 옛정이 솟구친다. 그 참에 "친구가 좋구먼~" 한마디 거드니 금새 주모의 얼굴이 박꽃처럼 밝그름하게 펴진다.

몇 잔을 더 걸친 후 그곳에서 나와 발길을 돌렸다.

얼마를 타박타박 걸으니 언덕배기에 자리 잡은 구멍가게가 시야에 들어온다. 여기도 주인아저씨가 오랜만에 왔다며 반긴다.

"이 난리에 잘 버티시죠? 오랜만에 뵙네요"한다.

"네~희안한 세상이라...대체 사람을 못 만나니 사는 게 아니죠~" 손에 잡힌 탁주 1병의 날짜를 확인한 후 붕어빵 아이스크림 두개와 더불어 농심라면 다섯 개들이 한 봉지를 들고 나왔다.

집에 오자마자 다시 솟아난 갈증을 달래기 위해 탁주 한잔 벌컥 들이킨 후 깍두기 한 조각 씹으면서 펄펄 끓는 냄비에 라면 반을 두 쪽 내어 넣고 고추 양파 당근 그리고 부산 오뎅을 차례로 섞는다. 피날레로 시퍼렇게 곧게 뻗은 대파를 듬성듬성 썰어 달걀 한 개 넣고 다시 일분 동안 끓여 놓으니 여지없이 막내딸이 젓가락 딸랑 들고 덤벼든다.

"아빠 이거 같이 먹어도 되지?"

대답을 이미 알면서도 의례적으로 한마디 거든다.

딸랑 1개를 끓였으니 둘이 김장김치에 몇 젓가락 집어 삼키니 허무하게 떵그러니 국물만 남는다. 막내는 입맛을 쩝쩝 다시며 저만치 물러나고 나는 재빨리 밥솥에서 밥 한 숟가락 떠서 말아 넣고 후루루 먹고 난후 마루 한복판에 대짜로 벌렁 눕는다. 허기진 배가 불러온다. 등짝이 따스한 게 세상 부러울 게 없구나..

라면의 얽힌 사연이 떠오른다.

최초의 기억은 은천 초등학교 5,6학년 때 102번 종점 상마운수 고갯마루 가게에서 5원인가 10원인가 주고 다마굴리기 뽑기로 요행히 라면이 당첨되면 쾌재를 부르며 즉석에서 봉지를 개봉하여 스프를 털어 넣고 손바닥으로 짓뭉개서 먹으면 짭짜름하고 고소한 게 허기진 배를 채우곤 했다.

그리고, 그 무렵 일상 식이었던 수제비에 라면을 섞어 먹는 날은 횡재한 듯 입이 즐거웠다. 라면의 고소하고 색다른 맛이 당시로선 무덤덤한 수제비 맛을 중화시켰던 것 같다.

은천 초등학교 동창인 처는 당시에 삼시 세끼를 거진 국수나 수제비로 때워 밀가루 음식이라면 지금도 쳐다보기 싫은데 그 중 라면만은 예외란다. 왜냐면 그 셋 중 라면은 그 당시에도 귀한 날 드물게 맛을 보던 별미였단다.

영등포 중학교 2학년 무렵 봉천고개 맨 꼭대기에 자리 잡은 반 친구 이원재의 집에 가기만 하면 여지없이 아리따운 그 친구 누이가 수줍은 얼굴로 반기면서 늘 끓여줬던 일품 라면의 그 맛을 지울 수가 없다.

선린상고 재학 중엔 구내식당에서는 오전에 제때 가면 꼬들꼬들한 라면사리의 맛을 이따금 느낄 수 있었으나 점심이나 수업을 파하고 가면 불을대로 불어터진 라면을 대짜그릇에 가득 채워 넣어주는 식당 아저씨의 넉넉한 인심을 잊을 수가 없다.

고 3때 제일은행, 주택은행, 강원은행 시험을 연거푸 쓰리쿠션으로 떨어진 후 쐬주의 원료인 주정과 밀가루를 생산해 내는 구로동

주식회사 동립산업에 턱걸이 취업 후 거래처인 갈월동 소재 농심 본사와 수송동 삼양본사 그리고 안양에 소재한 오뚜기 본사와 롯데 양평동 공장, 갈월동 동양제과를 기사 딸린 포니차로 제집 드나들 듯 짧지만 화려했던 시절이 있었다. 그때 농심 대방동이나 오뚜기 안양 공장 방문 시 공장 안 밖으로 산더미처럼 쌓인 라면 박스의 배부른 자태에 놀랜 적도 있었다.

그 이후 1988년 전주 평화동에 소재한 까막소에서는 재소자들 사이에 누굴 축하하거나 감사의 표시를 하는 뜻 깊은 날엔 어김없이 특식으로 취사장에 부탁하여 화폐의 수단인 런펜과의 교환으로 끓인 라면을 먹는 것이 큰 즐거움이자 위안거리였다.

해서 나도 1988년 12월 21일 성탄절 특사로 나올 때 당시 남아 있던 영치금 전부를 라면박스로 바꾸어 함께 생활했던 사동 재소자들에게 넣어 주었다. 그랬더니만 며칠 후 어느 재소자로 부터 정성어린 감사의 답장이 왔다. 무기수였던 그 친구도 지금쯤은 자유의 공기를 마시며 라면을 흠뻑 만끽 할 수 있으리라 ...

또 빼먹을 수 없는 기억은 1985년 6월 하순 지리산 장터목산장에서 추운 몸을 녹이며 집회 및 시위 관련으로 인하여 수배되었던 7명의 대학 선후배들과 함께 버너로 끓인 라면을 호호불어 먹으며 얼어붙은 몸과 마음을 녹였던 추억이다.

지금 일곱명 중 한 명은 벌써 이승에 없지만 나머지가 다시 모여 그런 맛을 다시 찾을 수 있을까...그 중 한명은 캐나다에 또 한명은 자유 없는 빵깐에 나머지는 저마다 뿔뿔이 흩어져 제 갈길지 맘대로 사는데...다시 모여 천왕봉 정상을 찍고 백무동 골짜기 산채에서 술 한잔 거나하게 마시고 그 취기를 느끼며 농부가를 흥얼거릴 수 있을까...강산이 계절에 따라 치장을 하듯 사람도 세월이 흐르며 카멜레온처럼 변하는데 이따금 맛보는 라면은 예나 지금이나 나의 입맛을 결코 배신하는 법이 없었다.

그래서 오늘도 라면 한 개에 넉넉하고 흐뭇하다.
창밖엔 봄비가 보슬보슬 내리고 새 순이 돋으며 새 기운이 도는 징조다. 니나노 닐리리 맘보다~~~^^

민폐꾼

이 광 용(담우물산(주)상무이사)

고교시절 우리 집은 시흥동 산동네로 특히 우리 집은 산동네 시장 통을 한참 지나서 하늘아래 두 번째 정도 되는 집이었다.

그래도 친구 녀석은 시장통에 살아서 나 보다는 공기가 덜 희박한 곳에 살았기에 아침 등굣길에 거의 매일 녀석이 나올 때 까지 기다리는 게 어느덧 나의 임무가 돼 버렸다.

녀석은 뭐 그리 준비할게 많은지 아침에 양말도 신지 않고 가방에 꾸깃꾸깃 넣어 가지고는 버스에서 양말을 신는다.

당시 학교까지 가는 버스가 종점이어서 학교 늦어도 맨 뒷자리 지정석에 꼭 앉아서 못 다한 아침잠을 한 시간 가까이 채우고는 한 강다리 쯤 건널 때면 버릇처럼 깨어나서는 남영동에서 내려 뛰기 시작 겨우 지각을 면하는 일이 다반사였다.

혹 못 일어나면 갈월동 까지 혹은 서울역 까지 가서 되돌아오는 일도 가끔 있었던 거 같다.

어느 날인가 기억은 가물가물한데 그날은 등교시간이 그 녀석이 집에서 나오기 기다리다 너무 늦어 종점에서 앉아서 가는 걸 포기 하고 서서가기로 마음먹고 서서 가고 있었다.

매일 아침 앉아서 자던 버릇이 어디 가겠어?

두 넘은 그렇게 손잡이를 잡고 서서 잠을 청하고 있었던 것이다.

가끔 휘청이는 다리에 깜짝 놀라 누가 보지는 않았는지 두리번거리며 한참을 가고 있을 무렵 옆에 같이 자고 있던 친구넘이 일을 저지르고 있었다.

검정양복에 흰 와이셔츠 넥타이를 맨 회사원 같이 보이는 정장차림의 양복상의 등에 침을 흘리며 자고 있는게 아닌가?

그 녀석은 분명 매일 나와 같이 버스에 앉아서 졸던 그 친구였다.

대략 난감한 상황이다. 앞 신사양반 양복을 닦아 줄 수도 없고 친구가 침 흘렸다고 자백하기도 난감하고 이 상황을 해결할 방법은 범행 현장에서 벗어나는 게 최선일 듯싶었다.

친구를 얼른 깨워 눈짓으로 상황을 알리고 신사양반한테는 미안하지만 범행 사정거리에서 빨리 벗어나 버스 뒤쪽으로 은밀히 이동하여 우리는 완전범죄를 저질렀다.

지금 생각하면 그 신사 분에게 정말 죄송하고 회사 출근해서 난감한 상황이나 겪지 않으셨는지...

하지만 그때 상황에선 저도 어쩔 수 없었다는 변명으로 사죄를 구한다.

친구야...

아무리 잠이 쏟아져도 버스에서 서서 자면서 앞 사람 양복에 침 흘리는 건 너무하지 않았냐?

그 침 흘리면서 남의 양복에 자던 녀석이 공직생활 20여년 마치고 지금은 성공해서 국내에서 내놓으라는 법무법인의 관세팀장으로 제 역할 단단히 하고 있으니 많은 세월이 흘렀어도 지금 생각해도 웃음이 절로난다.

사랑이란

금　채(가수)

사랑한다는 것은
그대를 사랑한다면 좋은 길만 있을 줄 알았습니다.
그대를 알고 지내기만 한다면 그 무엇도 두려운 것이
없을 줄 알았습니다.

내가 원하는 사랑은 달콤함이 아닙니다.
내가 원하는' 사랑은 한 순간의
유희가 아닙니다.
사랑이 사랑으로만 채워져
마음과 생각이 같아
건강한 표정으로
모든것을' 전 해주는 그런 사랑입니다'

사랑...

고통과 아픔까지도 함께 나누는
그런 사랑을 원합니다.
그대를 사랑하기만 한다면 좋은 길만
있을 줄 알았습니다.

그곳엔 더욱 더
아름다운 세상이 있을 것만 같았습니다.

그 사랑 속에는
고통과 시련이 있을 줄은
꿈에도 몰랐습니다.

소리도 없이

정 민 웅 (예술가)

혼자 무언가를 해내고 싶다는 마음으로 겁 없이 파리에 도착했다.

모든 것을 무탈하게 얻어 낼 수 있을 것이라고 느꼈고 정말로 해 낼 수 있다고 확신이 들었던 순간 사건은 소리도 없이 일어났다.

나의 의지와는 상관없이 타인의 손에
세상이 흔들리는 사건이 발생하였고,

살다보면 전혀 생각하지 못한 사건이 나도 모르게 일어나기도 하고 그 상황에서 상상하지 못한 또 다른 일이 벌어지기도 하는 세상을 경험하기도 한다.

모든 것을 잃은 듯 다시 파리에 도착하여 앞서 계획하였던 일들을 그곳에 묻어 두고 기행을 마무리하게 되었다.

힘없을 때 힘주신 모든 분들께 정말 감사드린다.

qui a aidé à voyager @Emma Merci beaucoup.
Muchas gracias al personal de la Embajada de Corea en Barcelona. Adiós

(@ung_pictures)

화산문고 명작시리즈
개똥아! 학교가자

2022년 3월 22일 印刷
2022년 3월 28일 發行
지은이　정 용 갑
펴낸이　허 만 일
펴낸곳　화산문화

등록 : 1994년 12월 18일 제 2-180호
서울 종로구 통인동 6번지 효자상가 2층
전화 (02)736-7411~2

ISBN 978-89-93910 63 6
정가 15,000원
ⓒCopylight 정 용 갑 2022